不埒な社長のゆゆしき溺愛

1

太陽が西にかたむき、街並みの向こうへと消えかかっているその時。

まだ空に残っている陽光と、群青色《ぐんじょういろ》の夜空が混じり合うのを、私はぼんやりと眺《なが》めていた。

いま私がいる広場は「児童公園」という名前だけど、もうそこで遊ぶ子供はいない。だいぶ前に十七時を知らせる鐘の音《ね》が響いていたから、子供たちはみんな帰ってしまったんだろう。

公園には、ベンチに座る私と連れの男、飲み物を手にした休憩《きゅうけい》中らしきサラリーマン、それにウォーキングをしている年配の女性だけだった。

私の隣に座っている彼氏は、ここで顔を合わせた時から、なにかをごまかすようにどうでもいい話を延々と続けている。弱々しいしゃべり方は、蚊の羽音《はおと》並みにうっとうしかった。

三週間前に付き合い始めたばかりの彼が、今日ここに私を呼び出した理由は薄々わかっている。

告白してきた時には期待で輝いていた男のまなざしが、デートを重ねるたびに力を失っていくことには、とっくに気づいていた。

でも、別れ話くらいビシッと決められないもんかな、まったく。

情けない態度の男を見つめて、私は溜息を吐いた。

「……で、結局、なにが言いたいわけ？」

呆《あき》れながら呟《つぶや》く。

私が怒っていると思ったのか、男は怯《おび》えたようにビクッと身体を震わせた。

「いや、ええと、つまり……僕たちは少し距離を置いたほうが、いいのではないかな、と、思っていて……」

「は？」

「だ、だから、その、価値観の相違が……」

男はしどろもどろに言い訳するばかりで、決定的なことは言わない。

そんな彼の態度を見ていたら、私のイライラが限界を突破して、理性という名の鎖が派手にちぎれた。

「ったく、それでも男なの!? なんで『別れてくれ』の一言も言えないのよっ！」

「ひいっ」

「こっちだって、あんたみたいな女々《めめ》しい男はお断り。とっとと帰って、二度と顔を見せないでね」

フンと鼻であしらって、公園の出入り口に向けて顎《あご》をしゃくる。

話が決着したことにほっとしたのか、男は一瞬、安堵《あんど》の表情を浮かべて立ち上がった。

「それじゃあ行くけど、虎尾《とらお》さんはもう少しおとなしくするべきだと思うよ。ただでさえ、夕葵《ゆうき》なんて男みたいな名前なんだし、見た目が可愛くってもその性格では……」

自分のことを棚に上げて、私の欠点をあげつらうとは、本当にいい度胸をしている。

その昔、派手にグレていたという両親直伝《じきでん》の睨《にら》みを利《き》かせると、男はか細く叫んで飛び上がり、そそくさと去っていった。

男の姿が見えなくなったのを確認して、私は思いっきりベンチにこぶしを打ちつける。

「あー、もう！　そんなの、いまさら言われなくたって、わかってるっていうのっ!!」

心のなかに溜まった不快な感情を声に出し、はあっと息を吐いた。

少し離れたところにいるサラリーマンが驚いた様子でこっちを見ているし、ウォーキングしていた女性は私を避けるようにどんどん離れていってる。

全然関係ない人たちを、びっくりさせてしまって申し訳ない。私は内心で謝りながら、うなだれた。

付き合って三週間の、手を繋《つな》いだこともない男にふられたからといって傷ついたりはしない。

でも、また、ふられ記録を伸ばしてしまったことには落ち込んでいた。

もう六回目……か、七回目？

自分でもうろ覚えなほど、私は男性と付き合ってはふられることを繰り返している。

理由はいつもいっしょで「見た目からは想像できないほど性格が男っぽくて耐えられない」というものだった。

私は、二十三歳だと言うと驚かれるくらい童顔で、しかも背が低い。仕事柄、室内にいることが多いので肌が白いし、まっすぐな黒髪を背中まで伸ばしているから、おしとやかな大和撫子《やまとなでしこ》に見えるらしい。

人間は見た目じゃなくて中身だ、なんて言うけど、外見だけで相手を判断する人って意外に多いもの。

ついさっきまで彼氏だった男もそう。友達の旦那さんの後輩だった彼は、友達といっしょにいた私を偶然見かけて、一目惚れをしたという。

だけど、プロレス観戦が趣味で、筋骨隆々《きんこつりゅうりゅう》のたくましい人が好きな私にとって、ヒョロヒョロで弱そうな彼は全然タイプじゃなかった。

告白されるたびに断り続け、私の性格が見た目に反して男勝《おとこまさ》りだということも説明した。けど、相手はしつこくて……結局、ちょっとだけ交際してみようという話になったのだ。

だめになる可能性が高いとわかっていながら付き合うなんて、自分でもバカだと思う。でも「どんなきみでも好きになる自信がある」とか何度も言われているうちに、もしかしたらうまくいくんじゃないかと期待してしまった。

まあ、結果的にふられたわけだけど……

ベンチに座ったまま、膝《ひざ》の上に肘《ひじ》をついて、顎《あご》を手で支える。気づかない間に口から長い溜息がこぼれていた。

「……もう少しおとなしく、なんて、できるならとっくにしてるよ……」

元カレが残した捨て台詞《ぜりふ》を思い出して、誰にともなく呟《つぶや》く。

青春時代によくない意味で名を馳《は》せたらしい元ヤンの両親と、やんちゃな兄四人に囲まれていたせいで、私は子供の頃から勝気だった。

それどころか、中学に進学するまでは、兄たちのような男になりたいと本気で願っていた。自分のことを「オレ」と言い、髪を短くして、兄のおさがりを着ていた私は、女の子らしさがまるでなく……

「ユウキ？」

ふと、誰かに名を呼ばれた気がして、顔を上げる。

逃げ去った元カレが戻ってくるはずはないから、ただの気のせいだろう。でも、いまの状況に不思議な既視感《きしかん》を覚えた。

以前、この公園で、誰かに声をかけられたことがある……ような？

おぼろげな記憶のなかから、ひとりの少女の顔が浮かんでくる。白い綿シャツに、赤のショートパンツを穿《は》いた彼女は、幼い私の前に立って柔らかくはにかんでいた。

「……ああ」

忘れかけていた思い出が一気に蘇《よみがえ》る。

あれは小学三年生の春。小さな冒険心を満たすために、私は家から離れたこの公園へやってきた。そして彼女と出逢った。

「アカネ」

もう会うことができない少女の名を、吐息に乗せてささやく。

どうしてすぐに思い出さなかったんだろう。彼女といっしょにいた時間はとても短かったけど、私にとっては大切な親友だったのに。

そっと目を閉じ、過去へと思いを馳《は》せる。少し湿った夜風に乗って、ひとつ向こうの通りにある踏切の音が聞こえてきた。

――そう。十四年前。あの時も、この音を聞いた。あれが秘密の冒険の始まりだった。


ものすごい風を巻き上げて電車が通りすぎていくのを、踏切の前でじっと見つめる。

やがて、けたたましい遮断機のサイレンが止まり、目の前のバーがゆっくりと上がっていった。

口のなかに溜まっていた唾をごくりと呑み込んで、一歩踏み出す。

先月買ってもらったばかりの自転車を押して踏切を渡りきり、ほうっと息を吐いた。

『なんだ、どうってことねーや』

緊張していたことをごまかすために独り言を漏らして、自転車に跨《また》がる。ここから先は自分の通う小学校の学区外で、高学年になるまで、ひとりで出てはいけない決まりになっていた。

つまり、三年生の自分が行っていい場所じゃない。

大人が作ったルールを破っているというそわそわした気持ちと、知らない場所をひとりで探検しているという興奮が、胸をドキドキさせていた。

お気に入りの稲妻《いなずま》ラインが入ったヘルメットをかぶり直して、ペダルを踏み込んだ。

流れていく景色のなにもかもが、ピカピカで珍しいものに見える。なんだか自分が急に大きくなったような気がした。

……でも、しばらくそのまま大きな通りを行ったりきたりしているうちに、飽きてしまった。

初めは格好よく見えた街も、実際は普通の店とビルが並んでいるだけなんだから、当たり前だ。

『誰かクラスのやつを連れてくればよかったかなあ』

思わず口から漏れた弱音に、ブルブルと首を横に振る。そんなことをしたら、秘密の冒険じゃなくなってしまう。

でも、意味もなく自転車に乗っているだけではつまらない……

もう少し遠くまで行くか、それとも家のほうに戻るかを悩み始めたところで、どこからか子供たちの騒ぐ声が聞こえてきた。

はやし立てているような声のあとに、わあっと笑いが起こる。

声がするほうに向かうと、そこは広めの児童公園だった。

柵《さく》に囲まれた広場のなかに、滑《すべ》り台、砂場、ブランコ、シーソーが設置されている。奥にはベンチとトイレがあって、その横の砂地ではボール遊びができるようだ。

いまも、高学年らしい男子が四人、サッカーボールを持って集まっていた。さっき騒いでいたのは、あいつらだろう。

公園の端《はし》に自転車を停めて、家から持ってきた水筒に口をつける。特別に入れてきたオレンジジュースが、甘酸っぱくっておいしい。

一気に半分くらい飲んで、水筒を自転車のカゴに戻す。もう一度、広場を見ると、サッカーボールを持ったやつらは、まだ真ん中に寄り集まったままでなにかをしていた。

よく目を凝《こ》らして見れば、円陣《えんじん》を組むように立つ男子のなかに、もうひとり、背の低いやつがいる。まわりを囲んだ男子はひそひそとなにかをささやいては、笑い声を上げていた。

なんだか、嫌な予感がする。

やつらに気づかれないようにそっと近づいて、隙間から円陣《えんじん》のなかを覗《のぞ》く。

すると、おろしたてみたいな真っ白のシャツに赤いショートパンツ姿のチビが、両手で顔を覆《おお》い隠して、うつむいていた。

あれは……泣いてるのか？

着ている服が可愛らしいし、髪を顎《あご》のあたりまで伸ばしているから、あのチビだけは女子なんだろう。男子が大人数で女子ひとりを囲み、泣かせているなんて、胸糞《むなくそ》悪くて吐き気がした。

『お前ら、なにやってんだよ？』

わざと大声で呼びかけて、一気に近づく。全体を見渡して睨《にら》むと、男子のなかで一番でかいやつが振り返った。

『……なんでもいいだろ。誰だか知らないけど、関係ないやつは口出すな』

見た感じ、このノッポがリーダーなんだろう。

その自分の予想を証明するように、取り巻きどもが『そうだ、そうだ』『ジュンに逆《さか》らうと、ひどい目に遭《あ》うぞ！』と騒ぎ出した。

外野の騒音《そうおん》は無視して、ノッポと睨《にら》み合う。わざと相手を煽《あお》るように、フンと鼻で笑ってやった。

『関係なくたって、弱い者いじめは無視できねーな。オレはお前らみたいなクズとは違うんだ』

『なんだとっ⁉』

はっきりとバカにされて、顔を真っ赤にしたノッポが怒鳴《どな》る。向こうが威嚇《いかく》するようにこぶしを握り締めたのを見て、さらに一歩近づいた。

『そんな小さいやつを大勢で囲んでいびるとか、マジで格好悪《わ》りい。お前、背はでかくても情けねーのな』

もっと相手を怒らせるべく攻撃する。

ノッポはあからさまな悪口に我慢しきれなくなったようで、ブルブル震えながら握った右手を高く振り上げた。

『このっ……黙れ！　生意気《なまいき》だぞっ‼』

本気でキレたらしいノッポは、声が裏返るくらい強く叫んで、こっちに向かって腕を振り下ろす。たぶん、狙いは左肩だ。でも、やすやすとやられるつもりはない。素早く身体をひねって、かぶったままのヘルメットをノッポのこぶしに当ててやった。

『あーっ、いてぇ！』

ノッポの泣き言と、ゴツンという鈍い音が重なる。やつは『痛い、痛い』と喚《わめ》きながら、うしろにひっくり返った。

素手でヘルメットを殴りつければ、痛くて当然だ。しかも自分から手を出したんだから、完全な自業自得。

ノッポは痛みに弱いのか、ひいひい言いながらすすり泣いている。

そのうち、我に返った取り巻きのひとりが『帰って冷やしたほうがいい』と言い出し、全員でノッポをかかえるようにして帰っていった。

ただ突っ立ったまま、ノッポたちが遠ざかっていくのを見送る。

とりあえずノッポのほうから手を出させてケンカに持ち込み、取り巻きもまとめて返り討《う》ちにしてやろうと思っていたけど、そうなる前に決着してしまった。

あっけない終わり方に、少しだけ納得がいかない。

……まあ、大ゲンカしたことがバレると母ちゃんに怒られるから、よかったと言えばよかったんだけどさ。

どうにもすっきりしなくて唇を尖《とが》らせていると、目の前に小さな手のひらが差し出された。

『あの……大丈夫？　どこか痛い？　もし怪我《けが》をしているなら、誰か呼んでくるけど』

『いや、平気……』

首を横に振って『大丈夫だ』と答えながら顔を上げる。すると、さっきまでノッポたちに囲まれていた女子が、心配そうな表情をしていた。

うわ、すっげえ可愛い……！

最初に見た時は手で顔を隠していたからわからなかったけど、目の前の女子は人形みたいに綺麗だ。

思わず見惚《みと》れてしまう。じっと見すぎたせいで、女子が不思議そうに首をかしげた。

『本当に大丈夫？』

『お、おう！　バッチリだ！』

ハッと我に返り、大きくうなずく。どこも悪くないことを証明するために、その場で思いっきり跳ねてみせた。けど、勢いがつきすぎて前に倒れそうになった。

慌《あわ》てて足を踏ん張って、なんとか身体を支える。その姿が格好悪かったからか、女子がプッと噴き出した。

笑われるのは恥《は》ずかしいけど、彼女が笑顔になったのは嬉しい。

『へへっ。ちょっと調子に乗りすぎた。ところで、お前こそ大丈夫か？』

見たところは大丈夫そうだけど、あの男子たちに乱暴なことをされていたんじゃないかと心配になる。

女子はさっきまでのことを思い出したのか、つらそうに顔をしかめる。でも、すぐにまた微笑《ほほえ》んで、こくりとうなずいた。

『うん。助けてくれてありがとう。えーと、きみは……』

とまどう女子を見て、自分の名前を教えていなかったことに気づく。

『オレはユウキ。踏切の向こうの小学校に通ってる。お前は？』

『あ……、アカネ……』

『そっか。なあ、アカネ、オレと友達になってよ。オレ、今日初めてここにきてヒマなんだ。夕方まで遊ぼうぜ！』

『えっ』

アカネはすごく驚いたみたいに、目をまん丸にしている。

なにかまずいことを言ったのかと思って考えてみたけど、よくわからなかった。

『……えーっと、なんか、ごめん。無理だったらテキトーにぶらついて帰るからさ。気にすんなよ』

最後にニカッと笑って、うなずく。

せっかくきたのにもう帰るのはもったいない気がするし、アカネと遊べないのも残念だけど仕方ない。きっとアカネには用事があるんだろう。

けれど、別れの挨拶《あいさつ》のあとに、またいつか会えたら遊ぼうと続けようとしたところで、アカネがブルブルと首を横に振った。

『う、ううん、無理じゃないよ。大丈夫。急に「友達になって」って言われたから、びっくりしちゃって。……実は、転校してきたばっかりで、まだ友達がいないから……』

『へえ！　ってことは、いま、アカネの一番の友達はオレ？』

アカネは一瞬きょとんとしたあと、嬉しそうにふんわりと笑った。

『うん、そうだね。ユウキが一番の友達だよ』

こんなに可愛い子の一番の友達になれるなんて、ちょっといい気分だ。クラスのやつらに自慢したくなる。

秘密の冒険に出た先で悪いノッポたちをやっつけて、お姫様みたいに可愛いアカネを助け出した。まるで自分が正義のヒーローになったようで誇らしい。

なんだかすごく嬉しくなって、自分の手をアカネの前に差し出した。

『握手しようぜ。オレ、お前のこと気に入った！　今日からオレたちは親友だ。ずっといっしょにいような！』

『あ……うん』

おそるおそるって感じに出されたアカネの手を取り、キュッと握り締める。その手は細くてサラサラしていて温かかった。


夜の公園のベンチに座って昔を思い出していた私は、静かに自分の手を見つめる。

あの時、触れたアカネの温もりが蘇《よみがえ》り、そっと手のひらを胸に当てた。

この場所で出逢ってから、私とアカネはすぐに打ち解《と》けて、親友になった。

ほぼ毎日、学校が終わったあとここにきて、暗くなるまでアカネと共に過ごした。

おとなしくて優しいアカネが、またノッポたちにいじめられないよう、私はケンカのコツや逃げ方を教えた。アカネは勉強が嫌いな私に宿題を教えてくれた。

ふたりの性格はまったく違っていたけど、それぞれの弱いところを補い合うような、最高の友達だった。

ずっと友達でいたい。できるだけ近くにいてアカネを守ってあげたい。そう思っていたのに……

一学期の終業式の日。別れは突然訪れたのだ。

私は家で昼ご飯を食べたあと、いつものように公園へきてアカネを待っていた。けど、やってきたのはノッポだった。

ノッポは『アカネがまた引っ越すことになったらしい』と言い、彼女から預《あず》かったという手紙を持ってきた。

ひったくるようにして受け取った手紙には、私に対する感謝と、急に引っ越してしまうことを謝る言葉だけ。引っ越す理由や、新しい住所、電話番号もなかった。まるで探さないでほしいとでも言うように。

いま思えば、そうしなければいけないなにか特別な事情があったんだろう。

でも当時の私は幼くて、アカネに裏切られ、捨てられたような気がした。

あとに残ったのは、もう二度と会えないという事実と悲しみだけ。つらい思い出を消すように、私はアカネのことを少しずつ忘れていった……

そこまで考えて、ふふっと口から笑いがこぼれる。

彼氏にふられてへこたれて、思い出したのが友達との別れだなんて、おかしな感じだ。

「……でも、まあ、悪くはないかな」

自分に向かって呟《つぶや》いて、勢いよく立ち上がる。

アカネの前で跳ね上がった時ほど力は入れなかったけど、パンプスの踵《かかと》が砂にめり込んで、少しよろけた。

誰も見ていなくても恥《は》ずかしい。私は乱れたスカートを素早く直して歩き出した。

何度ふられたって気にしなければいい。諦《あきら》めないでがんばれば、いつかきっと素敵な相手に出逢えるはず。

……アカネみたいに気の合う、私の全部を受け入れてくれる人に。

公園の出入り口にきたところで、私は視線を感じて立ち止まった。

まるでアカネに見つめられているような、不思議で優しい感覚。たぶんそれは、楽しい思い出に浸《ひた》っていたことからくる錯覚《さっかく》だろう。

「もう、平気だよ」

心のなかで幼い日の自分とアカネにそう宣言して、また歩き始める。

きっと、大丈夫。

根拠はないけど、すべてがうまくいくような気がして、私はそっと微笑《ほほえ》んだ。


「そういえば、夕葵。あんた、また彼氏にふられたの?」

彼氏との別れ話から一週間後の夜。穏やかな夕食タイムをぶち壊すように、お母さんが爆弾を投下した。

思わず飲んでいたお茶を噴き出すと、お母さんは完璧に厚化粧した顔をしかめて、手元の布巾《ふきん》を投げてよこした。

むせながら布巾《ふきん》をキャッチして、テーブルと自分の上着を拭《ふ》く。そして、なんとか呼吸が落ち着いたところで、お母さんを睨《にら》んだ。

「ちょっと、それ誰から聞いたのよ⁉」

同居している家族とはいえ、いちいち「男と付き合ってすぐ別れた」なんて報告はしない。

別に知られて困る話じゃないけど、なぜバレているのか疑問だった。

お母さんはさも当然のように、向かいの席の兄ちゃんへ目を向ける。私とお母さんの視線を受けた兄ちゃんは、真顔でテレビのお笑い番組を見ながら首を横に振った。

「ふられたとは言っていない。ただ、ここ一ヶ月近く続いていた毎晩の『おやすみコール』がなくなったのと、仕事が休みなのに引き籠《こ》もって出かけないところから考えて、別れたんじゃないかと推測して話しただけだ」

名探偵にでもなったつもりか、兄ちゃんは少し自慢げに推理を披露《ひろう》した。

「って、なんで毎晩、電話がかかってきてたことを知ってるのよ！」

元カレからの電話は自分の部屋で受けていた。話の内容はいつもどうでもいいことばっかりだったけど、他人に聞かれるのはプライバシーを侵害されているようで嫌だ。

私が噛みつくと、兄ちゃんはあからさまに不愉快だという表情を浮かべる。それから、その神経質すぎる性格を表したようなインテリメガネを、ぐいっと押し上げた。

「知りたくなくても、お前の声がでかすぎてなにもかも筒抜《つつぬ》けだ」

「嘘っ!?」

衝撃の事実に声が裏返る。

恥《は》ずかしいと思う間もなく、お母さんが「で、結局ふられたんでしょ？」と畳《たた》みかけてきた。

違うと言いたいけど、見栄《みえ》を張っても仕方ない。

しぶしぶうなずく私を見て、お母さんが呆《あき》れたように、はあっと息を吐いた。

「まったく。いくら貧乳だとしても、彼氏ひとり捕まえておけないなんて情けないこと。いままで付き合ってふられた人を集めたら野球の試合ができるんじゃないの？」

「そんなわけないでしょ！　む、胸の大きさは関係ないし。それに、えーと……まだ六人目だよ」

本当はもっと多いかもしれないけど。

私の心の声を聞いたみたいに、兄ちゃんが「お前のことだから正確な人数なんか覚えていないだろう」とつっ込んでくる。

なにか言い返してやりたかったけど、うろ覚えなのは事実だから、睨《にら》むだけにしておいた。

お母さんは箸《はし》で味噌汁をぐるぐる掻《か》き混《ま》ぜながら、わざとらしく溜息を吐く。

「……ホント、うちの子供たちはどうなってんのかしら。五人も産んだのに結婚しているのがひとりだけなんて……。あー、くそっ、アタシは早く孫が見てぇんだよっ！」

愚痴《ぐち》をこぼしているうちに興奮してきたらしく、お母さんの口調が急に荒くなる。

アンチエイジングに命を懸《か》けて、分厚い猫の毛皮をかぶっているお母さん。近所の人たちからは「いつも若くて綺麗で上品な奥様」なんて言われているけど、中身は元ヤンでガラが悪い。

いまみたいに機嫌を損《そこ》ねると、手がつけられない暴君《ぼうくん》と化すのだ。

お母さんは手のひらをバンッとテーブルに打ちつけ、ギラギラした目を私に向ける。

もう慣れているから怖いとは思わないけど、早く話題をそらさないとさらに面倒なことになるのはわかりきっていた。

「ま、孫って言われても、私まだ二十三で、仕事はアルバイトだし。そういうのは普通、ちゃんと就職してる大人の兄ちゃんたちが先でしょ」

我が虎尾家は、建設会社を経営している父と専業主婦の母、息子が四人に、末娘の私を足した七人家族だ。いまは、二番目の兄が結婚して家を出ており、三番目と四番目の兄もそれぞれ遠くで働いているから、四人で暮らしているけど。

兄たちは全員、お父さんの会社に就職して、それなりの地位を与えられている。

近所のスイミングスクールでコーチのアルバイトをしている私とは比べられないくらい、社会的にも給料的にもきちんとしているはずだ。

年齢からいっても、結婚や孫の話はまず兄に向けてほしかった。

私の言い分を聞いたお母さんは、長男である目の前の兄ちゃんをじろりと睨《にら》む。

兄ちゃんはきょうだいのなかで一番長く両親と暮らしてきただけあって、お母さんの視線を動じることなく受け止めた。

「自分で言うのもなんだけど、俺は細かいしうるさいから、結婚は無理だと思うな。どうしてもしろって言うなら、計算機みたいに正確ではっきりしていて、ぶれない女を連れてきてくれ」

なんだそりゃ……。

兄ちゃんが理想とする女性像を初めて聞いたけど、意味がわからない。

さすがのお母さんも私と同感らしく、渋いものを食べた時のような顔で兄ちゃんを見つめて「終わってるわ」とこぼした。

兄ちゃんは私とお母さんの反応なんてどうでもいいと言わんばかりの態度で立ち上がり、無言で自分の部屋へと去っていった。

するとまたお母さんの視線が私に戻ってくる。嫌な予感に身構えたところで、玄関のほうからドアを開け閉めする派手な音が響いた。

「帰ったぞぉーっ!!」

続いて届く、お父さんの野太《のぶと》い声。今日も上機嫌でうるさい。

すかさず、お母さんが玄関に向かっていった。

「大我《たいが》、てめぇ、ドアは静かに閉めろって何度言ったらわかるんだよ!?　次に壊したら小遣い全額カットだからな!」

「お、どうした?　愛しの江麻《えま》ちゃんは随分《ずいぶん》とすさんでるなぁ。更年期ってやつか?」

荒々しいお母さんの叫びと、デリカシーがなさすぎるお父さんのバカっぽい発言、そして最後に爆竹《ばくちく》が破裂《はれつ》したような音が聞こえる。

たぶん、キレたお母さんが手を上げたんだろう。

些細《ささい》なことで揉《も》めて、お父さんがお母さんに叩かれるのは日常茶飯事《にちじょうさはんじ》だった。

しばらくすると、私の予想を裏づけるように、左の頬《ほお》を真っ赤に染めたお父さんが、ダイニングに顔を出した。

「ただいま」

「おかえりー」

私が普通に挨拶《あいさつ》すると、お父さんは続き間《ま》になっているリビングへ移動して、ごろんとソファに寝そべった。無駄に背が高くてがっちりしているから、ひっくり返った熊《くま》みたい。

「そういやあ、夕葵。お前、男と別れたんだってなあ」

デジャヴ……じゃなくて、ついさっきお母さんに同じことを言われたばかりだ。

いいかげん、うんざりして溜息を吐く。

「またその話!?　というか、なんで、お父さんまで知ってるの……」

「あん？　そりゃあ、俺と江麻がいまもラブラブで、なんでも話し合える仲だからだな！」

終わった恋愛なんてとっとと忘れたいのに、どうしてうちの家族はわざわざ蒸し返すのか。

しかも、さりげなく夫婦円満を強調してくるあたりが、嫌みっぽくてムカつく。

「はいはい、勝手に仲よくしてください。私は私で新しい出逢いを探すから、もう放っといてよね」

相手をするのが面倒くさくなってきて、適当にあしらった。

こういう不愉快な気分の時は、大好きなプロレスのＤＶＤを観《み》て、スカッとするに限る。

さっそく自分の部屋に引き籠《こ》もることに決めて立ち上がると、お父さんが慌《あわ》てた様子で上半身を起こした。

「いや、待て待て。出逢いは探さなくていい！　もう見つかってるからっ」

「……はあ？」

わけがわからないことを言われ、顔をしかめる。

そうしたらお父さんはスーツの内ポケットから携帯を取り出し、私に向かって画面をかざした。

「見ろ！」

そう言われても、遠くてよく見えない。仕方なく近づいて覗《のぞ》き込むと、スーツを着た男性らしき人の写真が表示されていた。

「誰、これ？」

「イケメンだろう」

お父さんは私の質問には答えず、満足そうに微笑《ほほえ》んでうなずいている。

しかし、画面のなかの写真はピンボケなうえにぶれていて、目と鼻と口の位置がかろうじてわかるだけだった。なんか、ハニワっぽい。

「それで？」

肯定も否定もできないまま話の先を促《うなが》すと、お父さんはビシッと親指を立てて片目を瞑《つむ》った。

「夕葵の見合い相手だ！」

「へえー……って、えええぇーっ!!」

いきなりなにを言い出すのかと目を剥《む》く。

すかさず、私の声を聞きつけたお母さんが、キッチンから飛んできて「うるせえ、静かにしろ！」と怒鳴《どな》った。どうやらキッチンでお父さんの夕飯の準備をしていたようだ。

実際に一番うるさいのはお母さんだけど、指摘したらひどい目に遭《あ》わされるのは間違いない。

私が口をつぐんだ隙に、お父さんは見合い相手だという男の素性《すじょう》を説明し始めた。

「こいつはつい最近知り合ったやつなんだが、若いのにかなりのやり手でな。二年前に家業の貿易会社を継《つ》いで、どんどん事業拡大してバンバン儲《もう》けを出してんだよ。いまは二十五歳で見たとおりの二枚目、背は高えし性格も悪くねえ。俺にはちょっとばかし劣《おと》るが、有望株だぜ」

いまの話が本当なら、お父さんに劣《おと》るところなんかどこにもない。むしろパーフェクトすぎて嘘くさかった。

テーブルに料理を並べ終えたお母さんが、私と同じようにお父さんの携帯を覗《のぞ》き込む。

お母さんは目を細めて画像を見てから、憐《あわ》れみの籠《こ》もったまなざしをお父さんに向けた。

「……これ、大我が撮ったの？」

「ああ」

「次に携帯で写真を撮る時は、他のやつに頼むか、自撮《じど》りのデータを送ってもらうんだね」

お母さんの忠告の意味がわからないらしいお父さんは「ジドリってなんだ。鶏《にわとり》か？」と言いながら首をひねっている。ギャグなら寒いけど、本気で言っているから痛々しい。

お母さんは悲惨《ひさん》なものを見るように眉根を寄せて、頭を振った。

「とにかく、自分で撮るのはやめな。大我は手が大きすぎて携帯を操作するのに向いてないんだよ。相手に『自撮《じど》りで頼む』って言えば、たぶんわかってくれるから」

「なにがだよ？　こいつは鶏《にわとり》じゃなくて、夕葵が今度見合いをする相手だぞ」

相変わらず、自撮《じど》りがなにかわかっていないお父さんは、しつこく食い下がる。お母さんは説明することを諦《あきら》めたようで「わかったから、早く夕飯食べなよ」と軽くあしらった。

……あれ？　いつの間にか、私お見合いすることになってない!?

「ちょ、ちょっと。なんでお見合いのこと勝手に決めてるの。私、絶対に嫌だからねっ！」

私が声を張り上げて拒否すると、お父さんとお母さんは同時に溜息を吐いた。ふたりの顔には『なに言ってんだ、こいつ』とはっきり書いてある。

お父さんは改めて自分の携帯を見直し、わけがわからないというふうに片眉を上げた。

「この話のどこが不満なんだ？　お前にはもったいないくらいの男だろうが」

そんな写りの悪いハニワみたいな画像を見せられて、いい男だと言われても困る。けど、相手がたとえどんな人であっても、お見合いは避けたかった。

「だって付き合う人は自分でちゃんと見極めたいし……」

それに、お見合いしたらすぐに結婚させられそうなのも嫌だ。

相手が私を気に入る可能性は限りなく低いだろうけど、うっかり話が進んで、納得がいかないまま後戻りできなくなったら、お互いしゃれにならない。

なにがあっても断るつもりで眉間《みけん》に力を入れると、隣に立つお母さんが突然噴き出した。

「貧乳のくせによく言うわ。それで見極めた男ってやつに、ふられまくってるのにさぁ」

「む、胸のことは関係ないから、放っておいてよっ。いつか、私を丸ごと受け止めてくれる、すっごい素敵な男を見つけてやるんだから!!」

悔《くや》しくて反射的に言い返す。

そうしたらお母さんは横目で私を見て、バカにしているような半笑いを浮かべた。

「ふうん。で、いつかっていつ？　それだけ自信があるなら、もう当てはあるんだろうね？」

いじわるな質問を向けられ、ぐっと言葉に詰まる。

「……そういうのは、ない、けど……。運命の相手に、きっと出逢えるはずだし！」

苦しまぎれについ適当なことを言ってしまったけど、「運命の相手」だなんて、乙女チックすぎて自分でも引く。

笑われるのを覚悟しておそるおそる見返すと、お母さんは顎《あご》に指を当ててなにかを考え込んでいた。

「まあね。確かに運命の出逢いってやつは、とんでもない時にいきなりあるもんだけどさ。アタシと大我だって、出逢いは河川敷《かせんじき》で木刀持って睨《にら》み合ってた時だからな」

「へ、へぇー……」

いままで知りたいとも思わなかったけど、お父さんとお母さんの出逢いは、やっぱり普通じゃなかったらしい。

私がそんなことを考えてるなんて知らないお母さんは、ふっと肩の力を抜いて、納得したようにうなずいた。

「夕葵の考えはわかった。でも、見合いには行ってきなさい」

「ええっ」

声を上げた私の額を、お母さんが指で弾《はじ》く。地味に痛い。

「いちいちギャーギャー言って、うるさいんだよ。大我と相手の立場も考えてやりな。どうしたって、一度は顔を見せなきゃ失礼だろ」

本音を言えば、面倒くさいし、会いたくなかった。でも、お母さんの言うことも一理《いちり》ある。

……仕方ない。

「わかった、行く。でも、きっとうまくいかないと思うよ」

あとになって文句を言われないように、話がまとまらない可能性が高いことを念押ししておく。

どうやら無意識のうちに渋い顔をしていたようで、私を見たお母さんが「まあ、それでもいいよ」と言って肩をすくめた。

「ところで、大我。相手の男はなんて名前なの？」

お母さんの問いかけで、私はまだ相手の名前を聞いていなかったことに気づいた。

お父さんも言い忘れていたんだろう。ハッとして、弾《はじ》かれたように顔を上げた。

「山名《やまな》だ。……山名淳一《じゅんいち》」

心のなかでいま聞いた名前を繰り返す。

山名淳一さん、ね。

初めて聞いた名前だからか、自分がお見合いする相手だと言われても、全然ピンとこなかった。

2

お父さんが言うには、お見合い相手の山名さんがかなり乗り気らしい。すぐにでも私を紹介してほしいと頼まれたそうだ。

おかげで話を聞いてからまだ六日しか経っていないというのに、本人と直接会うことになってしまった。しかも、急すぎてお父さんの都合がつかなかったため、ふたりきりで。

心の準備もなにもあったもんじゃない。いくら断ることが前提とはいえ、あんまりだ。

当然、私は文句を言ったけど、お母さんに「早く結果がわかるなら、むしろありがたいだろ」とたしなめられ、お父さんからは「それだけお前を気に入ってくれているんだ」と説得された。

確かに私だってよく思われるのは嬉しい。けど、山名さんはいままでの彼氏たちと同様に、私の外見だけを見て気に入ってくれているんだろう。もしくは、お父さんの親バカな娘自慢を鵜呑《うの》みにしているか。

どちらにしても、気が重い。

私は待ち合わせ場所であるホテルのカフェで、コーヒーを飲みながら盛大に溜息を吐く。

山名さんは午前の仕事を終えてからくるそうで、少し遅れるかもしれないと連絡がきていた。

だめになる予定のお見合いのために、忙しい合間を縫《ぬ》って会いにきてもらうのは申し訳ない気がする。けど、私だって迷惑しているのだと開き直った。

暇を潰《つぶ》そうと携帯を手に取り、お気に入りのプロレス団体のサイトを表示する。

来週、タイトルマッチを収録したＤＶＤがレンタル開始だと思い出したところで、お母さんからのメールが届いた。

開封してみれば、件名は『気合い入れてけ』で、内容は『もし見合い相手に失礼な態度を取って、わざと破談《はだん》にしようとしたら、ぶっとばすから覚悟しておけ。親に恥をかかせるようなまねはするなよ』という恐喝《きょうかつ》まがいのものだった。

「うわー……」

思わず、憂鬱《ゆううつ》な気持ちが声に出る。

私には最初からこのお見合いを成功させようという気がないし、正直言って、山名さんにどう思われようと構わなかった。

一応、服装だけは気を遣って、フェミニンな感じのアンサンブルにしたけど、自分の男勝《おとこまさ》りな部分を隠したり、ごまかしたりすることはやめようと思っていた。

もう一度、さっきのメールを読み返す。

……いきなり素《す》の性格を出したら、話が違うって思われる、よね。つまりそれは、お父さんの立場を悪くするわけで……

女性は気まぐれだとよく言うけど、うちのお母さんに限って二言《にごん》はない。

いつもお父さんに向かって繰り出される容赦《ようしゃ》のない平手打ちを思い出し、私はぶるっと震えた。

痛い思いをしたくなければ、猫をかぶって、山名さんに合わせなきゃいけないということだ。

ますます気分が落ち込んでうなだれる。

次の瞬間、下を向いた視界の端《はし》が、ふいにサッとかげった。

「失礼ですが、虎尾夕葵さんですよね？」

落ち着いた男性の声が聞こえた。

返事をするのも忘れて、声がしたほうへ顔を向ける。テーブルのすぐ横に立つ男性が、私を見下ろしてふわりと微笑《ほほえ》んだ。

「お待たせして申し訳ありません。山名淳一です」

「え、あっ、はい。……と、虎尾夕葵ですっ」

声をかけてきたのがお見合いの相手だと知り、慌《あわ》てて立ち上がる。額がテーブルにくっつきそうなくらい思いきり頭を下げると、優しく笑う声と共に肩をそっと手を置かれた。

「そんなにかしこまらないでください。久しぶりに会った友達のような感じで気楽にしてもらったほうが、俺も緊張しないでいられますから」

「……はい」

うなずいて、椅子《いす》に座り直す。気楽にしてほしいという希望に言葉では応じたけど、そのとおりにはできそうもなかった。

友達のように、なんて無理だよ。こんなイケメンの友達いないし!

心のなかで叫んで、頭をかかえる。

お父さんがお見合い相手を「二枚目」で「背が高い」と言っていたのは本当だったらしい。あのハニワみたいな写真からは想像できないほど、山名さんは整った容姿をしていた。

中性的でスッキリした顔立ちに、意思の強そうなまなざしが精悍《せいかん》さを足している。もともと色素が薄いのか、淡い茶色の髪に、チョコレート色の瞳をしているため、外国人の美青年のような雰囲気だった。

さっき見上げた時、かなり首を反《そ》らさないといけなかったから、身長は一八〇センチを超えているはず。すらりとした細身の身体に、深いネイビーのスーツがよく似合っていた。

私の向かいの席に座った山名さんは、どこか遠くを見るように目を細めて、ほうっと息を吐く。

「やっと……会えた」

「え？」

彼の口から漏れたささやきに首をひねる。

お見合いの話が持ち上がってから、今日で六日。まだ一週間にもならないのに、「やっと」と言うのは少しおかしい気がした。

私の視線を受け止めた山名さんは、なにかを取り繕《つくろ》うように笑った。

「実はね、今回の件は俺が夕葵さんを紹介してほしくて、あなたのお父様に無理を言ってお願いしたんです」

寝耳《ねみみ》に水な話を向けられ、ぱちぱちとまばたきを繰り返す。

このお見合いはうちのお父さんが仕組んだものだと思っていたけど、違うらしい。

「そうだったんですか。でも、どうして……」

山名さんはにこにこしながら、満足そうにうなずいた。

「もちろん、あなたと親しくなりたいからです。できれば、結婚を前提として」

コーヒーを噴きそうになり、思わず咳《せ》き込んだ。

け、結婚って！

最初から決定的な言葉を出され、山名さんを凝視《ぎょうし》した。

見るからにイケメンでモテそうな彼が、なぜ私を気に入ったのかはわからない。けど、向けられる熱っぽいまなざしが本気だと物語っている。

どうしよう。まさか相手がこんなに押してくるとは思っていなかった……！

まずい事態だと気づいて動揺する。

のらりくらりとこの場をかわして、あとでお父さんから断ってもらえばいいと考えていた。だけど、この調子では話を合わせていたら引き返せなくなりそうだ。

いくらなんでも、この場ではっきり「お断りします」とは言いにくい。しかし、素《す》の自分を見せて断られるように仕向けたら、お母さんの制裁《せいさい》が待っている……

「あ、あのぅ。ええと、お気持ちはありがたいんですけど、すぐには決められないと言いますか。まだ、お互いのことをよく知らないですし。そういうのはもっと時間をかけて、理解してからでないと――」

言葉を尽くすけど、彼は落ち着いた様子でゆっくりと首をかしげた。

「俺はあなたのことをよく知っています。結婚生活がうまくいくという確信もありますよ？」

なんでそういう根拠のない自信を持ってるわけ!?

心のなかで文句を言って、じとりと睨《にら》む。

山名さんは思い込みが激しくて、面倒くさい人なのかもしれない。そんな男と結婚するなんて、ごめんだ。

「……で、でも、私と山名さんは初対面でしょう？　結婚は一生を左右するとても大事なことなので、じっくりと考えて決めたいです」

苦しまぎれに、返事を先延ばしにする。

山名さんは私の答えに少し目を瞠《みは》ったあと、どこか寂しそうに苦笑いした。

「そうですね。ではお互いを知るために、別の場所へ行きましょう」

「はい？」

どういうことかと聞き返す前に、山名さんが私の手を握って立ち上がる。つられて立った私は、引きずられるようにしてカフェの外へ連れ出された。

「えっ、どこに⁉　というか、コーヒーのお金が……」

ほとんど無理矢理引っ張られてきたから、コーヒーの代金を支払っていない。無銭《むせん》飲食をするわけにはいかないと思い声を上げると、山名さんが振り返って微笑《ほほえ》んだ。

「先に払っておいたから、大丈夫です」

「あ、すみません。ありがとうございます」

……とか、普通にお礼を言ってる場合じゃないって！

ハッと我に返った時には、もう遅い。私は山名さんに導《みちび》かれるままエレベーターに乗り込み、上昇していく籠《かご》のなかで、呆然《ぼうぜん》とするしかなかった。

ホテルの上階に連れていかれるなんて、嫌な予感しかしない。

もし不埒《ふらち》なまねをされそうになったらぶん殴って逃げよう。そう思い、こぶしを固めていたけど、山名さんが向かったのは、パーティー用フロアに併設《へいせつ》された広い空中庭園だった。

そこは建物の一部を切り取ったような造りになっていた。天井までかなり高いため開放感があり、春の穏やかな風が抜けていく。時折どこかから小鳥のさえずりも聞こえる。

本来はガーデンウエディングのための場所なのか、綺麗に刈《か》り込まれた木々が並び、季節の花が脇を彩《いろど》る小道の奥には、小さな噴水と、ハートをモチーフにした洋風の鐘が設置されていた。

可愛いものにあまり興味がない私でも、雰囲気のある景色に見入ってしまう。

「素敵」

思わず感嘆《かんたん》の溜息をこぼす。すると山名さんは繋《つな》いだままの手にキュッと力を込めて、嬉しそうに笑った。

「なかなかいいでしょう。以前、知人の結婚式に呼ばれてここへきたのですが、素朴《そぼく》なところが気に入ってしまって。いつか好きな人を連れてきたいと思っていたんです」

「え？」

さりげなく出た「好きな人」という単語に驚いて、山名さんを見上げる。彼は表情を変えずに、そっとうなずいた。

「夕葵さんのことですよ」

まっすぐな感情表現に、思わずどくんと心臓が跳ねる。

スマートでおしゃれな山名さんは、筋肉ムキムキの強い男性に憧《あこが》れている私のタイプではないけど、好きだと言われればドキドキしてしまう。

まあ、会ったばかりで「好き」とか調子がよすぎると思わないでもないけど。

「……ありがとうございます」

曖昧《あいまい》に微笑《ほほえ》んで、一応お礼を言っておく。

山名さんはなにか気になるものでも見つけたように、まじまじと私の顔を覗《のぞ》き込んでから、自分の頬《ほお》を指差した。

「夕葵さんのここに、すごくはっきり『嘘くさい』って書いてあります」

「えっ⁉」

とっさに身を引いて、空《あ》いているほうの手で頬《ほお》を押さえる。

驚く私を見た山名さんは、パッと破顔《はがん》した。

からかわれたのは悔《くや》しいし、本心を言い当てられたのは恥《は》ずかしい。ムカムカして睨《にら》むと、彼はまぶしいものを見るように目を細めた。

「すみません、怒らせたかったわけじゃないんです。ただ、あなたが俺の前にいて、笑ったり、驚いたりしているなんて、夢のようで。……ずっと、会いたいと思い続けていましたから」

会ってすぐに感じた違和感を、また覚える。山名さんの口ぶりは、まるで私のことをかなり前から見知っていたかのようだ。

「ずっと？　あの、私たち今日初めてお会いしたんですよね？」

私の疑問に、彼はゆっくりと頭を横に振った。

「いえ、以前にも何度か会っているんですよ。といっても、言葉を交わしたのはわずかな時間でしたし、あとは俺があなたを一方的にお見かけしただけですけど」

予想外な話を聞かされ、目を瞠《みは》る。どういう状況だったのかはわからないけど「何度か会っている」という相手をまったく覚えていないのは、あまりにも失礼だ。

「そ、そうだったんですか。申し訳ありません、私、全然覚えていなくて……」

ごまかすこともできずに、うなだれる。

けれど山名さんは穏やかな表情で、また首を横に振った。

「いいんです。気にしないでください。本当にたわいない話をしただけだったので、夕葵さんが覚えていなくても無理はありませんよ」

「でも……」

なんとか思い出せないかと記憶をたどってみるけど、全然だめだ。

お父さんの仕事の関係で会ったの？

しかし、私は兄ちゃんたちと違って、いままでほとんど家業にかかわってこなかった。当然、お父さんの会社の関係者なんて覚えていない。

そもそも、土木工事を主に請《う》け負《お》っているうちの建設会社と、山名さんが経営しているらしい貿易会社に接点なんてあるものだろうか。

「ごめんなさい。やっぱり思い出せません。失礼ですけど、どこでお会いしていたのか教えていただけませんか？」

首を横に振って、白旗を揚《あ》げる。簡単に諦《あきら》めるのは性《しょう》に合わないけど、仕方ない。

山名さんはなにかを考え込むように難しい顔をしてから、ニコッと笑みを浮かべた。

「秘密にしておきます」

「へ？」

「……というより、忘れたままでいてほしいのが本音かな。夕葵さんと初めて会った時の俺は、すごく格好悪い男だったので」

意外な拒絶にあい、ぽかんとして山名さんを見つめる。

こんなに見た目が整っているのに、格好悪くなることがあるんだろうか。もし着古したよれよれのTシャツを着ていたとしても、彼なら様《さま》になりそうだけど……

それに、隠されるとなおさら暴《あば》きたくなってしまうものだ。

「そういうふうに言われたら、かえって気になります」

納得しきれずに眉根を寄せて食い下がると、山名さんは困り顔で微笑《ほほえ》んだ。

「いっしょにいるうちに、わかると思いますよ。……でも、いまはまだ内緒にさせてください。再会したばかりなので、みっともないところは見せたくないんです」

あとでわかるのなら、いますぐ教えてくれてもいいのに、彼はそれ以上のことを言う気がないようだ。イケメンゆえのこだわりだろうか。

本当はしつこく問い詰めて吐かせてしまいたい。どんなことだろうと、はっきりしないのはイライラする。

でも、さっき届いたお母さんからのメールが脳裏《のうり》にちらついて、結局はなにもできなかった。

「山名さんなら、どんな姿でもみっともなくなることなんてないでしょう。そんなに格好いいんだし、自信持っていいと思いますけど？」

呆《あき》れ混じりに溜息を吐く。

すると山名さんは私を見つめたまま、ものすごく驚いた顔をしていた。

え……。突然どうしたんだろう。私、なにか余計なことをした？

内心焦《あせ》りまくって、自分の行動を振り返る。少しして、さっきの発言が嫌みっぽく聞こえたかもしれないと気づいた。

「いや、あの、私はただ思ったことを言っただけで、嫌みとかじゃ……」

「本当ですか？」

「はい？」

なにを聞かれたのかわからずに呆然《ぼうぜん》と見上げると、山名さんは顔がくっつきそうなほど身を乗り出し、真剣な表情で私を見返してきた。

「本当に、俺のことを格好いいと思ってくれている？」

重ねて問われても意味不明だ。私はなかば混乱しながらうなずいた。

「格好いい、です。イケメンだし、背が高いし、センスもいいし」

私の答えを聞いた山名さんは、一瞬、苦しそうにくしゃりと顔を歪《ゆが》めた。直後、私と繋《つな》いでいないほうの腕を伸ばして抱きついてきた。

「あー、どうしよう。まずい、すごく嬉しい……！」

「ちょ、ちょっ……え、なに——!?」

とっさに、繋《つな》いでいた手を振り払う。彼を押しのけるつもりだったのに、逆に両手で思いきり抱き締められてしまった。

いきなりハグしてくるなんて、信じられない。しかもすごい力だ。

なんとか逃れようと身をよじるけど、彼の腕は少しもゆるまなかった。

……あ、筋肉けっこう硬い。

触れている二の腕と、胸板の感触にくらくらしてくる。細身だからわかりにくいけど、山名さんは、かなり身体を鍛《きた》えているんだろう。

勝手に胸が高鳴る。こんな時まで筋肉好きの癖が出てくるなんて、自分でもげんなりした。

山名さんは私の髪に頬《ほお》ずりをして、感極《かんきわ》まったように吐息をこぼす。

「ずっと、きみに認められたかった。もう格好悪いなんて言われないように、きちんとした姿で会いたくて、強くなったところを見せたくて……」

すっかり自分の世界に入っちゃってるらしい彼は、敬語も忘れて、私に対する感情を垂れ流している。

それにしても、私と山名さんの最初の出逢いは、あまりいいものではなかったようだ。いまの言葉が本当なら、私は彼を「格好悪い」と評価したっぽいし……

そんな失礼なことを言った記憶はないけど、酔っていた時ならわからない。たとえば呑み会の帰り道で、イケてなかった頃の山名さんに遭遇《そうぐう》した可能性がないとは言えなかった。

抵抗するのも忘れて、彼のことを考える。

どこかで私に酷評《こくひょう》された山名さんは、怒るとか無視するとかすればいいのに、わざわざ自分を磨《みが》いてまで追いかけてきたようだ。

それってなんか、ものすごく気に入られてる、かも……？

あまりにも情熱的な彼の行動に、思わず頬《ほお》が火照《ほて》った。何度も恋愛に失敗していて、流されるのがよくないとわかっていても、ドキドキが止まらなくなる。

やがて山名さんは長い溜息を吐いてから、そっと腕を離した。

「ごめん。びっくりさせてしまったね」

自分の世界から戻ってきた山名さんは、すまなそうに眉を下げている。

私はブルブルと首を横に振った。彼の気持ちを知って照れただけで、嫌ではないから。

「驚いたけど、平気です」

「よかった。ところで、いまからはもっと砕《くだ》けた話し方にしないかい？　さっきも言ったけど、俺はきみに近づきたいし、気を遣ってほしくないんだ」

色々とカミングアウトしたせいか、山名さんはすっきりした顔で微笑《ほほえ》む。

私も敬語で話すのはあまり得意じゃないから、うなずいた。

「はい。あ……うん」

返事を言い直して笑い合う。急に彼との距離が縮まった気がして、なんだか嬉しくなった。

改めて自分の流されやすさに驚くし、山名さんが細マッチョだと気づいた途端《とたん》に見る目を変えた現金《げんきん》さには呆《あき》れてしまうけど。筋肉の魅力には抗《あらが》えない。

山名さんはまた私の手を握ってくる。

「もし、きみが嫌じゃなければ、夕葵って呼びたい。俺のことも下の名前で呼んで？」

もちろん大丈夫だと首を縦に振る。でも、山名さんのことを呼び捨てにするのはためらう。

今日会ってすぐに馴《な》れ馴《な》れしくしたら、お母さんに「生意気《なまいき》で失礼だ」と指摘されるかもしれないから。

その昔、ヤンキー仲間で作ったチームとやらに属していたお母さんは、礼儀とか、上下関係にひどくうるさいのだ。

「えーと、じゃあ、淳さんって呼んでもいい？」

「いいよ」

私の提案に、淳さんはにっこりと笑った。

小鳥のさえずりが聞こえるガーデンテラスに、気持ちのいい風が吹き抜けていく。

さやさやと揺れる草木のなかで見つめ合い、ほのぼのしていると、私の携帯がけたたましく鳴り始めた。

「あっ、ごめん。すぐ止めるから」

マナーモードにするのをすっかり忘れていたらしい。音を止めようとバッグから携帯を出したところで、淳さんに腕を押さえられた。

「いや、気にしないで。急用かもしれないし、ちゃんと確認したほうがいい」

「うん。ありがとう」

お礼を言って、携帯のロックを解除する。待ち受け画面を表示させると、自宅にいるはずの兄ちゃんからメールがきていた。

そこに書かれていたのは『エマージェンシー　総員退避せよ』という文章だけ。同じメッセージがきょうだい全員に一斉送信されていると知り、焦《あせ》った。

「う、嘘でしょ!?」

思わず叫び声を上げる。

知らない人が見たら、ふざけているとしか思えないこの『エマージェンシー』という通知は、虎尾家のきょうだい間で使われている隠語《いんご》だ。その意味は「両親の夫婦ゲンカが始まったから、痛い目に遭《あ》いたくなければ、しばらく帰ってくるな」という警告。

力強くて豪快《ごうかい》だけど、かなり鈍くてちょっとずれてるお父さんは、滅多《めった》なことでは怒らない。完全にお母さんの尻に敷かれているから、口汚く罵倒《ばとう》されてもぶたれても、普段はへらへらしている。

でも、半年に一回くらいキレるのだ。

そして壮絶《そうぜつ》な夫婦ゲンカが勃発《ぼっぱつ》する。約十日間にわたって絶対零度《れいど》の空気を撒《ま》き散《ち》らし、灼熱《しゃくねつ》の怒鳴《どな》り合いを繰り広げ、壁と床と家具を破壊して、最後は仲直りの蜜月《みつげつ》に落ち着く。

両親の激しすぎるバトルに巻き込まれるのは恐ろしく、喧嘩後の甘々ラブラブなふたりを見るのは居《い》たたまれないので、子供たちはすみやかに逃げるのが鉄則だった。

どうしよう!?　まさか私のお見合いの日に、両親がケンカをするとは思わなかった。

私は淳さんに一言断ってから、兄ちゃんに電話をかける。

すぐに出た電話の先から、車のクラクションが聞こえた。どうやら外にいるらしい。

「兄ちゃんのメール見たけど、どういうこと？」

『どうって、いつもどおりの夫婦ゲンカだ。今朝、お前が出ていったあと、親父がキャバクラに行っていたことがバレた。で、お袋がキレた』

「はあ!?　お父さんってば、いい歳してなにやってんの！」

思わず電話口に向かって吼《ほ》える。

いまもお父さんを愛していると言ってはばからないお母さんが、嫉妬《しっと》しないはずはない。当然、キャバクラに出入りするのを許すわけもなかった。

私の反応に、兄ちゃんは『うーん』と短く唸《うな》る。

『親父も本当は行きたくなかったらしいけど、取引先の重役に誘われて仕方なく付き合ったみたいだな』

「そんなこと言って、実際は綺麗なおねーちゃんにデレデレしてきたんでしょ」

お父さんは派手で胸の大きい女性が好きなのだ。華やかな雰囲気をまとい、胸元を強調した服を着ているキャバ嬢は、ストライクゾーンど真ん中に違いない。

吐き捨てるように言うと、兄ちゃんは驚きの様子で声を上げた。

『お前、お袋とまったく同じことを言ってるぞ。親子ってすげーな』

「……感心してる場合じゃないよ」

私の呆《あき》れ声を聞いた兄ちゃんは、取り繕《つくろ》うように咳払《せきばら》いをして説明を続ける。

『とにかく、お袋は親父の話を全然信じなくて、疑われたほうの親父もキレて、大ゲンカになった』

「そう」

無意識に溜息がこぼれる。いつものこととはいえ勘弁《かんべん》してほしい。

兄ちゃんも疲れたように息を吐き出した。

『お袋はふて腐《くさ》れて部屋に閉じ籠《こ》もってるし、親父は外せない仕事があるって言って出かけたから、その隙にメールを送って、逃げてきたんだ』

「うん。ありがとう」

『別にいい。しかし、今回は理由が理由だから長引くかもしれないな』

さりげない兄ちゃんの言葉に、ぐっと喉《のど》が詰まる。

「そ、そんなにこじれてるの？」

なんとか声を振り絞って尋ねると、兄ちゃんはなんでもないことのように肯定した。

『ああ。お袋は完全に浮気を疑ってる。それに対して親父は濡《ぬ》れ衣《ぎぬ》だって言い張ってるからな。面倒くさいことになりそうだ。まあ、それでも離婚するとは言わないだろうけど』

呆《あき》れ混じりの兄ちゃんの言葉に、内心でうなずく。

これまでも両親は激しい夫婦ゲンカを繰り返してきたけど、別れるという選択はしなかった。今回もその点だけは安心できる。

兄ちゃんはこれから友人の家へ泊まりに行くと言い、電話を切った。

通話を終えた携帯をバッグに放り込んで、舌打ちする。

「まったく。なんて余計なことをしてくれるんだか！　毎度、いいかげんにしろっていうのっ」

両親に対しての文句を吐き出し、これからのことに頭を悩ませた。

いままでこういう事態に陥《おちい》った時は、うちの事情を知っている友達の家か、彼氏の家に泊めてもらっていた。

しかし、現在の私には彼氏がいないし、仲のいい友達は妊娠中だ。母子ともに経過は良好だと聞いているけど、私がお邪魔することでストレスを与えたくない。

二番目の兄のところはお嫁さんが看護師で忙しくしているそうだから無理。三番目と四番目の兄の家は新幹線で数時間かかる。おばあちゃんちに泊めてもらうという選択肢もあるにはあるけど、山奥だから通勤手段がなかった。

そして一番の問題は……給料日前だということ。

社会人として情けない話だけど、実は貯金がほとんどない。アルバイトの身でそもそも給料が少ないから、家に生活費を入れて、服や化粧品など身のまわりの細々《こまごま》したものを買うだけで、財布が空《から》になってしまう。

来週末に給料日を控《ひか》えたいまは、手持ちの一万二千円が全財産だった。

給料日まで六日。この金額じゃあカプセルホテルにも泊まれない。

ケンカに巻き込まれるのを覚悟して家に帰るか、毎晩ファミレスで夜を明かすか、野宿《のじゅく》は……いくらなんでも無理だ。

憂鬱《ゆううつ》な気分でうなだれると、物言いたげな視線が向けられているのを感じた。

ハッとして振り向くと、難しい顔をした淳さんが立っていた。

しまった。彼が傍《そば》にいることをすっかり忘れてた!!

緊急事態とはいえ、目の前で素《す》の性格をさらけ出し、両親への不満をぶち撒《ま》けて舌打ちまでした。

もちろんわざとじゃないし、淳さんに向けたものでもないけど、失礼な態度には違いない。私はビクビクしながら、彼を見返した。

けれども淳さんは表情を変えないまま、考え込むようにして、うなずいている。

「ごめんね。本当なら知らないふりをするのがマナーなんだろうけど、なにか困ったことが起きたのなら、俺に相談してほしい」

「へ？」

完全に予想外のことを言われ、頭が真っ白になる。

ひどく真面目な顔をした淳さんは、なにかの覚悟を決めたように、じっと私の目を見つめてきた。

「俺の協力で事態が好転するかはわからない。でも、夕葵を助けたいんだ」

彼の真摯《しんし》なまなざしに、胸の奥がぼうっと熱くなる。私は何度か口を開け閉めしたあと、淳さんに疑問をぶつけてみた。

「あの……驚かないの？」

「なにが？」

「えーと、私の性格が思っていたのと違う、とか。荒っぽいというか、男っぽいというか」

どう言ったらいいのか、考えながら説明する。

しかし私の話を聞いた淳さんは、意味がわからないというふうに首をかしげた。

「特に驚きはしないよ。夕葵は俺の思ったとおり、凛々《りり》しくて、元気で、可愛い」

さらっと褒《ほ》められて、顔が熱くなる。

「知ってたの？」

ひとりでオロオロしたのが恥《は》ずかしい。

照れ隠しに睨《にら》むと、淳さんはふんわりと笑った。

「なんのことかわからないけど、夕葵にだめなところなんてないよ」

熱が上がりすぎて、頬《ほお》がじんじんする。

とにかく淳さんは私が男勝《おとこまさ》りでも気にしないらしい。完全溺愛モードの彼に圧倒され、私はブルブルと首を横に振った。

「う……。も、もういい。わかった」

「それじゃあ、トラブルの内容と原因を聞かせて？」

「それは、その……うちの親が――」

淳さんの大げさな愛情を向けられた私は、なかば朦朧《もうろう》としながら質問に答えていく。

お父さんのキャバクラ浮気疑惑から始まり、両親が夫婦ゲンカに至ったこと。虎尾家きょうだい間で使われている「エマージェンシー」の意味。ついでに、避難場所がないという私の身の上話も。

淳さんは最後まで話を聞いて「なるほど」とうなずいた。

「ご両親の諍《いさか》いは放っておいても大丈夫なの？」

「うん、平気。そのうち勝手に仲直りするから」

まわりが仲裁《ちゅうさい》したって、お父さんとお母さんのケンカは収まらない。ふたりとも頑固《がんこ》でプライドが高いため、自分たちが納得するまで続けるのだ。

気を遣っても無意味だし疲れるだけだから、放置するのが一番だった。

私が説明し終えると、淳さんは清々《すがすが》しい笑みを浮かべた。

「よかった。それなら問題ないね」

「……はは」

気の抜けた笑いで、顔が引きつるのをごまかす。

淳さんは実際にうちの両親のケンカを見ていないから、そんなことが言えるんだ。荒ぶるふたりと同じ家で暮らすなんて地獄である。問題ないわけがなかった。

あまり親しくない人でも手当たりしだいに声をかければ、誰か泊めてくれるかもしれない……だめなら、どこか安いホテルを探して、数日だけでも泊まろうかな？

家にいる時間を少しでも短くしたくて、考えをめぐらせる。

とりあえず連絡がつきそうな人を確認するために携帯を出そうとしたところで、淳さんに肩を掴《つか》まれた。

「じゃあ、行こうか」

「えっ、どこに？」

繋《つな》がらない会話にパチパチとまばたきをする。

強引にここへ連れ出されたけど、さらに移動するとは聞いていなかった。

けれど淳さんは当たり前のように私の手を取って歩き出す。

「夕葵は泊まるところがないんでしょう。だったら、しばらくの間うちにくればいい」

彼の何気ない提案に、私は思わず目を剥《む》いた。

「は!? ちょ、なに言ってんの。だめだよ。それだけは無理！」

慌《あわ》てて抵抗して、足を止める。私に合わせて立ち止まった淳さんが、不思議そうな顔で振り返った。

「どうして無理？　俺は実家に住んでいるけど、もう親はいないから気兼《きが》ねすることないよ」

私が彼の厚意を断るのは、ご家族に対して気を遣うという理由じゃない。けど、突然飛び出した山名家の事情に驚いて、なにも言えなくなってしまった。

淳さんは口をつぐむ私を見て、ゆるく苦笑いをする。

「ああ、知らなかったんだね。二年前に事故でふたりとも他界しているんだ」

「そうだったの……」

あいづちを打つ声が尻すぼみになる。

淳さんが山名家の家業である貿易会社を二年前に継《つ》いだ、というお父さんの話を思い出した。

きっとあの時のお父さんは、わざと彼のご両親のことを私に伝えなかったんだろう。すごくデリケートな話だから、私と淳さんが仲よくなったあとに知らせたほうがいいと判断したに違いない。

しかし聞いていなかったこととはいえ、家族を亡くした彼にうちの両親やきょうだいの話をしたのは、無神経だったかもしれない……

上目遣いでそっと様子を窺《うかが》うと、淳さんは朗《ほが》らかな表情で頭を横に振った。

「気にしないで。ここだけの話、うちはちょっと家庭環境が複雑で、もともと親とあまり仲がよくなくてね。だから、大切な人を失ったという感じじゃないんだよ」

「……そっか」

よその家の事情を根掘り葉掘り聞くわけにはいかないから、素直にうなずいた。でも、やっぱり気になる。

山名家が淳さんの言ったとおりの家庭で、彼が両親の死を苦にしていないとしても、あまり幸せなことじゃないのは確かだ。

それをなにもなかったように語り、微笑《ほほえ》む彼の強さに、少しだけ驚いた。

淳さんは私の手を握り直して、また歩き出す。彼に引っ張られながら、私は大きく首を横に振った。

「や、だから、だめだってば。さっき会ったばっかりなのに、迷惑かけられないよ」

「大丈夫。俺が夕葵のことを迷惑だなんて言うと思う？」

「お、思わないけど、そういうことじゃなくって。だいたい、淳さん独り暮らしなんでしょ!?」

家族のいない独身男性だと言われて、ほいほいついていくほどお尻は軽くない。

ましてや相手は私を好きだと言い、結婚を望んでいる。行った先で貞操《ていそう》の危機にさらされる可能性ありまくりだ。

淳さんが想いを寄せてくれるのは嬉しいけど、まったく気持ちが動いていない状態で身体の関係を持つなんて、私には無理だった。

私の拒否をどう取ったのか、彼はなにか思い出したように「あっ」と短く声を上げた。

「ごめん、ひとつ言い忘れていた。親はいないけど、独り暮らしじゃないんだ。住み込みで家のなかのことをやってくれている人がいるから」

「……それって、家政婦さんみたいな？」

「うん。古い家だから無駄に広くて掃除をするのも大変でね。庭の手入れもあるし、家事全般をあるご夫婦にお願いしているんだよ」

淳さんの説明に唖然《あぜん》とする。

ご夫婦を住み込みで雇《やと》わなければならないほど手がかかるって、どんなお屋敷なの……？

事前にお父さんから聞いた話で、彼がお金持ちだということは知っていたけど、私の想像を遥《はる》かに超えていそう。

淳さんは驚きで固まる私の耳元に顔を寄せ、クスッと笑った。

「きみ専用の客間を用意できるくらい部屋はたくさんあるから心配しなくていいよ。もちろん同じ部屋のほうが俺は嬉しいけど、夕葵が許可してくれるまでは手を出さないって約束する」

耳たぶに彼の吐息がかかり、ゾクゾクと震える。とっさに身を引いて、空《あ》いているほうの手で耳を強く押さえつけた。

「ち、近いっ！」

「ふふ、夕葵はやっぱり可愛いね」

奥歯を噛み締めて思いきり睨《にら》みつけたけど、淳さんはうっとりと微笑《ほほえ》んでいる。彼が私のどこをそんなに気に入っているのか、さっぱりわからない。

淳さんは怪訝《けげん》な顔をする私をひとしきり見つめて、小さく首をかたむけた。

「とりあえず、俺の家に向かいながら決めればいいよ。建物と家政婦さんを見てからでも構わないしね」

「で、でも、あの……」

断る理由が思いつかずオロオロしているうちに、気づけば駐車場までできていた。

言葉巧みに「大丈夫」「なにもしない」「家を見るだけでも」などと言いくるめられ、淳さんの車の助手席に座らされる。シートベルトを着けるのと同時に走り出した車のなかで、私ははっきりと混乱していた。

なんか淳さんって、格好よくて穏やかで優しいけど……実はものすっごく強引じゃない⁉

車はお見合い会場だったホテルを離れ、ドライブコースにもなっているブリッジを走り抜けていく。

窓の外を流れる景色は素晴らしいけど、私は自分の置かれた状況にとまどい、ただ目を泳がせていた。

3

淳さんの運転する車は、ホテルから小《こ》一時間ほど走ったところで目的地に到着した。

ゆるい丘のような地形になっている、高級住宅街の一角。

車を降りてついてくるように言われた私は、ガレージの外に広がる庭園に目を向け、ぽかんとした。

敷地の真ん中に細かい砂利の敷かれた小道がまっすぐ延びていて、その脇には円錐形《えんすいけい》に刈《か》り込まれた庭木が一定間隔《かんかく》で植えてある。庭木の外側は細長い花壇《かだん》で、低く仕立てたバラや季節の花が揺れていた。

それらすべてが、小道を中心にして左右対称に設置してある。

いつどこで知ったのか記憶にないけど、フランス式庭園ってやつだと気づいた。

小道の先には大きな丸い噴水があり、もっと奥に二階建ての洋館が見えた。

シンプルな横長の建物で、落ち着いた群青《ぐんじょう》の屋根と白壁、それに大きなフランス窓が整然と並んでいる。一階の正面に低い階段があって、そこを上《のぼ》った先のドアが入り口なんだろう。

予想以上の大きさと豪華《ごうか》さに溜息がこぼれる。いったいいくつ窓があるのか数えようとしたけど、途中でわからなくなった。

……というか、なにここ……家、なの？

まるで外国の古いお城のようだ。

呆然《ぼうぜん》として淳さんを見つめると、彼は困ったように肩を落とした。

「古くて、広くて、管理が面倒なんだよね。個人的にこういう大げさなのは好みじゃないし、本当は手放してしまいたいけど、先祖が代々守ってきたものらしいからそうもいかなくて……」

「へ、へえ」

私にはよくわからない悩みを打ち明けられ、おざなりにあいづちを打つ。

とにかく淳さんは本当にここに住んでいて、うちなんかとは比べられないくらいお金持ちで、由《ゆい》緒《しょ》正しい家柄の人らしい。

ふと、お父さんが彼のことを「俺よりちょっと劣《おと》る」と言っていたのを思い出して、物申したくなった。あの時も思ったけど、どこが劣《おと》っているのか教えてほしい。

淳さんは庭を通り抜けて洋館の正面まで行くと、入り口の横にある呼び鈴《りん》を押した。

すぐにドアが開き、顔を覗《のぞ》かせた初老の女性が、淳さんを見るなりふんわりと笑った。

「おかえりなさいませ、淳一さん」

「ただいま」

淳さんも穏やかに挨拶《あいさつ》を返す。

この女性が、住み込みで働いているというご夫婦の奥さんなんだろう。

彼女はドアを大きく開けて、身を引く。淳さんのうしろにいる私には、気づいていないようだ。

先に自分から名乗って挨拶《あいさつ》するべきか考えていると、女性はふふっと優しげに笑った。

「お見合いはいかがでしたか。意中の女性からのお返事はありました？」

唐突《とうとつ》に自分の話題を出され、ぎくりと身が強張《こわば》る。

淳さんは彼女を「家事をお願いしている家政婦さん」だと言っていたけど、プライベートなことまで明かせるほど気安い関係らしい。

一度ちらりと私を振り返った淳さんは、ちょっと照れくさそうに自分の顎《あご》を撫《な》でる。それから一歩横に移動し、私の姿が彼女に見えるようにした。

「あー……実は会っている最中《さいちゅう》に向こうのご実家で問題が起きて、帰れなくなってしまったと言うから、連れてきた」

「えっ」

私を見るなり、彼女は驚きの声を上げる。

私は急いでその場で頭を下げた。

「と、突然押しかけて申し訳ありませんっ。虎尾夕葵と言います」

思いきり腰を折って、自分のスカートを握り締める。すると頭上でドアの軋《きし》む音が聞こえ、人が動く気配を感じた。

「あらあら、まあまあ。お嬢様、お顔を上げてくださいませ。……もう、淳一さんはなにをなさっているんですか。奥様になられる方に頭を下げさせるなんていけませんよ」

「……そういうわけだから顔を上げて、夕葵。でないと俺がもっと叱《しか》られてしまうんだ」

淳さんは笑いを含んだ声で言い、私の肩を優しく掴《つか》む。

肩から伝わるぬくもりに促《うなが》されて顔を上げると、すぐ目の前にいた女性が嬉しそうに目を細めた。

「ようこそ、おいでくださいました。こちらの管理を任されております、成増《なります》サキと申します」

「あ、よ、よろしくお願いします！」

まだ山名家に泊めてもらうと決めたわけじゃないけど、とにかく挨拶《あいさつ》をする。

サキさんは六十歳くらいの小柄で上品なご婦人だった。

「さあ、お入りください。なにか面倒事がおありなら、おふたりともお疲れでしょう。お茶を飲んで、少しお休みになられるとよろしいですよ」

優しい言葉と笑顔に迎えられ、胸の奥がじんわりと温かくなる。

両親からお見合いを押しつけられ、間を置かずに夫婦ゲンカで家を追われた私は、自分が思っていた以上に参っているらしい。

雇《やと》い主の見合い相手とはいえ、見ず知らずの私を気遣ってくれるサキさんに感謝した。

淳さんはサキさんの提案にうなずいて、私の手を取った。

「そうだね。じゃあサロンのほうに頼むよ」

「ちょっ、離して……！」

サキさんの目の前で手を握られ、かあっと頬《ほお》が火照《ほて》る。

とっさに振り払おうとしたけど、すごい力で手を引かれ、玄関ホールの隣の部屋にいざなわれた。

ドアが開かれた瞬間、まぶしさに目をすがめる。南側に面している部屋は、天井まで届く大きなフランス窓から陽が差し込み、光で満ちていた。

目をこらして見れば、寄木細工《よせぎざいく》で作られているらしい床と、白壁が輝いている。だいたい二十畳くらいだろうか。広い洋間の天井には、歴史を感じさせるシャンデリアが下がり、その下に華奢《きゃしゃ》な丸いテーブルセットがあった。

壁際のカップボードと、二人掛けのソファ、隅に置いてある花台。室内の家具はすべてアンティーク風のデザインで統一されている。

流れるようなドレープを描くカーテンの向こう側に、さっき通ってきたフランス式庭園が見えて、ここが日本ではないように錯覚してしまった。

現実味のない状況に溜息を吐き、少しの間、ぼーっとする。

……なんだかすべてが嘘っぽい。このお屋敷も、私を溺愛しちゃってるらしい淳さんも。

ふと我に返ると淳さんにうしろから抱き締められていた。

彼と触れ合っていることに気づいた途端《とたん》、心臓が大きく跳ね上がり、鼓動が速くなる。

それを悟られたくなくて、身をよじって強引に淳さんの腕から逃れ、キッと強く睨《にら》んだ。

「もう、なにしてんのっ。こういうのはだめ！」

「こういうのって？」

淳さんは言われていることが本気でわからないらしく、きょとんとして首をかしげている。

あ、ちょっとワンコっぽい……じゃなくって、さすがに自重《じちょう》してほしい。

「すぐに手を繋《つな》いだり、抱き締めたり。淳さんはスキンシップ多すぎだよ。私がいいって言うまで手は出さないって言ったのに」

不満を吐き出して、唇を尖《とが》らせる。

私の文句を聞いた淳さんは、ものすごくショックなことがあったみたいに、目を見開いた。

「ええっ……手に触るのも、ハグもだめなの!?」

まさに茫然自失《ぼうぜんじしつ》という感じで、彼はふらりとよろける。そのまま明後日《あさって》のほうを向いて頭をかかえ「アメリカじゃ誰にだってするのに」とこぼし始めた。

そんな海の向こうの習慣なんて知らない。ここは日本だ。

けど、淳さんの落ち込みっぷりを見て、私のほうが間違っているような気がしてきた。

「……じゃあ逆に聞くけど、淳さんの言う『手を出さない』ってなにを我慢するの？」

「そりゃあ、もちろん、セッ――」

「わあぁっ、言うな！」

声を張り上げて彼の言葉を遮《さえぎ》る。

まさかとは思ったけど、最後までしなきゃ大丈夫だと考えていたらしい。

発言を途中で止められた淳さんは不思議そうな顔をしたけど、すぐ私の機嫌が悪いことに気づいたようで、しょんぼりとうなだれた。

「わかった。手を握るのも、ハグも我慢する。それ以上のこともね。ただ……ひとつだけお願いがあるんだ」

「お願い？」

ものすごくいやーな予感がするけど、聞いてみなければわからない。

私が目をすがめると、淳さんはゆっくりとまばたきをした。

「夕葵のほうから、キスしてほしい」

「はあ⁉」

想像以上に強気な要求をされて、顔をしかめる。

私が大きな声を出したことに驚いたのか、淳さんは慌《あわ》てて両手を上げた。

「違うんだ。その、恋人同士が唇にするようなのじゃなくて、家族のキスっていうのかな。おやすみのキスとか、行ってらっしゃいのキスとか……そういう挨拶《あいさつ》みたいなやつ」

ええー……？

思いっきり呆《あき》れて、溜息を吐く。

私の表情を読んだらしい彼は、オロオロしながら言い訳を始めた。

「さっきも説明したけど、うちは家族関係が希薄《きはく》だったというか、両親がかなり変わっていたから、そういうのをしてもらったことがなくてね。ずっと憧《あこが》れていたんだよ。いつか家族として心を通わせられる人ができたら……って」

淳さんは少し恥《は》ずかしそうにしながらも、遠い目をして夢を語っている。

挨拶《あいさつ》代わりのキスは、確かにアットホームな感じがする。けど、日本の家庭ではあまりやらないだろう。私だっていままで一度もされたことがないし、してほしいとも思わない。

「……もしかして、淳さんって昔、外国で暮らしてた？」

「えっ。どうしてわかったの？　大学を卒業するまでアメリカにいたけど……」

やっぱり。

淳さんが外国育ちだと知って、妙に納得してしまう。情熱的で強引で、臆《おく》することなく自分の気持ちを伝えられるのは、アメリカで生活していたからだろう。

そう考えれば、家族のキスに憧《あこが》れをいだくのもわかる。

でも、私は淳さんの家族じゃないし、そもそもここに泊まると決めてもいなかった。

彼には悪いけど、きちんと断ろうと思い、顔を上げた。

「淳さん、あの――」

まるで私が言い出すのを待っていたみたいに、ドアをノックする音が響く。

とっさに口を閉じて音のしたほうを見れば、サキさんがお茶のセットを載せたワゴンを押しながら部屋に入ってきた。

「失礼いたします。お茶のご用意ができました」

「ああ。ありがとう」

すかさず淳さんが返事をして、ワゴンに近づく。彼はお茶の用意をするサキさんを手伝いつつ、満足そうに微笑《ほほえ》んだ。

「うん。いい香りだね」

カップに注《そそ》がれる紅茶から、独特の芳《かぐわ》しい香りが立ち上《のぼ》る。

サキさんはワゴンの二段目から、ほんのりと色づいたマカロンを取り出して、テーブルに並べ始めた。

「私が焼いたものですけれど、よろしければ召し上がってみてください」

さりげなく添えられた言葉に目を見開く。

「え、すごい！　マカロンって家で作れるんですか？」

思わず身を乗り出すと、サキさんは恥《は》ずかしそうにしながら小さくうなずいた。

「思ったより簡単なんですよ。市販のもののように格好よくはできませんけれど」

謙遜《けんそん》してサキさんはそう言うけど、目の前のマカロンは「買ってきた」と言われても納得するくらいつやつやで、綺麗に形が整っていた。

すべて並べ終えた淳さんが、近くの椅子《いす》を引いて手をかざす。

「どうぞ、夕葵。サキさんのお菓子は絶品なんだよ。ぜひ味わってみて」

「あ、ありがと」

こんなふうにエスコートされたことがないから、ちょっと照れくさい。

とりあえず山名家に泊まる話はあとまわしにすると決め、おそるおそる腰掛ける。淳さんは私の右側に座ってから、サキさんを見つめて向かいの椅子《いす》に手を向けた。

「サキさんも座って。……いっしょでもいいよね？」

言葉の途中でこちらを向いた淳さんに、うなずき返す。

彼女が山名家に雇《やと》われている人だとしても、お茶はみんなで飲むほうが楽しいはずだ。

サキさんは立ったまま淳さんと私を交互に見て、静かに頭を横に振った。

「申し訳ありません。いまは遠慮させてください。胸がいっぱいでお茶をいただく余裕がないんです。……淳一さんに、奥様がきてくださるなんて……」

瞳が見えなくなるほど目を細めたサキさんは、エプロンのポケットから出したハンカチで目元を押さえている。彼女にとって淳さんが結婚することは、涙をこぼすくらい嬉しいらしい。

でも、私は彼の奥さんじゃない。そうなる可能性がゼロだとは言わないけど、いまはただお見合いをしただけの他人だ。

あとで真実を知ってショックを受けるくらいなら、先に話しておいたほうが絶対にいい。

私がサキさんの誤解を解《と》こうと口を開きかけたところで、右側から伸びてきた手に腕をギュッと掴《つか》まれた。

驚いて横を見れば、いたずらっぽい顔をした淳さんが片目を瞑《つむ》った。

「本当にね。俺も夕葵がここにきてくれて、すごく嬉しいよ」

「淳さん⁉」

いきなりなにを言うのかと思い、目を剥《む》く。

サキさんはもっともだというように何度もうなずき、しまいにはハンカチに顔を埋《うず》めて本気で泣き出してしまった。

「す、すみません、こんな、お恥《は》ずかしい……。私、ちょっと顔を洗って参ります。ああ、あのひとにも伝えなくちゃ……！」

感極《かんきわ》まった様子のサキさんは、小走りで部屋から出ていく。

「待って、サキさん！」

彼女を引き留めるために立ち上がろうとしたけど、淳さんの手に押さえられてしまった。

「大丈夫だよ。邦生《くにお》さんのところに行っただけだから。あ、サキさんのご主人ね。いまはたぶん裏庭の手入れをしていると思うけど」

淳さんは私の焦《あせ》りを無視して、のほほんと笑っている。

私は思いっきり彼の腕を振り払って「大丈夫じゃない!!」と声を張り上げた。

「淳さんって、なんなの!?　いくらなんでも、強引すぎるよ！　あんなふうにサキさんまで騙《だま》して、あとで傷つけるかもしれないのにっ」

さっき、玄関ホールで私を気遣ってくれたサキさんの姿を思い出し、ますます申し訳なくなる。私のせいじゃないとしても、あんなに親切な人を悲しませるのは心苦しい。

胸をギュッと押さえて、唇を噛む。と、優しい表情をした淳さんが、私の頭をそっと撫《な》でた。

「ありがとう、サキさんのことを考えてくれて。……でもね、彼女に嘘をついてでも、夕葵をここに引き留めたかったんだ。きみのことが心配だから」

「え……」

意外な理由を聞かされ、目を瞠《みは》る。

淳さんは困ったように眉を下げて微笑《ほほえ》んだ。

「夕葵はポジティブというか、アグレッシブというか、問題に直面した時になんでも自分で解決しようとするでしょう。家に帰れなければ、俺の想像がつかないようなところに行きそうで、不安なんだ」

なんか微妙に貶《けな》されてる気がするけど、彼が心配してくれたのは本当らしい。

「いや、さすがに野宿《のじゅく》とか、無謀《むぼう》なことはしないよ……？」

ぼそぼそと言い訳めいたことを口にする。

私の返事を聞いた淳さんは、憂鬱《ゆううつ》そうに溜息を吐いて目を伏《ふ》せた。

「そういうのも困るけど、たとえばこの前まで付き合っていた男の家に泊めてもらう、とかさ」

「ああ」

いま彼に言われて初めて気づいたけど、そんな手段もあるにはあるだろう。でも……

「それは絶対に嫌！　顔も見たくないし、声を聞くだけで回し蹴りしてやりたくなるから」

大きく頭を振って、吐き捨てる。

あんな男の世話になるくらいなら、崩壊していく家のなかで両親の顔色を窺《うかが》っているほうがまだマシだ。まあ、もし頼んだって向こうが断るだろうけど。

それにしても、淳さんは私の以前の恋愛について知っていたらしい。

間違いなく情報の出所はお父さんだ。まったく、娘のプライバシーをなんだと思っているのか。

お父さんに対して怒りを覚えつつ、きっぱりと拒否すると、彼はほっとしたように肩の力を抜いた。

「よかった。でも今日は泊まっていって。約束したとおり触らないし、ハグもしない。いっしょにお風呂に入っていちゃいちゃするのも我慢するよ」

「当たり前でしょっ!!」

さりげなく飛び出したきわどい発言に、思わず噛みつく。

淳さんは私に怒鳴《どな》り返されたことなんて気にしていないふうに、にっこりと笑った。

「うん。……あとは、気が向いた時にキスしてくれたら嬉しいけどね」

彼はキスへのこだわりを、どうしても捨てられないようだ。

呆《あき》れと諦《あきら》めの混じった感情をかかえ、淳さんを見つめる。断り続けるのに疲れてきた私は大きく息を吐き、なげやりな気持ちでうなずいた。

お父さんが淳さんのことを「かなりのやり手だ」と言っていたのは、真実なんだろう。拒否しても、反抗しても、いつの間にか彼の願ったとおりになっている。

……あーもう、面倒くさい。こうなったら、なるようになれ、だ！

心のなかの本音は隠し、私は淳さんに向かって頭を下げた。

「それじゃ、お言葉に甘えて、ほんの少しの間だけど、知り合いとしてお世話になります。宿泊代は、あとでちゃんと払うから」

あくまでただの知人として、短期間泊めてもらうだけだと念を押す。

私が一線を引いたことに気づいたのか、淳さんは複雑な顔をしていたけど、無視しておいた。

そうして、私は山名家の居候《いそうろう》になったのである。

サキさんとご主人の邦生さんは、「淳さんの婚約者ではない」という私の主張を完全に聞き流して、歓待《かんたい》してくれた。他人の話に聞く耳を持たないのは、この家の気風《きふう》なのだろうか。

お茶を飲んだ時に淳さんが自慢していたとおりサキさんは料理上手で、お茶請《う》けのマカロンも、夕飯に出てきた鶏《とり》のオーブン焼きも、すごくおいしかった。

話をちゃんと聞いてくれないことを除けば、山名家の人たちは優しくて親切だ。

ほんの数時間を共にしただけですっかり打ち解《と》け、安心感のようなものを感じている自分にとまどいながら、私は客間のベッドに座り、ぼんやりとしていた。

淳さんが用意してくれた客間は、昼にお茶をいただいたサロンと同じように、全体が西洋風アンティークで統一されていた。

といっても、実際に時を経《へ》ているものは作りつけの家具だけで、ベッドやサイドテーブル、テレビ台代わりのローボードにドレッサーなどは、よく見ると新しくて現代人が使いやすいように工夫されている。たぶん、最近のものなんだろう。

アンティークの家具なんていままで一度も触ったことがないから、どう扱っていいのかわからずハラハラしたけど、新しいものならなんとなく安心だった。

ひとりきりの部屋で、ごろんと横になって伸びをする。太腿《ふともも》に触れるシーツがサラサラで気持ちいい……けど、素足《すあし》丸出しはさすがにみっともないから、起き上がって服の裾《すそ》を直した。

いま私は山名家からお借りしたバスローブを着ている。

こういう緊急事態に備えて、普段から一通りのお泊まりグッズを友達の家に置かせてもらっているのだけど、今日は取りに行く時間がなかった。

つまり、パジャマがない。替えの服もない。下着なんてあるはずがない。

そういうわけで、バスローブの下は裸だった。

さっきまで着ていた服は、サキさんが洗って明日の朝までに乾かしておいてくれるという。

本当は「自分でやるから洗濯機を貸してほしい」と言ったのだけど、彼女はやっぱり最後まで聞かずに「明日にはピカピカにしてお渡しいたします！」と意気込んで私の服を持っていってしまった。

客間に備え付けられているシャワールームを使わせてもらったから、バスローブ一枚で廊下をうろうろしたわけじゃないけど恥《は》ずかしい。しかも、お尻がスースーしてどうにも落ち着かない。

そこで、布団をかぶっていればいくらかマシだろうと考え、ベッドカバーをめくる。なかに足を入れたところで、ドアをノックする音が聞こえた。

「夕葵、まだ起きてる？」

外からくぐもった淳さんの声がする。

昼に「手は出さない」と約束してくれたから平気だとは思うけど、いまの時間と状況を考えると、ちょっと身構えてしまう。

私はベッドから薄い肌掛けを剥《は》がして、身体を隠すように羽織《はお》った。

「……起きてるよ。どうしたの？」

「ちょっと、言っておきたいことがあって。ドアを開けてほしいんだけど、いま大丈夫かな？」

淳さんはためらいがちに尋ねてくる。

たとえ自分の家でも、勝手にドアを開けることはしないらしい。紳士的な彼の態度に、ほんの少し心が動いた。

「わかった。待ってて」

外に向かって一声かけたあと、私は部屋履き用のスリッパに足を入れて、ドアに近づく。

バスローブとその下の姿を見られないよう、肌掛けをしっかりと身体に巻きつけてから、そっとドアノブをまわした。

細く開けたドアの隙間から淳さんが顔を覗《のぞ》かせ、次の瞬間、あからさまに驚いた。

「えっと、なんで布団を着てるの？　もしかして寒かった？」

「ち、違う！　これは、その……なんかこうすると落ち着くというか。癖みたいな感じ。たぶん」

淳さんを警戒しているという本音はもちろん言えないし、下着なしでバスローブ一枚だという事実は明かせない。

彼は私の苦しまぎれの言い訳をそのまま信じたらしく、穏やかに微笑《ほほえ》んだ。

「そうなんだ。でももし寒い時は、遠慮しないで言ってね。空調の温度を上げるから」

優しく気遣われ、胸の内がほんのりと温かくなる。それと同時に、用心しすぎな自分が少しだけ恥《は》ずかしくなった。

「ありがと」

小声でお礼を言って、首を縦に振る。

淳さんは「気にしなくていい」とでも言うように目を細めてから、客間の左隣にある部屋のドアへ顔を向けた。

「隣が俺の部屋だから、困ったこととか、してほしいことがあれば言いにきて。夜中でも朝でも起こして構わないよ」

「あ……うん。なにかあったらお願いする、かも」

目下《もっか》、下着がないという困った状況だけど、男性である彼には相談できない。

曖昧《あいまい》に受け止めると、淳さんは次に客間のドアノブを指差した。

「あと、この部屋はドアに鍵がついているから、念のためにかけておいて。だいぶ前だけど、近所の家に泥棒が入ってね。それからは家のなかでも鍵をかけるようにしているんだ」

彼が示した位置に、つまみをまわしてかけるタイプの一般的な鍵がついていた。

部屋ごとに戸締まりをするなんて少し大げさな気もしたけど、山名家ほど目立つ建物なら、注意しすぎるくらいでちょうどいいんだろう。

「ん。わかった」

了解の返事をして、ドアから目を離す。それから淳さんに顔を向けると、こちらをじっと見つめる視線にぶつかった。

真正面から向けられる真剣なまなざしに慄《おのの》き、息を詰める。

まさか、私がバスローブ一丁なことに気づかれた……!?

「淳さん？」

ビクビクしながら彼の名を呼ぶ。

突然、ハッと目を瞠《みは》った淳さんは、照れくさそうに苦笑いした。

「ごめん。ちょっと見惚《みと》れてた。素顔の夕葵が可愛くて」

「え……あっ!!」

歯の浮きそうな褒《ほ》め言葉に驚くのと同時に、自分がすっぴんだったと気づかされる。

慌《あわ》てて顔を背《そむ》けて、横目で彼を睨《にら》んだ。

「そ、そういうのは普通、気づかないふりをするものでしょ！」

「ああ、うん。でも、そのマナーは守れないかな。夕葵の全部を隅々《すみずみ》まで見て、感じて、味わって、なにもかも知りたいから」

甘いというより、ちょっと変態っぽい台詞《せりふ》を吐いた淳さんは、平気な顔でにこにこしている。

言われた私のほうが恥《は》ずかしくて、そわそわと視線をさまよわせた。

彼はだめ押しするように「本気だよ」とつけ足して、一歩うしろに下がった。

「それじゃあ、部屋に戻るね。本当はもっと夕葵と話していたいんだけど、今日は色々あって疲れただろうから、また明日にしておくよ」

その「色々」の半分は淳さんのせいだ。けど、もう今日はつっ込む気力がない。

素直にうなずくと、彼は「おやすみ」と言い置いて踵《きびす》を返した。

あ……

昼に聞かされた「挨拶《あいさつ》のキス」の話がパッと脳裏《のうり》をよぎった。

いま、おやすみのキスをしたほうがいいの？　でも……

家族からのキスにずっと憧《あこが》れていたと語る淳さんの姿と、そんなことをする必要はないという私の心の声が、瞬間的に浮かんで消える。

ためらい揺れる気持ちに答えを出すより早く、口から彼の名が飛び出していた。

「淳さんっ」

「え？」

彼が振り向くのに合わせて身を乗り出し、頬《ほお》に唇を押し当てる。すぐさま飛びのいて、客間のドアを思いっきり閉めた。

「泊めてくれたお礼だから！」

外に向かって捨て台詞《ぜりふ》のように声を張り上げ、すかさずドアの鍵をかける。

勢いに任せたとはいえ、恥《は》ずかしさが込み上げてその場にへたり込んだ。

心臓がバクバクしていて、ものすごく顔が熱い。

それなりの恋愛経験はあるのに、どうしてこんなことで緊張するのか、自分で自分が理解できなかった。

「ううう一……」

羽織《はお》っていた肌掛けに顔を埋《うず》め、唸《うな》り声を上げる。

しばらくそのままうだうだしていると、隣の部屋のドアが開けられ、閉まる音が聞こえた。

途端《とたん》にまわりがしんと静まり返る。

……たぶん大丈夫だよね。あんなのただの挨拶《あいさつ》だし、別にたいしたことじゃないし……

心のなかで言い訳を繰り返す。

最終的に「淳さんに頼まれたからしただけだ」と開き直り、私は勢いよく立ち上がった。

「もう寝る！　いまのは忘れるっ！」

そう宣言して、ベッドに飛び込む。

寝たからといって事実は変わらないし、状況がよくなることもないとわかってる。でも、いまだけはなにもかも忘れて逃避したい。

自分の家とは比べものにならないくらいふかふかのベッドに寝転がり、ゆっくりと深呼吸をした。

きーもちいー……

すぐさま忍び寄ってきた眠気に身を任せながら、「せめて、いい夢が見られますように」と願った。


手に触れる温かい感触に気づいて、ふわりと意識が浮上した。

……ここ、どこだろう。私どうしたんだっけ？

ぼんやりしたまま、まわりに目を向けたけど、どこもかしこも真っ白だ。自分が天井も床もない空間に漂っていると気づいて、まだ夢のなかなのだと認識した。

『ユウキ』

優しく名を呼ばれて顔を上げると、私の前にはアカネが立っていた。

彼女は紅葉《もみじ》みたいな可愛らしい手で、私の手を握っている。昔と変わらない穏やかな笑みを浮かべて『ユウキの手は硬いんだねぇ』と呟《つぶや》いた。

その瞬間、白いだけの空間が一気に色づいた。

天井だった部分は抜けるような水色の空に、床は黄みを帯《お》びた砂地に……一呼吸をしたあとには、私はアカネと出逢ったあの公園のなかにいた。

景色が変わるのに合わせて、私の意識も過去へと戻っていく。

アカネは幼い自分の手を見つめて、少し憂鬱《ゆううつ》そうに溜息を吐いた。

『……ユウキみたいに強かったらよかったのに』

ひと月くらい前に懲《こ》らしめたノッポは、あれきり公園に寄りつかなくなった。

しかし、いまも学校でアカネを捕まえては『なよなよしていて気持ち悪い』だの『名前が変だ』だのと、からかい続けているらしい。

まったく。呆《あき》れるほどのクソ野郎だ。

おとなしくて控《ひか》えめな性格のアカネは、悪口を言われても言い返せないようで、黙ったままこっそりと傷ついていた。

本当はいつも傍《そば》にいて守ってやりたいけど、自分の学校をサボって、アカネのところに乗り込むわけにはいかない。同じ学校じゃないことが、もどかしくて悔《くや》しかった。

はっきり言って、ノッポは弱い者にだけいばるカンペキな小物だ。でも、荒っぽいことが苦手で女の子らしいアカネには、あいつを殴って黙らせるなんてできないだろう。

ギュッと目を瞑《つむ》って、アカネを助ける方法はないかと考える。

アカネがひとりで戦うのは難しいから、誰か仲間が必要だ。強いやつじゃなくてもいい。何人かで協力すれば、きっとノッポに勝てるはず……

そうだ！

名案を思いついたことが嬉しくて、大きくうなずいた。

『アカネ、タッグマッチだ。クラスのやつとタッグを組むんだよ！』

『え？』

アカネはくりっとした目を見開き、それからパチパチさせている。

普通の女の子はプロレスを観《み》ないというから、タッグがなんのことかわからないんだろう。

『んーっと、つまり、何人かでいっしょに戦うやり方を、プロレスではタッグマッチって言うんだ』

『団体戦のこと？』

『あー、そんな感じ。オレが尊敬してるアメリカ人レスラーのブラッド・シュタインも、最初はヒールっていう悪役の一匹狼だったんだけど、反省してフェイスになってからは自分を助けてくれた相棒のボギーとタッグで戦ってるんだよ！　それがすっげー強いんだ。あ、フェイスっていうのは正義の味方な』

アカネは初めて聞くプロレスの話に、きょとんとしながらうなずいた。

『うん』

『だからさ、ブラッドにとってのボギーみたいなやつを、アカネも作るんだよ。で、いっしょにノッポと戦えばいい』

『でも、男の子とはあんまり仲よくないし、女の子たちじゃ西野《にしの》くんと戦えないよ？』

アカネはそう言って、しょんぼりとうなだれた。いまさら知ったけど、ノッポは西野という名前らしい。

『大丈夫だ。オレみたいなやつはいないかもしれないけど、女子が集まるとハンパなくつえーんだぜ。だから、アカネは女子みんなと仲よくなれ』

落ち込むアカネの肩をポンポンと叩いた。

女子全員で戦うなら、ブラッドとボギーのスタイルじゃなくなるけど、アカネのためにも仲間は多いほうがいい。

しかし、アカネは乗り気じゃなさそうに小さく溜息を吐いた。

『……女の子に助けてもらうのって、ちょっと恥《は》ずかしくない？　なんか格好悪いっていうか』

『そんなの負けっぱなしで逃げるほうが格好悪いだろ。オレんちの母ちゃんが言うには、売られたケンカはどんな汚ねえ手を使ってでも勝てばいいんだってさ』

『そうなの？』

虎尾家の教えを聞いたアカネは、あからさまにぎょっとしている。

アカネはうちの母ちゃんとは違うから、いままでケンカなんてしたことがないんだろう。

『ああ。勝てばカングンになるから、とりあえず負けるなって言われた。アカネはおとなしくて優しいし、女子と仲よくできるだろ。そういうのも全部武器にして、ノッポをやっつければいいんだよ。なにもできねえふりして油断させて、思いっきりガツンとぶちかませ！』

とにかくアカネの力になりたくて、思いついたことを声に出す。

アカネは少しの間、黙ってなにかを考えていたけど、覚悟を決めたようにうなずいて、にっこりと笑った。

『わかった。やってみる。ありがとう、ユウキ』

綺麗な笑顔を向けられて、心が温かくなる。

いつの間にかかたむいていた太陽が、オレンジ色の光で自分たちを包んでいた。

まぶしさに目を細めながら、首を横に振って『お礼なんていらない』と言おうとしたのに、なぜか声が出なかった。

しかも、どんどんまわりの光が強くなって、色彩が消え、やがてアカネの姿も見えなくなる。

声にならない声で『待って』と叫んだけど、アカネと自分と、そして思い出も、全部が白い光に呑み込まれた。

——瞼《まぶた》を上げると、目の前は薄暗かった。

まだ覚醒《かくせい》しきっていない頭でははっきりわからないけど、布団を被ったうえ、横に置いた枕らしきものに顔を埋《うず》めて眠っていたらしい。

枕から顔を離して、ふうっと息を吐いた。

久しぶりにアカネの夢を見たのは、眠る前に「いい夢を見たい」と願ったからかもしれない。

幼い頃の記憶に浸り、そっと微笑《ほほえ》んだところで、いま自分がいる場所を思い出した。

そうだった。私、昨日は山名家に泊めてもらって……

どうりで枕の感触がいつもと違うわけだ。表面はさらさらで気持ちいいけど、変に弾力があるし、やたらと大きい。

……でも、こんな抱き枕が用意されていたかな？

私が首をひねった途端《とたん》、目の前の枕がもぞりと動いた。

「ふあっ⁉」

驚きすぎて声が裏返る。慌《あわ》てて伸び上がり布団から顔を出すと、私のすぐ隣にまぶしいくらい綺麗な顔をした男が眠っていた。

「なっ……じゅ、淳さんっ‼」

なんで隣にいるの？　しかもいっしょに寝てるの⁉　というか、もしかして、まさか……

最悪の事態を想像して血の気が引く。おそるおそる布団のなかを覗《のぞ》いて確認すると、彼は水色のパジャマを、私は夕べ借りたバスローブをきちんと着ていた。

とりあえず、裸じゃなかったことにほっとした。特に身体がだるいとか、おかしな感じがするとかもないから、添い寝をしただけなんだろう。たぶん。いや、きっと。うん。

焦《あせ》る私とは対照的に、淳さんはゆったりと伸びをしてから、薄く目を開けた。

「んー、夕葵？　……夜這《よば》いにきてくれたの？　いや、朝這《あさば》いかな」

「違うしっ！」

思いっきり目を剥《む》いて噛みつく。

淳さんは眠そうにふわっとあくびをしてから、室内を見まわした。

「じゃあ、なんで夕葵が俺のベッドにいるのか教えて？」

「え……えっ、ここ淳さんの部屋なの⁉」

自分の置かれた状況がわからず、すっかり混乱した私は、布団を撥《は》ね除《の》けて起き上がる。

そして、とにかく淳さんから離れようと身を引いたところで、彼がハッと目を見開いた。

「夕葵、うしろ。危な――」

「わあっ！」

淳さんが言い終える直前、布団の上に突こうとした手が空《くう》を切った。慌《あわ》ててうしろに下がったせいで、ベッドの端《はし》を越えてしまったらしい。

バランスを崩した私は、そのまま背中からベッドの下に転がり落ちた。

床にお尻を打ちつけて、顔をしかめる。

「いったぁー……！」

ギュッと目を瞑《つむ》り痛みに耐えていると、ベッドが軋《きし》む音に合わせて淳さんの心配そうな声が聞こえてきた。

「大丈夫⁉　怪我《けが》は、あっ」

突然、彼の言葉が途切れる。不審《ふしん》に思って瞼《まぶた》を上げれば、ベッドの上から身を乗り出した淳さんが、目元を真っ赤に染めて固まっていた。

おかしな態度に首をひねりながら、彼の視線をたどる。

淳さんがまばたきもせずに見つめているのは、私の臍《へそ》のあたりで……って、まさか。

おそるおそる自分の身体に目を向ける。大きくはだけたバスローブの間に薄い肌色が見えた。つつましいとしか言えない小ぶりの乳房と、色づいた先端《せんたん》と……そして、膝《ひざ》を立てているせいでめくれ上がったバスローブの裾《すそ》。

嘘でしょ？　私、いま下着つけてないのに――

信じられない状況に、ぐらりと視界が揺れる。

「いやあああぁぁーっ!!」

私は自分を抱き締めるように身を縮め、驚愕《きょうがく》の叫びを上げた。

悲鳴《ひめい》で我に返ったらしい淳さんは、サッとベッドを飛び下りて、私に手を伸ばしてくる。そのまま抱き上げられて、ますます混乱した。

「うぎゃあぁ、離してぇ!!」

すっかりパニックに陥《おちい》り、じたばたと暴《あば》れる。淳さんは私の身体をがっちりとかかえ込んで、笑い混じりの溜息をこぼした。

「こら、危ないよ。なにもしないから、じっとして。ただベッドに戻すだけ」

宣言どおり彼は私をベッドに座らせて、布団を掛けてくれる。そのまま労《いたわ》るように、優しく頭を撫《な》でられた。

布団で身体が見えなくなったことにはほっとしたけど、色々と恥《は》ずかしくて顔を上げられない。抱きついて寝ていただけでも居《い》たたまれないのに、ほとんど全裸といってもいいくらいの姿をさらしてしまった。そのうえ大騒ぎして暴《あば》れた。

穴があったら入ってそのまま永遠に埋もれていたい。

「うううう……」

どん底の気分で唸《うな》り続けていると、淳さんが優しく私の名を呼んだ。

「夕葵、床にぶつけたところは平気？　もう痛くない？」

うつむいたまま、首を縦に振る。

淳さんはほっとしたように息を吐いて、私の背中をゆっくりとさすり始めた。

「いまのは事故のようなものだから、そんなに落ち込まないで。大丈夫。俺が誰かに言いふらすことは絶対にないし、心のなかでもできるだけ思い出さないようにするよ」

彼は穏やかな調子で私に語りかけてくる。たぶん、慰《なぐさ》めようとしているんだろう。でも……

「そこまで言うなら『思い出さない』じゃなくて、すっぱり忘れてよっ！」

自分でもめちゃくちゃなことを言っている自覚はあるけど、恥《は》ずかしすぎてつい淳さんを責めてしまう。

いま私が下着をつけていないこと、勝手にベッドからひっくり返って醜態《しゅうたい》をさらしたこと、すべてが自業自得で、彼はこれっぽっちも悪くないのに。

私に八つ当たりされた淳さんは、一瞬、口籠《くちご》もったあと、なにかを考えるように「んー」と唸《うな》った。

「ごめん、それは難しい。すごく綺麗でドキドキしたから、どうしても忘れられないと思う」

彼が漏らしたさりげない褒《ほ》め言葉に、どくんと心臓が跳ねる。

みっともない状況に陥《おちい》った私をフォローしてくれているだけだとわかっているけど、本気で言われているように錯覚して落ち着かなくなった。

「う、あ、あの。そういうお世辞《せじ》みたいなのはいらないっていうか……」

そわそわしながら淳さんを見ると、ものすごく意外なことを言われたようにぽかんとしていた。

「え、お世辞《せじ》じゃないけど」

「うん、ありがと。でもフォローしてくれなくても平気だよ。こんな胸ぺったんこなのに、綺麗とかありえないし。ちゃんと、わかってるから」

大きく首を左右に振って、気遣いは無用だと態度で示す。

胸まわりの贅肉《ぜいにく》をすべて掻《か》き集め、寄せて上げて、やっとBカップにしかならない私の身体は、はっきり言って魅力的じゃない。

そのうえ、スイミングスクールのコーチとして働いているから全体的に筋肉質だ。さすがに腹筋は割れていないけど、以前の彼氏に「硬くて抱き心地が悪い」と文句を言われたこともあった。

忘れかけていた嫌な記憶が蘇《よみがえ》り、さらに気持ちが落ち込む。

淳さんは自分の心遣いを否定されたことが不満なのか、なにか言いたそうにしていたけど、私がもう一度頭を振ると、諦《あきら》めたように肩の力を抜いた。

「……まあ、いいけどね」

「さっきは助けてくれてありがとう。あと、勝手に部屋に入ってごめんなさい。でも、なんで淳さんの部屋にきたのか、まったく覚えていなくて……」

彼に向かって頭を下げてから、室内を見まわす。

間取りは客間といっしょだけど、こちらはカーテンと家具がシンプルな現代風のものだ。アンティークのような上品さや華やかさはないものの、生活感が伝わってきて温かみを感じる。他人の部屋なのに、なぜか包み込まれるような安心感を覚えて、そっと息を吐いた。

私の隣に座る淳さんは、難しい顔をして首をひねっている。

「夕葵がここにいるのは全然構わないし、なにかあった時のためにこの部屋には鍵をかけていなかったから、おかしいこともないんだけど……夜中に起きて部屋を間違ったとか？」

「あー、そうかも」

ありえそうな話にうなずいた。

私は子供の頃から眠りが深くて、一度寝るとよほどのことがないかぎり目を覚まさない。

家族に聞くと、夜中にひとりでトイレへ行ったり、水を飲みに行ったりしているそうだけど、夢うつつの状態なのか私自身はまったく覚えていなかった。

たぶん、私は昨夜もいつもと同じように起き出したのだろう。なにがしたかったのかはわからないけど、初めての場所だから、戻る部屋を間違えたとしても不思議じゃなかった。

導《みちび》き出した答えに、ずしりと心が重くなる。

親切で家に泊めてもらい、お茶や夕飯までご馳走《ちそう》になっておきながら、寝ぼけて人様のベッドに潜《もぐ》り込むなんて、失礼すぎてどうしたらいいかわからない。

「淳さん、本当にごめんなさい。こんな迷惑をかけて」

ベッドの上に座った状態で深く頭を下げる。私が謝罪すると、淳さんはひどく驚いたように声を上げた。

「なんで謝るの？　迷惑だなんて少しも思ってないし、むしろ俺にとっては嬉しいご褒美《ほうび》だよ。目が覚めたら夕葵がいて、まだ夢の続きを見ているのかと思った。しかもあんな色っぽい姿も見せてくれて」

「ちょっと、あれは忘れてって言ったでしょ‼」

反射的に顔を上げて、淳さんを睨《にら》む。すると彼は困ったように表情を暗くした。

「だから、それが難しいんだってば。無意識に思い出して興奮しちゃいそうだし。……あ、迷惑をかけたって言うなら、さっきの夕葵の姿を覚えていてもいいということにしてよ。それで貸し借りなしっていうのはどう？」

「絶対だめ！　悪いとは思ってるけど、それはやだ」

ブルブルと首を横に振って拒否する。さっきの情けない自分を思い出すだけで、恥《は》ずかしくて頭がおかしくなりそうだ。

淳さんは不満そうな様子で「結婚したら毎晩もっとすごいことをするのに」とか、しばらくはセクハラな独り言をぶちぶちこぼしていた。だけど、私が譲《ゆず》らないと悟ったのか最後にふうっと溜息を吐く。

「……じゃあ、早く忘れられるように、おはようのキスをして？」

「なんで⁉」

要求がいきなり飛躍《ひやく》したことに驚き、声が裏返る。

私を見返した淳さんは、当然のことだと言わんばかりに、にっこりと笑った。

「だって、夕葵のもっと魅力的で可愛いところを見て感じたら、さっきの記憶が上書きされるでしょう。キスしてくれたら、嬉しくてもう思い出さなくなるかもしれないし」

なんだそりゃ。

しかも、お願いじゃなく、脅迫《きょうはく》のように聞こえるのは気のせい？

呆《あき》れ混じりの半眼《はんがん》で見据《みす》えたけど、淳さんは悪びれることなく穏やかに微笑《ほほえ》んでいる。

思わず「頭をぶん殴って忘れさせてあげようか」と言いそうになり、慌《あわ》てて言葉を呑み込んだ。

彼の提案に他意があるのかどうかはさておき、また「挨拶《あいさつ》のキス」を望んでいるんだろう。淳さんはちゃんとした大人の男のはずなのに、時々甘えん坊の子供みたいだ。

本音を言えば、恥《は》ずかしいからしたくない。キスしたところで、さっきの醜態《しゅうたい》を本当に忘れてくれるのか怪しい。でもひどく迷惑をかけたのは事実だし……

「お、おでこに、一回だけだからね！」

言い訳がましく宣言して、淳さんに近づく。

夕べと同じように、おかしくなくらい高鳴る鼓動を必死で抑えて、彼の額に口づけた。

そして私が離れるのと同時に、淳さんがほうっと吐息をこぼす。本当に幸せそうに目を細めて「嬉しい」とささやいた。

嫌みなくらい綺麗な彼の笑みを前にして、胸のドキドキがいっそう激しくなる。恥《は》ずかしくて緊張するのに、目が離せない。

固まる私に視線を合わせた淳さんは、表情を崩さないまま小さく首をかたむけた。

「おはよう、夕葵。あと、ありがとう。いつか、俺からもお返しのキスをさせてね？」

「あ、う……おはよ」

彼の希望に対して「わかった」とも「嫌だ」とも言えずに目を伏《ふ》せ、挨拶《あいさつ》を返してごまかす。

淳さんは最初から私が明確な返事をしないとわかっていたように受け流し、全然関係ない朝ごはんのおかずの話を始めた。

私はたわいない話に面食《めんく》らいつつ、こっそりと淳さんを盗み見る。

細身の男性に興味がない私にとって、彼は魅力的でないはずなのに、なぜか心が揺れて仕方なかった。

お見合いがあった日、私は淳さんの強引さに負けて山名家にお邪魔したけど、一泊だけで次の日にはどこか別のところへ移動するつもりだった。

いくら見合い相手とはいえ、初対面同然の人にあれ以上、迷惑はかけられない。それに、見ず知らずのお宅に長く居座るのも気が引ける。

だから早々にお暇《いとま》しようと決心した、のに……結局あれから八日経ったいまも、私は山名家に居候《いそうろう》していた。

理由はサキさんと邦生さんだ。

最初の日にサロンでお茶をいただいた時、淳さんが本当のことを言わなかったため、サキさんはいまも私たちの関係を誤解していた。私と淳さんは相思相愛で、婚約者のようなものだと……

もちろん私は誤解を解《と》くために事実を説明した。でもサキさんの目には、私がまだ淳さんとの関係に不慣れで、照れくささから隠したがっているように映るらしい。

がんばって話しても埒《らち》が明かなくて「とにかく帰る」と強引に押し通したら、サキさんは「自分たちのおもてなしが至らなかったせいだ」と言って邦生さんと共に塞《ふさ》ぎ込んでしまった。

ふたりのあまりの落ち込みように、淳さんからも滞在《たいざい》を延ばしてほしいと懇願《こんがん》されるし、私はおかしな罪悪感に苛《さいな》まれるしで、ずるずるとここに泊まり続けていた。

朝、山名家でご飯をいただいてから、淳さんが車で出勤するのに合わせて、私の職場であるスイミングスクールへ送ってもらう。レッスンが始まるまでにあちこちで時間を潰《つぶ》し、仕事をしたあとは、帰宅途中の淳さんが迎えにきてくれる。で、山名家に戻ればサキさんお手製のおいしい夕飯ができていて、私専用の温かいお風呂に、清潔でふかふかのベッドが用意されている、という毎日だった。

淳さんをはじめ、山名家の人たちはちょっと癖があるけど、至れりつくせりで実家よりも居心地がいい。こんなに楽をしていいのかと不安になるほど、私は恵まれていた。

休日、暇を持て余した私は、山名家のキッチンのスツールに座って、さやえんどうのすじを引っ張る。

日曜の今日はスイミングスクールの休校日なので、仕事は休みだ。淳さんも本来は休みらしいけど、今週は急ぎの案件があると言って休日出勤したから不在だった。

両親は相変わらずバトル中で自宅には帰れない。友人や知人はみんなデートとか家族サービスで忙しいという。

ひとりで出かけることはできるけど、居候《いそうろう》の身で遊び歩くのも気が引けるので、私はサキさんのお手伝いを買って出た。といっても、料理の下ごしらえくらいしかできないんだけど……

思ったより綺麗にすじが取れたさやえんどうをザルに移し、鮮やかなグリーンを眺《なが》める。サキさん曰《いわ》く、今日のメニューは中華らしい。

できあがりを思い描いてうっとりしていると、向かいに座るサキさんが優しげに微笑《ほほえ》んだ。

「……本当なら、奥様に料理の手伝いなどしていただいてはいけないのでしょうけれど、嬉しくて楽しいです」

「よかった！　でも気を遣わないでください。えっと、その、私、奥さんじゃないので……」

以前のようにがっかりさせたくないから、慎重に言葉を選んで淳さんとの関係を否定する。

するとサキさんは慈愛《じあい》に満ちたまなざしで私を見つめ、ゆっくりとうなずいた。

「はい。夫婦という形にこだわらなくても、夕葵さんと淳一さんがいっしょにいられるのは、幸せなことですものね」

微妙にずれた答えを返してきた彼女は、満足そうににこにこしている。

そういうことじゃないとつっ込みたかったけど、どう説明しても信じてもらえなさそうなので、私も曖昧《あいまい》に微笑《ほほえ》んでごまかした。

サキさんは手早くもやしの根を取りながら、ふと遠い目をする。

「そういえば、淳一さんにもこうして手伝っていただいたことがありました」

「へえ！　淳さんってお料理とかするんですね」

少し意外な気がして身を乗り出すと、彼女は苦笑して頭を横に振った。

「いいえ。まだお小さい時の話です。こちらのお屋敷へこられて間もない頃に、何度か『やってみたい』とねだられて」

初めて聞いた淳さんの昔の話に、首をかしげる。

「あれ、淳さんは小さい時にここで暮らしていたことがあるんですか？　アメリカに行っていたって聞いたんですけど」

「ええ。中学校に入る少し前から高校を卒業されるまでは、こちらにおられましたよ。そのあとアメリカの大学に進学なさいまして、四年間は向こうでお暮らしでした」

私の疑問にはきはきと答えてくれたサキさんは、もやしから手を離して静かに目を伏《ふ》せた。たぶん、昔のことを思い返しているんだろう。

どうやら淳さんがアメリカで暮らしていたのは、大学の四年間だけらしい。

恥《は》ずかしい褒《ほ》め言葉を平気ですらすら言えるところや、しつこく「挨拶《あいさつ》のキス」をねだるところは長い海外生活のせいかと思っていたけど、ただ甘えていただけのようだ。

ふと、私の脳裏《のうり》に新たな疑問が思い浮かぶ。

淳さんはこのお屋敷にくる前、どこで暮らしていたんだろう。生まれてから小学校高学年になるまでの間は……？

それを知ったからといってなにかが変わることはないけど、なんだか気になる。

とはいえ、よその家の事情に首をつっ込むわけにもいかず、私は好奇心を胸の奥に押し込んだ。

顔を上げたサキさんは、少しだけ寂しそうに眉尻を下げた。

「淳一さんは幼い頃から利発《りはつ》でお優しくて、私たち夫婦のような使用人にもよくしてくださったんです。料理の手伝いも『いつか自分のためになることだから』とおっしゃって……ただ、すぐにお父様に知られて、禁止されてしまいましたけれど」

「ふうん。淳さんのお父さんって、そんなに厳しい人だったんですか」

というより、ちょっと変わっていたのかもしれない。普通、息子が自分から誰かを手伝いたいと言い出したら、親として誇らしく思うはずだ。

もしくは、上流階級志向が強くて「使用人の手伝いをするなんて主人としてありえない」と考える人だったとか？

勝手な想像を膨《ふく》らませていると、サキさんは困ったような笑みを浮かべて首を横に振った。

「いいえ。その逆でした。淳一さんの手伝いを止めたのも、料理中に怪我《けが》をさせたくないというお気持ちだったんです」

「あー……そうなんですか」

なかば呆《あき》れながら、あいづちを打つ。

子供ができる程度のお手伝いに、どんな危険があるというのか。

サキさんの口ぶりや様子から考えて、淳さんのお父さんという人はかなりの親バカだったらしい。

うちのように武闘派《ぶとうは》な親も困るけど、甘やかしまくるのも問題だ。

私の表情を見たサキさんが、そっと溜息を吐く。

「前の奥様との話し合いがこじれて、淳一さんのお母様と再婚されるまでに時間がかかりましたから、なおのこと、お子様を心配していらしたんでしょうね」

え……

突然聞かされた山名家の内情に目を瞠《みは》った。

一方のサキさんはなんでもないことのように話を終わらせて、もやしの根取りを続ける。淳さんのお父さんに前妻がいたという事実は、特に秘密にされているわけじゃないのだろう。

どこの家庭にだってそれなりの事情があるものだけど、山名家にも色々とあるようだ。

サキさんの慣れた手つきを眺《なが》めながら、あらためて淳さんのことを考える。断るつもりでお見合いを受けたから当然ではあるけど、私は彼についてなにも知らないのだと、この時思い知った。

4

山名家の主《あるじ》である淳さんはもちろんのこと、サキさんと邦生さんのおかげで、私の生活はとても快適だった。ただ……毎朝困った事態に陥《おちい》ることを除いて。

日が昇《のぼ》りきり、朝焼けが薄まってくる頃、室内に差し込む光のなかで私は目を覚ます。

それからまぶしさに顔をしかめて、溜息を吐く。

窓にかけられた二重のカーテンは、眠る前にきちんと閉めたにもかかわらず、内側のレースカーテンだけになっていた。

なぜかと言えば理由は簡単で、ここが私の借りている客間じゃないから。

山名家にきてからというもの、私は怪現象に悩まされている。夜は客間で眠るのに、朝になると淳さんの部屋へ移動しているのだ。

初日は、見知らぬ場所でただ寝ぼけただけだと決めつけた。しかし二日目も、三日目も……九日経った今朝も淳さんの隣で目が覚めた。

彼は私といっしょに寝られて嬉しいと言うけど、恥《は》ずかしいし、申し訳ない。あと夢遊病《むゆうびょう》みたいで、ちょっと自分が怖い。

寝起きでぼんやりしている淳さんが、約束を忘れてハグしてきたり、あちこち触ろうとしたり、おはようのキスをせがまれるのにも困っていた。

いまも彼は私を背後からしっかりと包み込んでいる。身じろぎをしてもゆるまない腕に、また吐息をこぼした。

あったかくて気持ちいいけど、変にドキドキして落ち着かない。

少しでも離れたくて肩を動かすと、先まわりした彼の腕に強く抱きすくめられた。

肩甲骨《けんこうこつ》のあたりに淳さんの胸板を感じて、心臓が跳ね上がる。硬くて張りのある感触にうっとりしかけたところで、彼の手が私の胸元をかすめた。

「えっ、なっ……！」

ちょっと、どこ触ってんのよーっ!!

驚きすぎて頭のなかが真っ白になる。呆然《ぼうぜん》としているうちに、淳さんの手がなにかを探すように私の胸をまさぐり始めた。

彼はパジャマの上からささやかな膨《ふく》らみを捉《とら》えて、ゆっくりと押し潰《つぶ》す。そのまま優しく揉《も》まれて、私はパニックを起こした。

目を剥《む》き、身を硬くして、心のなかで「なんで」と「どうして」を繰り返す。

胸が締めつけられて眠れないという理由で夜はブラをつけていないから、いま私の乳房は彼のいいように捏《こ》ねくりまわされていた。

淳さんはまだ半分寝ている状態なのか、私の髪に顔を埋《うず》めて大きく息を吸い込んだ。

「いい匂い、柔らかい……ふわふわ……気持ちいい。たまんない」

吐息混じりのささやきに、私のなかのなにかがブチッと千切れる。

反射的に彼の手を撥《は》ね除《の》け、むりやり身体を反転させて、淳さんを睨《にら》みつけていた。

「この、嘘つきっ!!」

「えっ!?　え、なに……？」

やっとはっきり覚醒《かくせい》したらしい彼は、ひどく驚いた様子で目をまたたかせている。

私は淳さんが触っていた場所に手を置いて、ぎゅうっとパジャマの生地を握り締めた。

「柔らかいとか、ふわふわとか、見え透いた嘘ばっかり！　本当は全然足りないって思ってるくせにっ」

自分の身体のことは、自分が一番よくわかってる。以前の彼氏にも言われたけど、私の胸が小さいのは事実だ。

それをフォローされたり、褒《ほ》められたりすればするほど、みじめになってしまう。

悔《くや》しくて、ムカついて、噛みつくと、淳さんはものすごく意外そうにぽかんとしていた。

「ええと……怒っているのはそこなの？　勝手に抱き締めて胸を触ったことじゃなくて？」

「そ、それも、もちろん嫌だけど！」

私の主張がずれていることを指摘されて、かあっと頬《ほお》が熱くなる。

淳さんは嬉しそうに笑って、また私を抱き締めてきた。

「夕葵、可愛い」

「ちょっと、ハグはだめって言ったでしょ!?」

嫌だという意思を表すために、彼の胸を押し返して身をよじる。だけど淳さんは私の抵抗なんてものともせず、のほほんと表情をゆるめた。

「んー、いまだけ許して。あと、夕葵の胸が柔らかくって気持ちよかったのは本当だし、足りないなんて思ってないよ」

彼のずるい言い訳に腹は立つし、胸の話にも納得がいかない。

「なにちゃっかり『いまだけ』とか言ってるのよ！　それに、そういうお世辞《せじ》はいらないからっ」

「お世辞《せじ》じゃないってば。確かに大きいとは言えないけど、充分に魅力的だよ。手で包むとあったかくて、マシュマロみたいで、真ん中だけぽつんと尖《とが》ってて……そこが触っているうちにしこって膨《ふく》らんでくるんだ。舐めて吸ったらどんな味がするんだろうって、いつも想像して――」

「や、やめてよ！」

次々と向けられる聞くにたえない言葉を、声を張り上げて遮《さえぎ》った。

フォローしているつもりなんだろうけど、内容が卑猥《ひわい》すぎる。

私は口を引き結んで顔を背《そむ》け、これ以上は話を聞く気がないと態度で示した。

淳さんが疲れたように長く息を吐いた。

「まったく。どうしてそこまで胸にこだわるのかな。夕葵はそのままで可愛いのに」

「そんな言葉には騙《だま》されないんだからねっ。……付き合い始めの頃は『小さいのも好きだ』とか『揉《も》んで大きくしてやる』なーんて調子よく話を合わせてても、飽きてきたら『やっぱり女は胸が大きくないと』って言うんでしょ！」

フン、と鼻息荒くあしらう。気づいた時には、苛立《いらだ》ちにまかせて過去の彼氏が吐いたムカつく台詞《せりふ》を口にしていた。

淳さんは図星を指されてなにも言えないのか、口をつぐんでじっとしている。

やっぱり彼の本音は、建前《たてまえ》とは違うらしい。わずかな失望と呆《あき》れを覚えて、また胸を押し返そうとすると、急に痛いくらい強く手首を掴《つか》まれた。

同時にピシッと空気が凍《こお》る。

驚いて淳さんの顔を見ると、まるで別人のような冷たい笑みを浮かべていた。

「……それ、誰に言われたの?」

静かで淡々とした物言いに、ぞくりと恐怖がせり上がってくる。

「じゅ、淳さん……?」

「まあ誰でもいいけど。夕葵はそいつと俺が同類だと言いたいわけだ?」

いつも穏やかで優しいからわからなかったけど、淳さんは怒らせるとけっこう怖い、らしい。

「や、そういうつもりじゃなくて、一般論というか……」

震える声で途切れ途切れに弁解した。

私の答えを聞いた淳さんは、ハッと短く笑って身を起こす。

彼は朝のまぶしい光を浴びながら、寝起きで乱れた髪を大きく掻《か》き上げ、荒っぽい仕草でパジャマのボタンをすべて外した。

パジャマのあわせがはだけて、引き締まった胸と腹筋が見える。

どうして淳さんがいきなり服を脱ぎ出したのかはわからない。けど、状況を無視して胸が高鳴り、私は少しの間、彼の身体に見惚《みと》れた。

ぼんやりしているうちに淳さんの片手で両手首を押さえられ、ベッドに組み敷かれていた。

私を跨《また》いで馬乗りになった彼は、冷ややかな態度を保ったまま、空《あ》いているほうの手を私の胸元に置く。

朝にはふさわしくない淫靡《いんび》な雰囲気を感じて、私はぶるっと震えた。

「あ、あの、これは……？」

「夕葵がどういうつもりで俺と前の男を比べたのかは知らないけど、きみはいま宣戦布告《せんせんふこく》をしたんだよ」

「え？」

なにを言われたのかわからずに、目を見開く。

淳さんは相変わらず温度を感じさせない目を、すうっと細めた。

「俺が夕葵の胸に欲情しないと決めつけたでしょう。セックスをして快楽を得るために、きみの身体が魅力的だと嘘をついて、飽きたら貶《けな》して捨てるんだとね」

「う……」

思わず口籠《くちご》もる。確かにそれっぽいことは言った。ただ、宣戦布告《せんせんふこく》をするつもりじゃなくて、単に苛立《いらだ》ちをぶつけてしまっただけなんだけど。

委縮《いしゅく》する私を見た淳さんは、ふっと表情をゆるめて微笑《ほほえ》んだ。

「だから、夕葵が間違っていると証明しなきゃいけないよねえ？　きみの胸に俺がどれだけ興奮していて、貶《けな》したり捨てたりなんて考えられないくらい愛しているかってことを、さ」

少しは怒りがおさまったのか、彼は普段のように優しい表情を浮かべる。でも瞳がギラギラしていて怖い。しかも言っていることはめちゃくちゃだ。

証明なんてしなくていい、という意味を込めて首を左右にブルブルと振る。

八つ当たり同然にイライラする気持ちを向けてしまったのは本当に申し訳ない。

とにかく謝って、なんとか淳さんに思い止《とど》まってもらって……と、考えているうちに、思いっきりパジャマの上着をたくし上げられた。

「ぎゃあーっ!!」

首元に寄せられたパジャマとインナーで視界が遮《さえぎ》られているけど、胸の間にひんやりした風を感じる。膨《ふく》らみがすっかり露《あら》わになっていることに気づいて、私はじたばたと身をよじった。

「ちょ、ちょっと、なにもしないって約束は!?」

「約束を反故《ほご》にしたのは夕葵のほうだよ。俺を煽《あお》って、勝負を挑んだんだからね。……ああ、でも、最後まではしないから安心して。それはきみの気持ちが育つまで待つよ」

淳さんは優しい声で全然安心できないことを言い、穏やかに微笑《ほほえ》む。なにをどこまでされるのかははっきりわからないけど、いかがわしいことなのは間違いなかった。

「うう……疑ったことは謝るから、許して」

「だーめ。夕葵は説明しただけじゃ信じないから」

淳さんはどこか楽しそうに無情な言葉を吐く。

絶望的な気分でギュッと目を瞑《つむ》ると、太腿《ふともも》に柔らかいなにかが押し当てられた。パジャマの生地が薄いせいで、それが温かくて細長くて少し芯があるものだとわかる。

自分と淳さんの位置、それに覚えのある感触……思い至った答えに私の顔はかあっと熱くなった。さっき見てしまった淳さんの身体と、下世話な想像が脳裏《のうり》で混じり合う。まるで期待しているかのような自身の反応が情けなくて、身を縮めた。

淳さんは自分の股間を私にぐっと押しつけてくる。

「ひぃっ」

思わず声が裏返った。

「はい、確認して。いまは勃《た》ってないでしょう。起きた時は元気だったんだけど、言い合いをしているうちに萎《な》えちゃった」

可愛く言ったって、下品で生々しいことには変わりない。

とっさに目を開けて、呆《あき》れた視線を向ける。淳さんがにっこり笑うのと同時に、剥《む》き出しの胸にひんやりしたなにかが触れた。

「えっ、あ、やだぁ……！」

「ごめんね。最初はちょっと手が冷たいかも。そのうち興奮して熱くなると思うけど」

少しも悪いと思ってなさそうな調子で謝った彼は、首をかたむけて私の胸元を覗《のぞ》き込む。

触られていることを意識してしまい、くらくらした。

淳さんはまるで感嘆《かんたん》するように長い溜息を吐いて、私の左の膨《ふく》らみを手でそっと包み込んだ。

「んんっ」

無意識に声が漏れ出ていた。

少しずつ高まっていく体温と、自分のものじゃない手の感触に、真ん中の尖《とが》りが反応する。生理的な反応だと頭ではわかっているけど、恥《は》ずかしくて居《い》たたまれない。

胸の膨《ふく》らみ全体を撫《な》でた淳さんは、嬉しそうにふふっと笑った。

「ほら。乳首、硬くなってきた。夕葵は信じてくれないけど、こうやって触るのは本当に気持ちいいんだよ。俺の手に反応するところもたまらないし」

「やめてよ！　……ち、違うから。ただ、寒いだけ」

涙目で顔を熱くしながら言っても、説得力がないことはわかってる。でも認めたくなかった。

淳さんはひどく楽しそうに目を細める。その瞳の奥にさっき見た冷酷《れいこく》な光を感じて、ぞくっと寒気を覚えた。

「ふうん、そうなんだ。それが本当かどうかについても検証しようか？」

「やっ！　そういうのいらないっ。もうやめて」

強く頭を振って、懇願《こんがん》する。

私が必死で頼んでも、淳さんは膨《ふく》らみを撫《な》で続けていた。

「そう言っても、俺のことを信じてはくれないんでしょう？　ちょっと触って揉《も》んで、舐めたり吸ったりするだけだから、夕葵は素直に感じていればいいよ。で、俺がきみの胸だけで興奮できるってことを確認してほしい」

「なにそれ、ちょっとじゃな……あんっ！」

目を剥《む》いて声を上げた途端《とたん》に、乳首をキュッと摘まれた。鋭い感覚が突き抜けて、次にじわじわと甘い痺《しび》れが広がる。

淳さんは手のひらで膨《ふく》らみを押し上げながら、尖《とが》りを指先で擦《こす》って刺激してきた。一番敏感《びんかん》なてっぺんの部分が擦《こす》れて、ビクビクと身体が震える。

「あ、あっ、あ……っ」

「夕葵は喘《あえ》ぎ声も可愛いね。それに敏感《びんかん》だ」

吐息に乗せた彼のささやきが、耳から忍び込んで思考を溶かす。

……どうしよう、じんじんして気持ちいい。

しばらくこういうことをしていなかったせいか、ちょっと胸をいじられただけなのに、信じられないほど身体が火照《ほて》っていた。

淳さんは壊れものを扱うように優しく乳房を揺らし、真ん中の色づいた部分は強くなぶってくる。もどかしいほどの心地よさと、痛みと紙一重の快感にさらされて、私はいつしか息を切らしてはしたなく喘《あえ》いでいた。

「あ、あぁ……あつい……」

激しい動悸《どうき》で身体が揺れ、汗ばんでいる。淳さんが触れているところは、さらに熱を持ってビリビリしていた。

彼は右の膨《ふく》らみに舌を這《は》わせながら、くすっと笑う。

「どこが？」

「んんっ……あ、胸、熱い、の」

さんざん揉《も》まれた両方の乳房は、全体が重だるいような熱を孕《はら》んで、腫《は》れぼったくなっている。乳首も同様に膨《ふく》らみ、勃《た》ち上がっていた。

淳さんは右腋《みぎわき》の近くの柔らかい部分に吸いついて痕《あと》を残し、顔を離した。

「胸全体が桜色に染まっていて綺麗だよ。でも、熱いのはそこだけじゃないでしょう？」

「う……」

「さっきから、もじもじさせているところがあるよね」

彼の指摘を受けて、ぐっと言葉に詰まる。

実際、胸を弄《もてあそ》ばれることで湧き上がった快感が、あらぬほうへ流れて熱を放っていた。気づかれたくなくて、必死で足を動かさないよう我慢していたのに、無駄だったらしい。

しらじらしいとわかっていながら、首を左右に振ってごまかす。

淳さんは少し驚いたように一瞬眉を上げたけど、すぐに苦笑した。

「それならいいけど。いまは胸だけって約束したから、他を構ってあげられないんだ。もし下のほうがつらくなったら、自分でしてね」

「えっ!?」

想像もしていなかった行為を勧《すす》められ、目を見開く。

呆然《ぼうぜん》としているうちに、戒《いまし》められていた手首が解放された。

彼に胸をいじられ、悶《もだ》える姿を見られながら、自分の秘部を慰《なぐさ》めているところをつい思い浮かべてしまい、私は息を呑んだ。

どことなくうっとりした表情の淳さんは「最後までできないっていうのも、禁欲的でたまらないな」なんて言って笑っている。

胸を触りまくっておいて禁欲的というのは違う気がするけど、私の気持ちが育たない限り最後までしないという言葉は本当らしい。

自分でもおかしいと思いつつ、淳さんが約束を守ろうとしてくれていることにほっとした。

安心感を覚えたのに合わせて、身体の緊張が少し解《ほぐ》れる。

興奮のせいで潤《うる》んだ目を向けると、淳さんは、ぐっと表情を引き締めた。

「夕葵は俺を煽《あお》るのが上手だね。そんないやらしい顔で誘って……」

「え……？」

よくわからない言葉に眉根を寄せる。

ただ淳さんを見つめただけで煽《あお》ったわけじゃないし、いま自分がどんな表情をしているかなんてわかるはずもない。

誤解だと説明するために口を開く。けど、言葉を発するより先に乳首を強く吸い上げられて、鋭い嬌声《きょうせい》が飛び出した。

「あ――っ！」

淳さんはピンと勃《た》った先端《せんたん》に歯を当て、甘噛みしながら舌先で突《つ》いてくる。敏感《びんかん》になった尖《とが》りは強い痺《しび》れを生み出した。

ヒリヒリする痛みと、甘く狂おしい感覚が混じり合って、おかしくなりそう。舌で刺激されているほうだけでも苦しいのに、淳さんは反対の膨《ふく》らみを手で捏《こ》ね始めた。

「あっ、いや。それ、やあっ」

両方をいっしょにされるのは感覚が強くなりすぎてつらい。

ブルブルと首を横に振って抵抗したけど、淳さんは攻める手を止めてはくれなかった。

……熱い。なぶられている胸の膨《ふく》らみに、足の付け根、そして全身が脈打っている。すっかり溶けて、いやらしい蜜をこぼす秘部は、胸への刺激だけでせわしなくひくついていた。

やがて痙攣《けいれん》するように、下腹部が震え出した。同時に背中が強張《こわば》り、頭がぼーっとしてくる。

達しそうになっているのだと気づいて、私はよくわからない焦《あせ》りを覚えた。

「んあぁ……あ、嘘……だめ、変に、なるっ」

「いいよ、なって」

一度、チュッと音を立てて唇を離した淳さんは、軽い調子でそう言い、また私の胸に顔を埋《うず》める。

そして今度はそれぞれ両方の胸を、さっきと同じように口と手でいたぶり始めた。

彼がどう言おうと、恋人でもない男に胸をいじられただけでイクなんて恥《は》ずかしすぎる。

なんとか淳さんを押しのけようとして彼の肩に手を置いたけど、快感に震える身体は言うことを聞かない。気づけば、逆に腕を伸ばして縋《すが》りついていた。

気持ちよさに溺れ、理性が散り散りになっていく。私は本能に従ってシーツに足を突っ張り、腰をくねらせた。

「あ、あ、いい……やだぁ、気持ちい……」

熱くなった秘部は、揺らすだけでも甘く痺《しび》れる。夢中で腰を振り立てていると、揉《も》まれ続けた膨《ふく》らみの頂《いただき》をキュッと強くひねり上げられた。

「あぁっ！　んんー……っ」

鋭く突き抜けた快感が、お腹の奥に溜まった熱を破裂《はれつ》させる。その衝撃で目の前がチカチカとまたたき、私はたまらずに目を瞑《つむ》った。

あ、だめ——っ!!

心のなかで叫び声を上げるのと同時に、ぎゅうっと全身が硬直する。快楽に忠実な肉体は、抵抗する意思を無視して高みへと昇《のぼ》り詰めた。

永遠にも思える絶頂のなかで、自然に涙が溢《あふ》れる。気持ちよくて、苦しくて、声にならない声を上げた瞬間、まるで電池が切れたように身体の強張《こわば》りが解《と》けた。

力の入らない手足を投げ出して、荒い呼吸を繰り返す。私が達したことは、たぶん淳さんにも伝わったはずだ。

恥《は》ずかしくて、消えてしまいたい。まさか胸だけでイクとは思ってもいなかった。

もちろん、それだけ彼の愛撫が上手だったということなんだけど……

上から視線を注《そそ》がれているのに気づいて、腕で顔を隠した。イッたばかりのだらしない姿なんて、見られたくない。

「……見ない、で」

苦しい呼吸の合間に言葉を紡《つむ》ぐ。

必死でお願いしたのに、淳さんは私の手を掴《つか》んで除《の》けてしまった。

「ごめん、無理。全部見たい。すごく綺麗で、どうしたらいいかわからないんだ」

とまどっているような言葉を返され、私の心が大きく揺れる。根拠はなにもないけど、お世辞《せじ》じゃなく彼の本音なんだと思えた。

ゆるゆると瞼《まぶた》を上げれば、淳さんは熱っぽいまなざしで私を見返し、小さく溜息を吐く。どこか物憂《ものう》げな様子に疑問を感じたところで、彼は私の手を自分の下半身へと導《みちび》いた。

達したせいで腕はまだ震えていて、勝手に動かされても抵抗できない。問答《もんどう》無用で手のひらに硬いものを押しつけられ、私は息を呑んだ。

恥《は》ずかしすぎて目を向けられなくても、触れているものの正体はわかっている。

淳さんは私の貧相な胸を魅力的だと言い、本気だということを証明すると宣言したけど、まさか自分の手で触って確認させられるとは思わなかった。

「や……」

「もっときちんと確かめて。ほら、さっきと違って大きくなっているよね？」

確かに手のなかの彼は、最初とは比べものにならないくらい質量を増して、熱くたぎっている。

時折、興奮の度合いを表すみたいにビクッと震えるのがひどくいやらしくて、ドキドキしてしまう。

淳さんは少し困ったように微笑《ほほえ》んで、首をかしげた。

「夕葵の胸だけでこんなふうになるんだよ。それでもきみは、俺がお世辞《せじ》や嘘をついていると言うの？」

「あ、う……ごめん、なさい」

さすがにここまでされて、意地を張るわけにはいかない。

彼の言葉を嘘だと決めつけ、疑ったことを謝ると、淳さんはあっさりと身を引いた。しかも、私のパジャマを元のように整えてくれた。

「信じてくれたならいいよ。それじゃ、もう少しだけ横になっていようか。まだ時間はあるし、夕葵はちょっと疲れたでしょう」

早朝から言い合いをしたうえ、いやらしいことをされたせいで、実際に疲労とだるさを感じていた。だから彼の提案は素直にありがたい。けど……

「淳さんは……えと、そのままで、いいの？」

しどろもどろになりながら、遠まわしに疑問を口にする。

私は男じゃないから本当のところはわからないけど、興奮して張り詰めた身体が鎮《しず》まるまで、なにもせずに待つのはとてもつらいと聞いたことがあった。

淳さんは少し驚いたようにきょとんとしたあと、すごく嬉しそうな表情でうなずいた。

「うん。ありがとう、大丈夫。それにここで俺の欲望を優先したら、証明にならないしね。夕葵の信用を得られるなら、ちょっと我慢するくらいどうってことないよ」

彼が私のことを真剣に考えてくれているとわかって、また鼓動が速くなる。のぼせたようにぽーっとしていた私は、ふとそこで我に返った。

だめだめ！　流されちゃだめ！

心のなかで自分自身を叱《しか》り飛ばす。

いくら始まりが売り言葉に買い言葉だったとはいえ、ほとんどむりやり恥《は》ずかしい部分を見られて触られたのだから、簡単に許してはいけない。ぶん殴って、文句を言うべきだ。

……でも彼に想いを向けられるとドキドキしてしまう。

自分でも納得しきれない感情をかかえた私は、淳さんに気づかれないよう小さく息を吐いた。

押しつけられたお見合いなんて、絶対お断りだと思っていたのに……

両親のしかけた罠《わな》にはまったみたいで、はっきり言って面白くない。けど、自分の心が揺れているのを認めないわけにはいかなかった。

そんなことを考えていたら、優しく頰《ほお》を突《つつ》かれる。目だけを動かして淳さんを見ると、彼はニコッと笑った。

「挨拶《あいさつ》のキスをして？」

淳さんのキスへのこだわりが強すぎて、ちょっと呆《あき》れる。こっそり肩を落として、彼の頰《ほお》に唇を押し当てた。

「おはよう、淳さん」

「夕葵……」

うっとりした表情で目を細める彼を見つめながら、私はそっと苦笑いした。

あとから振り返れば実にくだらない意地を張り、淳さんといかがわしい触れ合いをしてしまってから五回目の夜。

夕飯のあと早々に寝る支度《したく》を整えた私は、間借りしている客間のベッドの上で自己嫌悪《じこけんお》に陥《おちい》っていた。

あいかわらず私の寝ぼけ癖は続いていて、ここで眠りについても朝には淳さんのベッドへ移動している。しかも毎朝なんのかんのと理由をつけては、胸をいじられるようになっていた。

初日は私のせいだと言えなくもないけど、翌日の朝は寝起きで夢うつつの淳さんが甘えてきて押しきられた。三日目はバストアップのためのリンパマッサージをちょっとだけ試してみようと言われ、しぶしぶ従っているうちにそういうことになった。四日目はマッサージの効果を確かめたいという理由で。今朝に至っては理由もなく当然のように触られた。

淳さんは私への愛ゆえだと言い張っているけど、まったく納得がいかない。実は貧乳フェチか、どんな胸でも受け入れられる博愛のおっぱい星人なんじゃないかと疑いたくなる。

……それでも、結局、私は拒みきれないのだ。

はっきり「好き」と言えない中途半端な状態で、彼と触れ合うのはよくないとわかっていながら、甘い言葉をささやかれると流されてしまう。毎朝、私のコンプレックスを溶かすように優しく触って舐められ、身体はあからさまに悦《よろこ》んでいた。

欲望に弱すぎて、自分で自分が情けない。私はベッドの上で足をかかえ、はあっと溜息を吐いた。

「まったく。お父さんとお母さんがケンカなんてするから……！」

自分の意思の軟弱《なんじゃく》さを棚に上げて、両親への不満を口に出した。

ふたりの夫婦ゲンカが勃発《ぼっぱつ》してからというもの、頻繁《ひんぱん》に兄ちゃんと連絡を取り合っているけど、まだ収拾がつかないらしい。いままではだいたい十日前後で仲直りしていたのに、今回は相当こじれているようだ。

お互いを「運命の相手」だと平気で言ってのける人たちだから、別居や離婚の心配はしていない。ただ、戦場と化しているであろう自宅に置いてきた私物が、壊されていないか不安だった。

特に、なけなしのバイト代で買い集めたプロレスの記念ＤＶＤが無事であるようにと祈る。あと限定グッズも。

一番大切なブラッド・シュタインの名場面集は自室のクローゼットの奥にしまってあるけど、そこまでしても大丈夫だとは言えなかった。

色々な意味で落ち着かない心に、心配と不安が混ざってぐちゃぐちゃになる。湧き上がる混乱は一気に苛立《いらだ》ちへと変換され、私はじっとしていられずにベッドから飛び下りた。

「あー、イライラするっ。もう、うだうだ考えるのはやめ！」

大声で自分に宣言して、置かせてもらっている着替えのなかから愛用のジャージと運動用の下着を引っ張り出す。

くよくよ悩むなんて、私の性《しょう》に合わないのだ。こういう時はなんでもいいから動いて、ストレスを発散するに限る。

わざと大げさな身振りでパジャマを脱ぎ捨てた私は、窓の外の闇《やみ》へ目を向けた。

すっかり日は落ちているけど、出歩くのをためらうほど遅い時間でもない。

「……走ってレンタルショップまで行って、スカッとするＤＶＤを借りるとか……うん、それだ！」

独り言を口にしたあと、わざとらしく指を鳴らす。好きなプロレス団体の新作がレンタル開始になったはずだと気づいて、にんまりした。

面倒なことを思い出さなくなるくらい長めにランニングをして、今夜は借りたＤＶＤを眺《なが》めながら眠ろう。いい考えだ。

私は思いついた名案にもう一度笑ってから、服を身に着け、淳さんの部屋に向かう。

居候《いそうろう》の身としては、どこに出かけるかは伝えておいたほうがいいだろうし、実は近くのレンタルショップの場所を知らなかった。


「――というわけで、レンタルショップがどこにあるか教えて」

淳さんの部屋にお邪魔した私は「ついに夜這《よば》いにきてくれたの!?」と興奮ぎみに聞いてくる彼を無視して、さっきの計画を説明した。

もちろん、淳さんのせいでイライラしているというところは伏《ふ》せたままで。

話を始めた時の淳さんは、夜這《よば》いうんぬんを私にスルーされてがっかりしていたけど、話し終わる頃には唖然《あぜん》としていた。

「走っていくとか……それ、本気で言ってるの？」

「うん。多少遠くても平気だし。片道一〇キロくらいなら余裕だよ！」

いくらここが高級住宅街だと言っても、半径一〇キロの範囲にはレンタルショップくらいあるだろう。もともと走るのは好きだし、往復二〇キロならいけるはず。

私が笑ってうなずくと、淳さんは疲れたように溜息を吐いて頭を横に振った。

「……そりゃあ、夕葵の身体能力の高さはわかっているけどね。こんな時間に女性がひとりで出かけるのを許可するわけにはいかないな」

「えぇーっ!!」

予想外の反対にあい、顔をしかめる。これじゃまるで過保護な父親だ。

不満を露《あら》わにする私を見た淳さんは、小さく苦笑いした。

「そんなに観《み》たいものがあるなら、車で送っていくよ」

「えっ。それはだめ、というか……困るというか……」

確かに新作ＤＶＤは観《み》たいけど、走ってスカッとすることが本来の目的だから、車に乗せてもらっては意味がなくなる。それに、自分の都合で彼に迷惑をかけたくなかった。

私が拒否すると、淳さんはちょっと意外そうに眉を上げた。

「夕葵は俺に見られて困るような、すごいやつを借りたいの？」

「はあ!?　ただのプロレスのＤＶＤだよっ」

思わず声を張り上げる。淳さんがどんなのを想像したのかは知らないけど、きっといかがわしいのに違いない。おこさまには見せられない系の。

私の返事を聞いた彼はちょっと残念そうにしながら、部屋の奥にあるテレビボードを指差した。

「プロレスのＤＶＤなら俺も何枚か持ってるよ。観《み》てみる？」

「え、ほんとに⁉」

意外すぎる淳さんの提案に目を見開く。

ファンの私が言うのもなんだけど、いまのプロレスはどちらかというとマイナーなスポーツだ。熱狂的なマニアが多い代わりに、あんまり一般受けしないイメージ。

実際、仲のいい友達何人かに薦《すす》めてみたけど、共感してくれる人はいなかった。

それがまさか、こんなところで同志に出逢うとは！

「あ、あの。もしかして淳さんも、プロレス好き、なの？」

変に興奮してしまい、声が震える。淳さんは少し考え込むように首をひねった。

「んー。すごく好きってわけじゃないけど、アメリカにいた頃はテレビで時々観《み》ていたよ。それで面白かったのとか、気になったのを持ち帰ったんだ」

「ああ」

彼が海外に留学していたということを、いまさら思い出した。

人気が下火になってしまった日本とは違い、海外のプロレスはいまも一般的な娯楽として受け入れられている。地域によってはテレビで試合中継されているとかで、羨《うらや》ましいかぎりだ。

淳さんは私みたいにコアなプロレスファンじゃないようだけど、理解はできるのだろう。

完全に同じ趣味を持っているわけではないと気づいて、少しだけ気持ちが沈む。でも、ドン引きされないだけマシだと思い直した。

……いままで付き合った男のなかには、私のイメージと趣味が合わないと言うやつもいたから。

頭のなかから嫌な記憶を叩き出し、テレビボードに近づく。淳さんが扉を開けてくれたのでなかを覗《のぞ》き込むと、英字タイトルのＤＶＤがずらりと並んでいた。

「このあたりがプロレス関係かな。あとは映画と、海外のドラマ。残念ながらエッチなやつはないけどね」

淳さんはそう言って、真ん中あたりを指差す。彼の下品なジョークは無視して、ＤＶＤに目を向けた。

英語はさっぱり読めないけど、海外のプロレス団体やタイトルマッチの名称はなんとなくわかる。日本では観《み》られないものばかりだと気づいて胸を躍《おど》らせていると、見知った名前を見つけて飛び上がった。

「こ、これ……ブラッド・シュタインの引退試合のやつじゃない!?」

「うん。そうだよ」

このＤＶＤの価値がわからないらしい淳さんは、特に驚くこともなくうなずく。私は興奮を隠しきれずに、大きな声を上げた。

「これ、日本版は出てないレアなものなんだよ！　名場面集だけはあるんだけど……」

ブラッドは本国のアメリカでは「血の皇帝《こうてい》」の異名を持つ名レスラーだけど、日本人にはあまり馴染《なじ》みがない。一度、遠征《えんせい》と称して日本で試合をしたことがあるだけで、知る人ぞ知る選手だった。おかげで、日本ではブラッドのＤＶＤが手に入りにくい。過去に通販で海外版を手に入れようとしたこともあるけど、英語の壁を越えられずに挫折《ざせつ》してしまった。

震える手でＤＶＤを手に取り、パッケージを見つめる。雄々《おお》しいブラッドの表情、盛り上がった三角筋、そこを流れる汗にうっとりした。

つい感嘆《かんたん》の溜息をこぼすと、背後から低い笑い声が聞こえた。振り向けば、淳さんが苦笑いをしている。

「それ、ほしいならあげるよ。何度か観《み》ているから、少し傷がついているかもしれないけど」

「嘘っ……いいの？」

夢のような申し出に、声が裏返る。思わずＤＶＤを抱き締めると、またクスッと笑われた。

「いいよ。でも、いまは観《み》るのを我慢してくれるならね」

また意外なことを言われ、目をまたたかせる。ＤＶＤは譲《ゆず》ってくれるけど、いますぐには観《み》ちゃだめってどういうことだろう。

理由を聞くために顔を上げたところで、腕のなかからＤＶＤをするりと抜き取られた。

「淳さん？」

「これは俺がいないところで観《み》て。目の前で他の男に対してそういう顔をされると、嫉妬《しっと》でおかしくなるから」

「他の男って……」

独占欲丸出しな淳さんに、ちょっと呆《あき》れてしまう。

確かにブラッドは私が子供の頃から憧《あこが》れている人だけど、雲の上に住む神様のような存在で、恋愛対象にはなりえない。完全な見当違いだ。

私の視線を受け止めた淳さんは、困ったように首をすくめた。

「夕葵が言いたいことはわかるよ。でも、ごめん。たとえ相手が誰であっても、嫉妬《しっと》はすると思う」

彼から向けられる愛情の大きさに、私は口をつぐんだ。

想いを寄せてくれるのは素直に嬉しい。けど、男勝《おとこまさ》りで荒っぽくて、プロレス観戦が趣味である私のどこをそんなに気に入ったんだろう。

「……淳さんは、なんでそこまで私のことを大事に想ってくれるの？　お見合いの前にどこかで会っているって聞いたけど、その時の私はすごく失礼なことを言ったんでしょ？」

お見合いの最中《さいちゅう》、感極《かんきわ》まった淳さんは私を抱き締めて「もう格好悪いなんて言われないように自分を磨《みが》いた」という発言をしていた。それがどうして愛情に繋《つな》がったのか、わからない。

おそるおそる話を切り出すと、淳さんはなにも気にしていないように目を細めた。

「あれはね、夕葵が俺のためを思って言ってくれたんだよ。実際、きみに事実を指摘されたから、俺は自分のだめなところがわかったし、直すこともできたんだ」

淳さんのなかでの私が善人すぎて、申し訳なくなってくる。

兄ちゃんたちから「単純」で「脳筋」だと言われている私は、深く考えることが苦手だ。おかげで、思いついたことをすぐ口に出してしまう。

最近は相手に対して失礼にならないように注意しているけど、きっと淳さんと初めて会った時には、なにかの理由で気がゆるんでいたんだろう。結果的によく考えもせず「格好悪い」という感想をぶつけたに違いなかった。

「えっと、いや、あの、私そんないい人間じゃないというか……」

淳さんの優しい気持ちを否定するのは心苦しいけど、真実を伝えないことのほうが騙《だま》しているみたいでつらい。

しどろもどろで説明し始めたものの、淳さんは私の言葉を遮《さえぎ》るように笑って頭を横に振った。

「もし、夕葵が別の考えでああ言ったんだとしても構わない。結果は変わらないからね。俺はあの時のきみの言葉があったおかげで、そのあと大切な場所を奪われても、独りになっても、なんとか立っていられたんだよ」

「淳さん……」

彼の言葉に強い想いが込められているのを感じる。

少しの間、ぼんやりと淳さんを見つめていた私は、我に返るのと同時にわずかな引っかかりを覚えた。

あれ……もしかして、さっき彼が言った「独りになっても」って、ご両親が亡くなられた時の話？

だとしたら、私と淳さんが最初に出逢ったのは、それ以前ということになる。少なくとも二年以上前だ。

お見合いの日取りを急《せ》かされたり、顔を見てすぐに結婚を迫られたりしたから、初めて会ったのも最近だろうと勝手に想像していた。

ランニングに行きたかったことをすっかり忘れて考え込む。いったい私たちはいつどこで出逢ったのだろう。そして、私は淳さんのなにを見て「格好悪い」と判断したのか。

目を閉じて、記憶の海を探る。しかし、何度やっても思い出せない。

諦《あきら》めて瞼《まぶた》を上げると、淳さんが私の身体を包み込んでいた。

まったく、もう。

小さく溜息を吐いて、顔を上げた。

最近の淳さんは、同居を始める前に「手は出さない」と約束したことなんてすっかり忘れたのか、平気で私に触れてくる。しかも、それを嫌だと思えないから困っていた。

彼は私の顔を覗《のぞ》き込んで、幸せそうに目を細めた。

「夕葵が好きだ。きみがいたからいまの俺がいて、この先は傍《そば》にいてくれなければ、きっと生きていけない」

「そ、そんなわけないでしょ！　大げさなんだから」

海外で生活していたせいなのか、淳さんはオーバーでくさい台詞《せりふ》を言うことにまったく抵抗がないらしい。言われた私のほうが恥《は》ずかしくてそわそわしてしまう。

照れ隠しに軽く睨《にら》むと、彼は表情を変えずに私の頬《ほお》に手のひらを這《は》わせた。

「俺の気持ちをどう受け取るかはきみの自由だけど、本気だよ。だから、お礼のキスをさせて？」

「へ？」

急によくわからないお願いをされて、目を見開いた。

淳さんは唖然《あぜん》とする私の頬《ほお》を撫《な》でながら、にっこり笑う。

「前にお返しをしたいって言ったのを覚えてないかな。俺の支えになってくれたこと、いまこうしていっしょにいてくれること、一日の始まりと終わりに労《ねぎら》いのキスをくれること……その全部に対して、俺からも感謝のキスを贈りたいんだ」

またこちらが恥《は》ずかしくなることを言われ、思わず口籠《くちご》もった。

確かに山名家へきて間もない頃「いつか、お返しのキスをさせてほしい」と言われたような気がする。その時に自分がどう返事をしたかは覚えていないけど。

本音を言えば、お返しは必要ない。私のしたことが淳さんの助けになったのだとしても、結局はただ暴言を吐いただけだから。

でも、いらないって言っても引かないんだろうなあ……

私は心のなかで愚痴《ぐち》をこぼして、肩の力を抜いた。

始まりが初対面同然でも、同じ屋根の下で二週間暮らせば、おのずと相手のことがわかってくる。淳さんは物腰が柔らかくて基本的には優しいけど、実はけっこうしたたかで押しが強く、頑固《がんこ》な一面もあった。

彼と「お返しのキス」について長々と押し問答《もんどう》するのは、面倒なうえ恥《は》ずかしい。それに、がんばって拒否したところで、最後はどうせ押しきられてしまうだろう。

だんだん、頬《ほお》にキスされるくらいどうってことないような気がしてきた。

淳さんは小さい子供がお菓子をねだる時のように軽く首をかしげて、眉尻を下げた。

「だめ？」

「まあ、いいけど」

溜息を吐くのに合わせて、しぶしぶ同意する。私は彼がキスしやすいように、横を向いて左の頬《ほお》を差し出した。

……やるなら、とっとと済ませてほしい。そうすれば無駄にドキドキする時間が短くなるし、客間に戻って朝までブラッドのＤＶＤを堪能《たんのう》できる。

実は緊張していることを悟られないために目を瞑《つむ》り、彼の唇が触れるのを待つ。

けれど、淳さんの両手で左右の頬《ほお》を掴《つか》まれ、むりやり顔の向きを正面に戻された。首の右うしろのあたりから、グキッと鈍い音が響く。

「いたっ！」

驚いて目を開けた途端《とたん》、視界が影で覆《おお》われる。何事かと理解する間もなく、私の唇に柔らかいものが触れた。

「んん？」

――って、頬《ほお》じゃなくて、口にキスされてるんだけどっ!!

自分の置かれた状況に気づいて、頭が真っ白になる。

目を見開いたまま身動きできずにいると、やがて唐突《とうとつ》に息苦しさを覚えた。びっくりしすぎて呼吸を忘れていたらしい。

本能的に顔を離して、息継《つ》ぎする。酸素を求めて口を大きく開くと、追いかけてきた彼の唇にまた塞《ふさ》がれた。

「ふ、ぁ、やっ……」

抵抗するために発した声は吸い取られ、唇の隙間から舌が入ってくる。

ぬるりとした感触に飛び上がり、とっさに淳さんの胸を手で押し返したけど、びくともしない。彼は右手を伸ばし、逃げることを許さないとでも言うように、私の後頭部を支えた。

片方の手で頬《ほお》を、もう一方で頭を押さえられ、唇を貪《むさぼ》られる。心のなかでは罵詈雑言《ばりぞうごん》を吐いて必死に拒否するけど、身体は勝手に熱くなっていた。

ひんやりした彼の舌先が、私の頬《ほお》の内側をたどり、真ん中で縮こまる舌を絡め取った。

いいようにされていることが悔《くや》しくて嫌なのに、ひどく気持ちいい……

だんだん頭がぼんやりしてくる。気づけば、淳さんに合わせて私も舌を動かしていた。

唇の端《はし》から漏れる熱い吐息が重なり、唾液の混じり合う音が耳の奥に響く。寒気を感じた時のようにゾクゾクする項《うなじ》を撫《な》で上げられ、私は大きく身を震わせた。

キスを続けながら、淳さんがふっと笑う。

たぶん、簡単な女だと思われているんだろうけど、反発できない。彼のキスが気持ちよくて、ドキドキして、やめてほしくないとさえ思っていた。

淳さんは唇を合わせたまま頬《ほお》から手を離し、私が着ている上着のファスナーを下ろす。抵抗しなきゃいけないという気持ちは、インナーの上から胸を撫《な》でられた瞬間に吹き飛んだ。

「んっ、ん、んーっ」

この五日間ですっかり彼の愛撫に慣らされた身体は、快感を与えられることを期待して、反射的に震える。そして、淳さんには私の胸の弱いところを全部知られてしまっていた。

彼は膨《ふく》らみの頂《いただき》を探り当て、指で摘まむように刺激してくる。間に服があるといっても、シンプルなスポーツブラと薄手のTシャツだから、防御の効果はほとんどなかった。

親指と中指で乳首を軽く引っ張られ、人差し指でてっぺんの部分を擦《こす》られる。

最初はもどかしいほどに優しくて、刺激が強くなっていくに従い布地の感触が気持ちよくなってきた。

胸全体が熱を持ち、しっとりと汗ばむ。

片側の膨《ふく》らみをひとしきりなぶったあと、淳さんはもう一方に手を伸ばした。

まだなにもされていないのにしっかりと勃《た》ち上がった先端《せんたん》は、服の上からでもはっきりわかる。

淳さんは唇を重ねたまま低く笑って、そこを指で強く弾《はじ》いた。

「んくっ！」

痛いと思った次の瞬間に、甘い痺《しび》れがじわりと広がる。むず痒《がゆ》いような感覚を覚えて肩を震わせると、今度は優しく捏《こ》ねられ始めた。

指の腹でしこった蕾《つぼみ》を押し込み、上下に揺する。時折、てっぺんの部分が爪に当たってたまらない。強い快感が走るたびに足の付け根が熱くなり、ヒクヒクと蠢《うごめ》いていた。

直接刺激されなくても、秘部がジンジンして気持ちいい。

キスを続ける唇と舌、胸の膨《ふく》らみ、ひくつく秘部とその奥……ゆっくりと隅々《すみずみ》まで伝わった快感に全身が包まれ、呑み込まれてしまいそう。

いつの間にか息を切らして喘《あえ》いでいた私は、乳首に強く爪を立てられ、大きく仰《の》け反《ぞ》った。

「あ――……!!」

わななく唇の端《はし》から、どちらのものかわからない唾液がとろりと滴《したた》り落ちる。淳さんはすかさずそれを舐め取り、短く息を吐いた。

「夕葵、いま、軽くイッたよね」

「あ。ち、ちがう、から……」

恥《は》ずかしくて、とっさに頭を振る。本当は夢中だったため、自分にもよくわからない。

淳さんは少し呆《あき》れたようにクスッと笑うと、頭のうしろを押さえていた手を戻して、私の目尻を拭《ぬぐ》った。

「こんなに涙目なのに?」

「う……」

「あとさっき、太腿《ふともも》がすごくブルブルしていたよ。本当はまだ足が震えているんでしょう。立っているだけでも精一杯なんじゃない?」

確かに彼の言うとおり、足は震えているし、ちょっと気を抜いたら倒れてしまいそうだ。けど、みっともなくて素直に伝えられない。

「そんなこと、ない……」

もう何度もこういうことをしているのだから、実際に達したかどうかなんて些細《ささい》な問題なんだろう。それでも、やっぱり恥《は》ずかしい。

必死で足を踏ん張り、そっぽを向くと、淳さんは長い溜息を吐いて、私の手を自分の肩に導《みちび》いた。

「とりあえず危なそうだから、俺に掴《つか》まっていて。……で、夕葵が本当に気持ちよくなかったのかどうか、確かめてもいい？」

「は⁉」

いつものことだけど、またよくわからないお願いをされて目を剥《む》く。

思いきり眉根を寄せる私の前で、淳さんはくったくない笑みを浮かべた。

「きみの大切な部分が濡《ぬ》れているか確認したい」

爽やかな顔に似合わない卑猥《ひわい》な言葉が聞こえてきて、眩暈《めまい》がする。

ふらつく足をむりやり動かして逃げようとしたけど、前方から伸びてきた腕に抱き止められた。

「ちょっと、夕葵、危ない。そんなことをしたら転ぶよ？」

「や、やだもう！　淳さんはなんでいつもそうやって、エッチなことを聞いたり、言わせようとしたりするの⁉」

限界を超えた羞恥《しゅうち》が怒りに変わる。上目遣いで睨《にら》むと、淳さんは驚いたように目を瞠《みは》った。

「え。いや、いまのは聞いたつもりじゃなかったというか……いやらしい言葉を言わせるのが目的ではないし」

「じゃあ、どうしてあんなっ」

苛立《いらだ》ちにまかせて声を張り上げたところで、左の耳たぶを舐められた。生々しい感触に息を呑んだ瞬間、脳髄《のうずい》を揺さぶるような色っぽい声が直接耳に流れ込む。

「……そりゃあ、もちろん、直《じか》に触って確かめさせてって意味だよ」

「なっ」

あまりに驚いたせいで、身体が強張《こわば》る。

淳さんは私が抵抗できない一瞬を狙って、腰のほうからジャージパンツに手を入れてきた。

慌《あわ》てて身をよじったけど、背中にまわされたもう一方の手で押さえられてしまった。

「ちょ、やだ！」

彼は私の声を無視して、ショーツのなかへと手を移動させる。そのまま、お尻の形を確かめるように撫《な》で下ろし、うしろから秘部を指先でなぞった。

「あ、んっ」

勝手に身体が跳ねて仰《の》け反《ぞ》り、割れ目が彼の指を挟み込む。無意識のこととはいえ、まるで誘っているようなしぐさに、泣きたくなった。

淳さんはふふっと満足そうに微笑《ほほえ》んで、指を前後に動かす。皮膚に挟まれたそこで抵抗なく動かせるのは、潤《うるお》っているからだ。

「ほら、ちゃんと濡《ぬ》れてる。やっぱりさっきイッてたんだよ」

もう自分でも答えはわかっている。でも指摘されたくない。

「やめて」

これ以上は嫌だという意味を込めて小さく首を横に振ったけど、淳さんは秘部に当てた指を行き来させ続ける。敏感《びんかん》な溝は撫《な》でられるだけでも熱く火照《ほて》り、震え出した。

「あ、だめ。淳さんっ」

「……ヒクヒクしてるね。ここも気持ちよくなってきちゃった？」

いじわるな質問を向けられ、ギュッと目を瞑《つむ》る。やっぱり正直に答えることができなくて、きつく奥歯を噛み締めた。

すると彼は私の耳に口づけて、楽しそうにふふっと笑った。

「夕葵は本当に可愛いな。時々、約束なんか無視して、むりやりしたくなるから困るよ」

軽い口調には合わない物騒《ぶっそう》な言葉を聞かされて、目を見開く。

淳さんがなにを「むりやりしたくなる」のかは、私のお腹に当たっている硬い感触が教えてくれた。

「やっ」

興奮なのか、恐怖なのか、よくわからない感情に襲われ全身が粟立《あわだ》つ。私はとっさに息を呑み込んで、身を引いた。

本当は淳さんを突き放して逃げたかったけど、背中を押さえられているせいで叶わない。結果的にお尻を突き出すという、情けない格好になった。

それでも彼の強張《こわば》りから離れられたことにほっとしていると、まるでそのタイミングを狙っていたように、うしろの手が横から前にまわり込んできた。

「え、嘘っ」

慌《あわ》てて足をきつく閉じるけど、しっかり濡《ぬ》れている割れ目は、淳さんの指を簡単に受け入れる。逆に一番敏感《びんかん》な突起《とっき》を押しつけてしまい、甘苦しい感覚がじわりと広がった。

「うあぁ……」

「ねえ、夕葵。これじゃ嫌がっているのか、誘われているのか、わからないんだけど」

からかうように問いかけられ、小さく頭を振る。

「あ、ぁ、違う、の。やめて、ほし……」

「そう言うわりには、腰が揺れてるよ。なにもしなくても、指がなかに入ってしまいそうだし」

耳元に響く淳さんの声に、ビクッと身体が跳ねた。

実際、もっと強い感覚を求めて下半身が震えている。彼の言葉に導《みちび》かれ、なかをいじられている自分の姿を想像した。

……淳さんの男性らしい骨ばった長い指で、内側を擦《こす》られたらどうなるんだろう。胸だけでもあんなによくなれるんだから、きっとすごく気持ちいいに違いない。もしかしたら、いままで感じたことがないくらいの……

快楽を欲する身体に引きずられ、思考が溶けていく。いやらしい想像で割れ目は次々と蜜を吐き出し、彼の指を濡《ぬ》らしていた。

ぬめりを帯《お》びた指先が、興奮で膨《ふく》らむ敏感《びんかん》な粒を撫《な》で始める。円を描くように擦《こす》られ、押し潰《つぶ》され、狂おしい感覚に私は声を上げた。

「あぁぁっ！」

さっきまで抵抗していたことを忘れ、夢中で淳さんに縋《すが》りつく。太腿《ふともも》の痙攣《けいれん》はさらにひどくなり、もうひとりでは立っていられなかった。

「はぁ、あぁ、あ、そこ、ビリビリする……淳さ……あぁっ」

恥《は》ずかしくて嫌なのに、媚《こ》びているみたいな吐息混じりの声が漏れ出てしまう。

淳さんは背中に当てていた左手を離して、私のTシャツのなかを探り始めた。

彼の手は脇腹から上へと移動してきて、下着の際《きわ》を摘まむ。そこから布地の隙間に指先を潜《もぐ》り込ませ、ブラを押し上げた。

Tシャツは着たままなのにブラを外された状態で、胸の膨《ふく》らみを揉《も》まれる。彼の指の間に挟まれた乳首は、秘部への刺激につられて硬く勃《た》ち上がっていた。

「あ、だめぇっ」

快感を生み出すふたつの尖《とが》りを同時に転がされ、ビクビクと腰が跳ねる。上と下から湧き上がる甘い痺《しび》れが身体の内側で絡まり合い、ぐっと体内の熱を上げた。

気持ちいい、でも鼓動が激しくて息苦しい。

大きく喉《のど》を反《そ》らして喘《あえ》ぐと、淳さんが私の頬《ほお》を舐め上げた。どこか荒っぽくて官能的な仕草に、いっそう胸の痛みが増す。

「このまま、イッてみせて」

いつもは余裕綽々《よゆうしゃくしゃく》な淳さんが、はあっと熱っぽい吐息をこぼす。声がかすれているところからも彼の興奮が伝わってきて、私は唾を呑み込んだ。

少し痛いくらいに敏感《びんかん》な場所をなぶられ、目を開けていられなくなる。たまらず瞑《つむ》った瞼《まぶた》の裏で光の粒が跳ねていた。

「うぁ、あ、熱い、イッちゃ、う……も、だめぇ……！」

全身が快感に支配されて、ガタガタと震える。

閉じた目に映る光はどんどん強くなり、耳の奥に甲高《かんだか》い音が響く。白い世界に囚《とら》われるのと同時に唇を塞《ふさ》がれた。

見えなくても、キスされているのだということはわかる。

痙攣《けいれん》する舌を強く吸い上げられた瞬間、私の内側に溜まった熱が弾《はじ》けて飛び散った。

「ふっ、ぁ、んんん――っ!!」

あられもない声を上げて、昇《のぼ》り詰める。

立ったまま絶頂を極めた私は、身体の硬直が解《と》けると同時にバランスを崩した。がくんと膝《ひざ》が折れて倒れそうになったところを、淳さんの腕が受け止めてくれる。そのまま子供を抱くようにかかえ上げられて、私は彼の肩に頭を預《あず》けた。

激しい呼吸のせいで喉《のど》の奥が痛い。どこもかしこも熱く痺《しび》れていて、目を開けるのさえ億劫《おっくう》だ。

達した余韻《よいん》でぼーっとしている間に、彼の手でベッドに運ばれる。手足を投げ出して息を吐いた途端《とたん》に、眩暈《めまい》のような強い眠気を感じた。

この状態で意識を失《な》くすのが危険なのはわかっている。けど、抗《あらが》えない。

快楽とは違う気持ちよさに包まれた私は、あっという間に眠りの世界へと落ちていった。

5

翌朝、目を覚ました時、私はひとりきりだった。

寝起きのぼんやりした目に映るのは、いつもどおりの淳さんの部屋。状況から、昨夜ここで彼にされたことを思い出して顔が熱くなった。

どうやら気を失うようにして眠ったまま、朝を迎えたようだ。

少し身を起こして見下ろせば、淳さんに乱されたジャージは元のとおりに整えられているし、身体に不快な場所もない。

彼は事の最中《さいちゅう》に「むりやりしたくなる」と言っていたけど、実行はしなかったらしい。

騙《だま》し討《う》ちみたいにキスされて、強引に秘部まで触られたんだから無事とは言えないけど、決定的な一線を越えていないことにほっとした。

……それにしても、淳さんはどこへ行ったんだろう。

今日は土曜だから、仕事は休みのはずだ。

先に起きて朝ごはんを食べているのかもしれないと考えつつ、ベッドから下りたところで、サイドテーブルにメモが置いてあることに気づいた。

一番上に私の名前が書かれている。手に取って見れば、海外の支社でトラブルが起きたから会社に行ってくるという内容だった。

かなり急いで書いたようで、ところどころインクがかすれている。相当な緊急事態らしい。

淳さんが貿易会社を経営しているということしか知らない私には、いったいなにが起きたのか想像もつかないけど、不安になった。

お父さんが酔っぱらった時によくこぼす、若い頃の苦労話を思い出す。

いまでこそ、お父さんは中堅どころの会社の社長としてまわりから一目置かれているけど、元ヤンで学歴がないため、昔はかなり苦労したそうだ。

由緒《ゆいしょ》正しい家の跡取りとして家業を継《つ》いだ淳さんと、アウトローな過去を持つお父さんを同じように考えてはいけないのかもしれない。けど、誰だって初めからうまくできるわけじゃない。

まだ社長になって二年だという淳さんが、昔のお父さんのように苦しんでいる姿を想像して、胸が痛くなった。

「大丈夫かな……」

メモのなかのかすれた字を見つめ、独り言を漏らす。

淳さんを心配して助けてあげたいと思ったところで、どうしたらいいのかわからない。結局なんの役にも立てない自分が、もどかしくてたまらなかった。

土曜の朝、私が寝ているうちに出社した淳さんは、その日の夜まで帰ってこなかった。

翌日以降は一日に一度は戻ってきていたけど、シャワーを浴びて着替えを済ませたらすぐにまた会社へ行くという有様《ありさま》で、顔を見る機会さえない。その状態は一週間が過ぎたいまもまだ続いていた。

私は自分の仕事の休憩《きゅうけい》時間を利用して、淳さんにメールを送ることにした。それでほんの少しでも彼の気がまぎれてほしい。

しかし、どういうメッセージを送れば元気づけられるんだろう？

ほとんど不眠不休で働いている彼に向かって『がんばれ』とか『無理しないで』とは言えない。もう限界以上にがんばっているはずだし、家に帰る時間が取れないほど忙しいこともわかりきっていた。

休憩《きゅうけい》スペースの机に突《つ》っ伏《ぷ》して、うんうん唸《うな》る。学生時代、常に現国の成績が3だった私の脳ミソは、ひねっても振っても気の利《き》いた文章を出してくれない。

考えるのを諦《あきら》めた私は、とりあえず感情をそのまま入力してみることにした。

――身体は大丈夫？　心配だよ。淳さんが戦っているものはなに？　助けたい。

ただ思いついたとおりに書いたせいで、幼稚《ようち》なうえに不審《ふしん》だ。自分でも呆《あき》れる。

消して書き直すために×《バツ》ボタンを押そうとしたけど、うっかり送信の部分を触ってしまった。

「あーっ!!」

とっさに携帯を握り締めて叫ぶ。しかし喚《わめ》いたって機械が止まるわけもなく、送信終了を知らせるメロディが鳴った。

ど、どうしよう⁉

携帯の画面を見つめて、プルプル震える。とにかく、いまのメールが間違いだと説明しなきゃいけない。あとはひたすら謝って、えーと、それから、それから……？

慌《あわ》てすぎてオロオロしているうちに、手のなかの携帯が震え出す。続いて響く着信音。画面には淳さんの名前が表示されていた。

おそるおそる通話を繋《つな》ぐ。

『あ、夕葵。さっきメールが』

「ごめんなさい！」

聞こえてきた淳さんの声を無視して、その場で勢いよく頭を下げる。ちょっと力を入れすぎたようで、テーブルに額をぶつけた。

ごつんという鈍い音に合わせて、目の前に星が飛ぶ。

「あだっ！　ううー……」

反射的に呻《うめ》くと、耳元で淳さんが息を呑んだ。

『え、ちょっと、夕葵？　どうしたの、大丈夫⁉』

「ん……だい、じょぶ。あの、ほんとにごめんなさい」

実は涙目になるくらい痛かったけど、心配をかけたくないから内緒にしておく。

続けて、間違いメールのことを説明すると、淳さんは軽く笑った。

『そうなんだ。今回のトラブルの現場に乗り込むつもりなのかと思って驚いたよ。でも、きみがそこまで考えてくれて嬉しい。ありがとう』

「や、それはほら、いままでお世話になりっぱなしだから、お礼の意味でも当然っていうか」

まっすぐな感謝の言葉を向けられ、慌《あわ》てて言い訳めいたことを口走る。彼に対して気持ちが動き始めていることは、照れくさいから隠しておきたかった。

淳さんは電話口でふっと息を吐く。

たぶん苦笑いしているんだろう。

『そんなの気にしなくていいよ。元はと言えば、俺がきみを引き留めてるんだしね』

「でも……」

確かに初めは、山名家への滞在《たいざい》をごり押しされた。淳さんの強引さに呆《あき》れ、聞く耳を持たないサキさんたちに困り果てていた。けど、いまは山名家のみんなにお世話になったことを、ありがたいと思っている。

素直に引かない私にちょっと呆《あき》れたのか、彼が『うーん』と唸《うな》る。

『じゃあ、お礼のために、俺に会いにきてくれる？　夕葵に会えたら疲れなんて一瞬で吹っ飛ぶし、戦う元気も湧いてくるんだけどなー……なんてね』

冗談っぽく告《つ》げられた提案に、目を瞠《みは》った。

「えっ、私が淳さんの会社に!?　邪魔じゃないの？」

『もちろん。夕葵なら大歓迎。夜はひとりでいることが多いから、会う時間くらいは取れるよ。家に戻るのは無理でもね』

「そうなんだ……」

淳さんに対して感じている友情とも愛情とも言える気持ちに、使命感がプラスされ、胸が熱くなる。心のなかに色々な感情が溢《あふ》れて、それ以上なにも言えなくなった。

急に黙り込んだ私をどう思ったのか、彼は『会えたら嬉しいけど、きみが暇な時でいい』とか『もし本当にくる時は、タクシー代を出すから』とかフォローしてくれる。

私は淳さんの気遣いに感謝しながら、今夜、彼に会いに行くと決意した。

日が陰《かげ》り、夕闇《ゆうやみ》が迫るオフィス街を、私は大股で進んでいく。

左手には邦生さんが描いてくれた地図、右手にはサキさんお手製のお弁当、そして腕には栄養ドリンクの入った袋をぶら下げて。

昼に淳さんと話したあと、私はサキさんに事情を伝え、お弁当を作ってほしいとお願いした。

どうせ会いにいくのなら、彼が喜ぶ物を持っていきたい。食べ慣れた味のお弁当は、きっと淳さんを癒《いや》して元気づけてくれるはずだ。

私は地図に従って歩き、角を曲がる。邦生さんが「行けばわかります」と言ったとおりに「山名貿易株式会社」と刻印《こくいん》された立体看板が見えた。

正面入り口の前に立って、ビルを見上げる。あまりにも高いせいで、自然に口が開いてしまった。

……なにこれ。淳さんの会社って、こんな大企業だったの……!?

山名家のお屋敷の豪華《ごうか》さから考えて、小規模な会社じゃないことは予想していた。けど、まさかこんなに大きなところだとは思っていなかった。

完全に日が落ちたのでまわりは薄暗くて、週末だからか灯《あか》りのついているフロアも少ない。下から見上げただけでは正確な階数がわからないけど、三十階以上あるのは確かだった。

しかも、近代的で格好いい。いまはブラインドが下ろされているから、なかの様子まではわからないけど、エントランスらしき一階は正面の壁が全部ガラス張りだ。二階から上はつやつやした白い外壁に覆《おお》われていて、全体が発光しているように見えた。

七階建てのオンボロなビルを本社にしているお父さんの会社とは、あきらかにレベルが違う。

すっかり雰囲気に呑まれ、呆然《ぼうぜん》と立ちつくしていると、少し離れた場所から女の人の話し声が聞こえてきた。

ビルの脇を歩く女性たちは、パリッとしたスーツを身にまとい、首をまわしながら「疲れた」「休日出勤つらい」と愚痴《ぐち》を言い合っている。たぶん、淳さんの会社の社員さんだ。

彼女たちがきたほうを覗《のぞ》いてみると、ビルの裏手に夜間用の出入り口があった。

ドアにはめ込まれたガラスから灯《あか》りが漏れている。その奥に警備室らしきものが見えた。

もし行く先がお父さんの会社なら、勝手にドアを開けてお邪魔するんだけど、ここは入り口が施錠《せじょう》されていそうだ。もし開いたとしても、すぐ警備員さんに止められてしまうに違いない。

私は小さく溜息を吐いて、淳さんの携帯に電話をかける。

実は、これからお邪魔することを彼に伝えていなかった。

あらかじめ約束をしたら、淳さんは無理をしてでも私と会う時間を作ろうとするだろう。それでは仕事の邪魔になってしまう。

私はできるだけ彼の迷惑にならないよう「勝手に押しかけ、淳さんが忙しそうな時はお弁当だけ渡して帰る」という作戦を立てていた。

八回目のコールのあとに、淳さんの声が聞こえた。

『もしもし、夕葵?』

「あ……ごめん、淳さん。少しだけ時間いい?」

『うん。いまは大丈夫だよ』

疲れているようで彼の声に張りがないけど、穏やかな返事を聞いてほっとする。連日出勤の原因であるトラブルが、収束《しゅうそく》に近づいているのかもしれない。

「えっと、あのね。昼に話したこと、覚えてる？　お弁当を持って会いにきたんだ。あ、お弁当はサキさんが作ってくれてね。もし先に夕飯食べちゃってたら、夜食にしてもらえばいいと思って」

淳さんの時間を無駄にしたくないから、急いで事情を説明する。

彼は黙って私の話を聞いてくれたけど、最後に「迷惑だったら持って帰る」とつけ足したところで、驚いたような声を上げた。

『え!?　ちょっと待って。夕葵はいまどこにいるの?』

「……淳さんの会社の裏口、かな。近くに警備室があるとこ」

邦生さんの地図を確認しながらきたんだし、山名貿易の看板も見たから間違いないと思うけど、断言するのは少し不安だ。

私の答えを聞いた淳さんは、こっちにまで聞こえるほど派手に息を呑んで『すぐ行くから』と大声で宣言した。

「あ、こなくていいの。ただ、警備員さんに説明して入り口を開けてもらえたら……って、淳さん？　聞いてる!?」

電話は切れていないはずなのに、向こうからはなんの反応もない。あいづちどころか、物音ひとつしなくなってしまった。

もしかして、電波が途切れた？

顔をしかめて、携帯の画面を覗《のぞ》き込む。そして電波状況を確認しようとしたところで、目の前のドアが開けられた。

「夕葵！」

「ええ、はやっ！」

なかから飛び出してきた淳さんに驚いて、声を上げる。直後に思いきり抱き締められた。

彼は痛いくらい強く私を抱き込んで、はあっと溜息をこぼす。続けて頬擦《ほおず》りまでされそうになり、私は慌《あわ》てた。

「ちょ、やめて淳さん。ここだめ、外だからっ。場所わきまえて！」

いくらビルの裏手とはいえ、誰かが通りかかってもおかしくない。それに、ドアのガラス越しに警備室から丸見えだった。

首をめいっぱい反《そ》らして抵抗する。

私が拒絶していることに気づいた淳さんは、拗《す》ねたように眉根を寄せた。

「じゃあ、なかでする」

「はあ!?」

どういうことかと聞き返す間もなく腰を掴《つか》まれ、肩に担《かつ》ぎ上げられる。びっくりしてお弁当の袋を落としそうになり、慌《あわ》てて持ち手をギュッと握り締めた。

私がお弁当に気を取られている間に、淳さんは裏口のロックを解除してドアを開ける。

……って、このまま入るの？ 嘘でしょ!?

心のなかで叫んで、身を硬くした。

恥《は》ずかしくて嫌なのに、かかえられて宙に浮いた状態では逃げられない。結局、なにもできないまま、私は山名貿易のなかに連れ込まれた。

外へ続くドアが閉まるのと同時に、近くで別のドアが開いた音がする。うしろを向いているから見えないけど、たぶん警備室だろう。

私の予想を裏づけるように、知らない男性の声が聞こえた。

「……あの、社長。そちらの方は？」

「ああ。不審者《ふしんしゃ》じゃないから大丈夫。俺の婚約者なんだ」

訝《いぶか》しげな様子の問いかけに、淳さんはけろりと嘘をつく。「婚約者じゃない」と訂正したかったけど、ここで新たなトラブルを起こすわけにはいかないから、ぐっと我慢した。

淳さんは警備員さんらしき人に労《ねぎら》いの言葉をかけ、待機していたエレベーターに乗り込む。ドアが閉まり、カゴが上昇する揺れを感じたところで、私は彼に噛みついた。

「嘘ばっかり！　誰が誰の婚約者なの？　……もう下ろしてよっ」

淳さんの肩に引っかけられた状態で、じたばたと身じろぎする。

私の文句を聞き流した彼は、不思議そうに首をかたむけた。

「それなら本当のことを言ったほうがよかった？　お見合いの返事待ちで付き合っているわけじゃないけど、毎日同じベッドで寝起きしていて、抱き締めてキスしたり、あちこち触ったりする仲だって」

少しいじわるな指摘に、口をつぐむ。

全部言われたとおりだし、流されやすい自分が悪いんだけど、言葉にすると貞操観念《ていそうかんねん》がゆるゆるのだらしない女にしか思えない。

ひそかに落ち込んでいると、目的の階に着いたようでエレベーターのドアが開いた。

淳さんは「下ろして」という私の希望を無視して、歩き出す。

頭を持ち上げてあたりを見まわせば、そこは少し広めのエレベーターホールだった。休憩《きゅうけい》スペースも兼《か》ねているのか、座り心地のよさそうなソファと大きな観葉植物が置いてある。

正面には、オフィスっぽくない重厚な木製ドアが、間隔《かんかく》を空けて二枚設置されていた。ドアの横の案内プレートによると、右側が応接室で、左が社長室のようだ。

よく見ると社長室のドアが少し開いている。私からの電話を受けた淳さんが、ドアを閉めないまま飛び出したのかも……

淳さんは社長室のほうに進むと、十センチほど開いた隙間に靴の先を入れてドアを蹴り開けた。私が言うのもなんだけど、行儀《ぎょうぎ》が悪い。

連れ込まれた社長室は、ドアと同じく高級そうなインテリアで統一されている。どことなく見たことがあるような気がするのは、山名家の内装に似ているからだろうか。

私を片手で支えたまま、うしろ手にドアを閉めた淳さんは、部屋の中央にある応接セットのところまで移動した。

五人くらいが座れそうな革張りのソファと、透かし彫りが入ったローテーブル。

応接テーブルの真ん中に淳さんの携帯が放置してあるのを見つけて、がっかりした。

あえて置いていったのか、慌《あわ》てて忘れたのかはわからないけど、外で私が「こなくていい」と気遣ったのは完全に無駄だったらしい。

淳さんは私を両手で抱き直し、優しくソファに下ろしてくれた。

やっと安定したところに置かれて、ほうっと息を吐く……けど、そのまま押し倒された。

「——って、ちょっと、いきなりなんなの⁉」

私の上に乗ってきた淳さんを、ぎりっと睨《にら》みつける。彼はすごく意外そうに眉を上げた。

「え。夕葵が外は嫌だって言うから、なかに移動してきたんだけど」

「そういうことじゃなくて！　私は淳さんが心配だから会いにきたんだよ？　ベタベタしにきたわ

けじゃないの。サキさんのお弁当も持ってきたのにっ」

思いきり頬《ほお》を膨《ふく》らませて、手に持ったままのお弁当を彼の目の前に突き出す。

淳さんはぱちぱちと何度かまばたきをしたあと、ゆっくりと身体を起こした。

「あ……うん。ええと、ごめん。ありがとう」

ソファに座り直した彼は、先にお礼を言ってから届け物を受け取り、私を引き起こしてくれた。担《かつ》がれて運ばれたうえ、押し倒されたせいで乱れた服を整える。姿勢を正して横を見ると、淳さんは申し訳なさそうにしょげていた。

「……言い訳にしかならないけど、実は昨日と今日ほとんど休めてなくて。ちょうど仮眠を取ろうとした時にきみがきて、舞い上がった。まさか本当にここまできてくれるとは思ってなかったし」

多忙を極めていたらしい淳さんの状況を聞き、怒りが急速にしぼんでいく。あとには彼を心配する気持ちだけが残った。

「まあ、いいよ。恥《は》ずかしかっただけだから。……でも、大丈夫？」

間近で淳さんを見つめれば、いつもより顔色が悪いとわかる。けれど彼はふんわりと笑ってうなずいた。

「うん。サキさんのお弁当を届けてもらったし、夕葵の顔を見られたからね。またがんばれるよ」

お弁当はともかく、私を見たくらいで疲れが取れるわけない。私は以前にも嘆《なげ》いた無力感をふたたび思い出し、肩を落とした。

「私にもなにか手伝えることがあればいいんだけど……」

悔《くや》しさが言葉になって漏れ出る。淳さんは嬉しそうに目を細めて、首を横に振った。

「夕葵はいてくれるだけでいいんだ。前にも少し言ったけど、きみが傍《そば》にいることは俺の力になるし、逆にいなかったら生きていけないよ」

恥《は》ずかしい台詞《せりふ》を耳にして、反射的に顔が火照《ほて》る。

淳さんの優しさに流されかけた私は、ぐっと歯を食い縛りブルブルと頭を振った。

ただ会いにきただけじゃ、お礼としてはまだまだ足りない。

ほんのちょっとでもいいから、いま彼のためにできることがないか考える。必死で記憶をたどっていると「仮眠を取ろうとした」という淳さんの言葉を思い出してひらめいた。

「あっ、枕だ！　私、淳さんの枕になるっ」

「え？」

淳さんは不思議そうにしていたけど、説明するより行動で示したほうが早い。

私はソファの端《はし》に移動して、太腿《ふともも》をぴったり揃《そろ》え、ぺしぺしと叩いた。

「仮眠するんでしょ？　それなら、ここに頭を乗せて寝ればいいよ」

我ながら名案だと思い、淳さんに笑いかける。でも彼はひどく驚いたように目を見開いていた。

「……いや、あの、それは」

「あれ、だめ？　……まあ、普通のコより筋肉質だから、寝心地はよくないだろうけど」

予想外の拒絶にあい、浮き立った心が落ち込んでいく。やっぱり私じゃ淳さんの役には立てないらしい。

気持ちといっしょに声が細くなって、尻すぼみに途切れた。

無意識にうつむいて、横目で淳さんのほうを窺《うかが》う。彼は困り顔で首のうしろを撫《な》でていた。

「そういう意味じゃなくて……むしろ嬉しいから余計に困るというか……」

「えっ、嬉しいの!?」

勢いよく振り向いて、身を乗り出す。じっと淳さんの顔を見つめると、気まずそうに目をそらされた。

「それは、そうだよ。俺は夕葵のことが好きなんだからね。でも、いまきみに縋《すが》ったら、際限《さいげん》なく甘えてしまいそうで……」

いままで強引に押しまくって色々としてきたくせに、疲れている時だけ甘えるのを嫌がるなんて、おかしな感じだ。

弱気な淳さんに淡い苛立《いらだ》ちを覚えた私は、彼の肩を掴《つか》んで強く引っ張った。

「わっ」

短い叫び声と同時に、淳さんの身体がぐらりとかしぐ。

私は太腿《ふともも》の上に倒れ込んだ彼を見下ろして、軽く睨《にら》んでやった。

「もう細かいことはどうでもいいから、ごちゃごちゃ言わずにそこで休んでなさい!」

きっぱり宣言して、フンと鼻であしらう。

すると淳さんの形のいい目がまん丸になったあと、とろけるような優しい笑みに変わった。

「……はい」

「素直でよろしい」

わざと偉そうに言ってから、私も微笑《ほほえ》み返す。

そうっと手で前髪を梳《す》いてあげると、淳さんは仰向けに姿勢を変え、目を閉じて気持ちよさそうに溜息を漏らした。

「ねえ夕葵。……キス、して」

「ん」

小声で返事をして、彼の額に口づける。いつもの「挨拶《あいさつ》のキス」だ。

少し長めに唇を触れさせて離れると、間髪容《かんはつい》れずに「もっと」とせがまれた。

もう一度、額にキスしたあとは「別のところも」と要求してくる。眉間《みけん》、瞼《まぶた》、頬《ほお》、鼻の頭と続けて……残ったのは特別な場所。

「淳さん、もっと？」

ドキドキしすぎて、声が震えてしまう。

彼は薄く目を開けて、かすかにうなずいた。

一回深呼吸してから、顔を近づける。淳さんの少し硬い唇を感じた瞬間、お腹の奥がどくりとうねった。

唇を合わせる初めてのキスはもう彼に奪われてしまっているけど、私からしたのは初めてだ。

淳さんもそのことには気づいているんだろう。キスの合間に漏れる吐息がひどく熱くなっていた。

冷静に考えれば、彼への気持ちをはっきりさせないうちに自分からキスするなんて、いけないことだ。でも理屈なんか抜きで、いまキスしたくてたまらなかった。

「ん、ん……」

啄《ついば》むような触れ合いを繰り返し、少しだけ淳さんとの間に距離を取る。

そっと瞼《まぶた》を上げると、ギラギラした瞳に見つめられていた。

私を見据《みす》える彼の目は、ごまかしようがないほど情欲にまみれている。きっと、私も同じ目をしているんだろう。

淳さんは一瞬苦しそうに表情を歪《ゆが》めたあと、寝返りを打って顔を背《そむ》けた。

「あー、くそっ。ここが会社じゃなかったら、いますぐ全部、俺のものにするのに……」

彼らしくない乱暴な呟《つぶや》きが聞こえる。もしかしたら独り言なのかもしれない。

その欲望剝《む》き出しの言葉を耳にした私は、純粋に嬉しいと感じていた。

照れくさくて、温かくて、少し切ない、ふわふわした気持ちが心に満ちる。

ふと我に返った私は、淳さんに気づかれないよう小さく笑った。

初めは彼のことをうさんくさいと思っていたのに、いまではできるだけ傍《そば》にいたいと思っている。

それだけ、彼に心をかたむけてしまっているのだろう。

恋人同士のような触れ合いにも、だんだん抵抗がなくなってきていた。

私はゆっくりと淳さんの頭を撫《な》でる。こうしていることで彼の疲れが少しでも癒《いや》されるようにと、何度も繰り返した。

やがて規則的な呼吸音が聞こえてきた。

手を止めて淳さんの顔を覗《のぞ》き込むと、瞼《まぶた》がしっかりと閉じられている。少しあどけない寝顔を見つめた私は、無意識に微笑《ほほえ》んでいた。

改めて社長室を見まわす。

室内には高級そうな広いデスクと、かなり大型の応接セットがあって、綺麗な草原を描いた風景画やら、豪奢《ごうしゃ》な生け花やらで装飾《そうしょく》されている。けど、なんだか寂しい。

無音で、私たち以外の人の気配がしないせいか、ひどく孤独な感じがした。

……淳さんはいつもこの場所で、ひとりでがんばっているんだろう。

実際、奥のデスクの上は大量の書類で散らかっていた。

普段の淳さんは綺麗好きできちんと整理整頓《せいとん》ができる人のようだから、片づける余裕がないほど大変だったということだ。

もう一度、彼を見下ろして、こめかみから額を優しく撫《な》でる。

淳さんがどれくらい仮眠をするつもりだったのか聞いてはいないけど、できるだけ長く休めるようにと願わずにはいられなかった。

翌日の午後。

これまでの週末と同じようにサキさんのお手伝いを買って出た私は、山名家の玄関ホールのモップがけをしながら溜息を吐いた。

仕事が休みなのもあって、朝から淳さんのことばかり考えている。

昨日、私が山名貿易に押しかけてからまた半日以上が過ぎたけど、相変わらず彼は帰ってきていなかった。

夕べ、私の膝枕《ひざまくら》で一時間ほど仮眠を取ったあと「たぶん明日の夜には帰れるよ」と笑って仕事へ戻っていったきり、淳さんからは一度も連絡がない。本当に今夜帰宅できるのか、すごく疑問だった。

もちろん、社長職の淳さんが誰よりも責任ある立場だということ、他の社員を差し置いて家に帰るわけにはいかないことも、わかっているつもり。

会社の上に立つのがどういう意味を持つのかは、お父さんを見て知っていた。

それでも心配はつきない。昨日はお弁当を届けたけど、今日はちゃんとご飯を食べているか、少しは眠れているのか、くよくよと考えてしまう。

だいたい、淳さんの言う「夜」って何時のことなんだろう。太陽が沈む時間と、日付が変わる時間では六時間近くの差があるのに——

自分が苛立《いらだ》っていることに気づいて、ハッとする。不安がイライラを呼んだらしい。

このままではいけないという自戒《じかい》を込めて、私は首を左右に振った。

近くで窓拭きをしていたサキさんが、心配そうな表情を浮かべてこちらに視線をよこした。

「……そんなに根《こん》を詰めてされなくても大丈夫ですから、お疲れになった時は、どうか休んでくださいね」

私は顔を上げて、もう一度、頭を振る。

「違うんです。疲れたとかじゃなくて、その、淳さんが早く帰ってこないかなって……」

ちょっと恥《は》ずかしく思いながら本音を漏らすと、サキさんはもっともだというように、大きくうなずいた。

「そうですね。これまで会社にお泊りになるような大事《だいじ》は、社長職を継《つ》がれた時の一度だけでしたから……心配です。淳一さんなら大丈夫と、信じてはおりますけれど」

身体を縮めてうなだれるサキさんの姿に、心が痛む。

淳さんと、サキさんと邦生さんは、きっと本当の家族のように相手を思いやっているのだろう。子供の頃から彼を見てきたというサキさんは、私の何倍も強く不安を感じているに違いなかった。

モップを壁に立てかけて、サキさんに近づく。震えている彼女の小さな手に自分の手を重ねた。

どうしたって心配する気持ちは消せないけど、寄り添うことで少しでも慰《なぐさ》めになればいい。

いまにも泣き出してしまいそうなサキさんの視線を受け止める。労《いたわ》りの言葉を告《つ》げるために口を開いたところで、玄関チャイムが鳴り響いた。

弾《はじ》かれたように振り向き、ドアを見つめる。淳さんは「夜には帰る」と言っていたけど、もしかしたら帰宅が早まったのかもしれない。

私と同じことを考えたらしいサキさんが「お迎えを」と促《うなが》してくる。もう一度サキさんと見つめ合い、うなずいた。

私は逸《はや》る気持ちを必死で抑え、玄関ドアに手をかけて……

「淳さん、おかえりなさいっ」

「あら。あなた誰？」

喜びで弾《はず》む私の声に、凛《りん》とした女性の声が重なった。

驚いて見開いた目に、ダークレッドのブランドスーツが映る。ドアを開けた先には、これぞセレブって感じの女性が立っていた。

年齢は三十歳くらいだろうか。

先に向こうから素性《すじょう》を問われたけど、私のほうこそ「誰だ？」と聞きたい。……というか、よその家を訪ねておいて、最初に挨拶《あいさつ》もなしとは呆《あき》れてしまう。

ここが自分の家なら相手が誰でも説教するところだけど、山名家にとって大事なお客様かもしれない。逆に不審者《ふしんしゃ》だったらもっと大変だ。

とにかくサキさんに確認してもらったほうがいいと判断してうしろを振り返ると、女性が私を押しのけて首を突っ込んできた。

「あ、ちょっと！」

慌《あわ》てて止めようとする私を見て、女性が顔をしかめる。

「もうっ。なによ、あなた。新人のメイド？　仕事熱心なのは結構だけど、サキか邦生を呼んでちょうだい。設楽鴻子《したらこうこ》って言えばわかるわ」

どうやらそれが女性の名前らしい。サキさんたちを呼び捨てにしているところから考えて、彼女は山名家の知り合いなんだろう。……良好な関係なのかはさておき。

玄関先で押し問答《もんどう》しているのを不審《ふしん》に思ったのか、私が呼ぶ前にサキさんが近づいてくる。すぐうしろまできたサキさんは「あっ」と短く声を上げた。

「鴻子お嬢様！」

「久しぶりね、サキ」

「まあまあ、おいでになるのでしたら、先におっしゃっていただければ、おもてなしのご用意をいたしましたのに……」

驚きつつも女性を受け入れているサキさんを見て、身体を引く。

改めてなかに入ってきた鴻子さんは、穏やかな表情でサキさんを見返して首を横に振った。

「いいのよ。会社のほうで揉《も》めていると聞いたから、ちょっと寄ってみただけなの。いま淳一はいる？」

鴻子さんの質問を受けて、サキさんが目を伏《ふ》せる。

「いいえ。まだお仕事から戻られておりません」

「そう」

短くあいづちを打った鴻子さんは、次に私を指差して思いきり眉根を寄せた。

「ところで、あの子なんなの？　ただのメイド？　それともガードマンの代わり？」

人を指差すこともマナー違反だけど、本人を目の前にして「なんなの？」と聞くのはもっと失礼だ。怒りを通り越して唖然《あぜん》としてしまう。

呆《あき》れていることを隠さずに目をすがめると、サキさんが雰囲気を和《なご》ませるように微笑《ほほえ》んだ。

「鴻子お嬢様、そういう言い方はいけませんよ。夕葵さんは淳一さんの奥様なんですから」

「はあっ⁉　そんなの聞いてないわよ！」

叫び声を上げたのと同時に鋭く睨《にら》まれ、げんなりする。

淳さんと私はお見合いをしただけで実際には結婚してないし、いまのところその予定もない。私だって「聞いてない」と言い返したかった。

目を吊り上げた鴻子さんは般若《はんにゃ》のお面みたいだ。顔が整っている分、余計に怖く見える。

サキさんはそんな鴻子さんにもお構いなしで、ふんわりと笑った。

「きっと淳一さんは、落ち着いてから鴻子お嬢様にお伝えするつもりだったのでしょうね。ただおひとりのお姉様ですもの、心配をかけないようにされたのだと思いますよ」

え……鴻子さんて、淳さんのお姉さんなのっ⁉

思わず叫びそうになり、慌《あわ》てて手で口を押さえる。

鴻子さんはますます表情を険《けわ》しくして、ツンと顎《あご》を上げた。

「やめてちょうだい。いつも言っているけど、私はあいつを弟だと認めていないの。お父様を騙《だま》して、お母様と私を追い出した女の息子なのよ。姉弟だなんて冗談ではないわ」

「また、そのように意地を張られて……」

サキさんは困り顔で苦笑いしているけど、鴻子さんを見る目が優しい。きっと、サキさんは彼女を悪く思ってはいないんだろう。

それにしても、いまの話と前にサキさんから聞いた話を合わせると、鴻子さんは山名家の前当主だった人と最初の奥さんとの間に生まれたということだ。で、ふたりが離婚して、鴻子さんは奥さんのほうに引き取られ、そのあと前当主は淳さんのお母さんと再婚して、淳さんがここにやってきた。

……って、あれ？　そうなると淳さんは連れ子で、鴻子さんとは血が繋《つな》がってないの？

なんだか、人間関係がテレビドラマ並みにややこしい。

ひそかに首をひねっていると、サキさんがなにかを思いついたように、ぱちんと手を叩いた。

「あらあら、私ったら、鴻子お嬢様を立たせたままでした。すぐにお茶をご用意しますので、サロンへどうぞ」

サキさんはいつもの優しい笑みを浮かべて、サロンのほうに手をかざす。

不機嫌全開な鴻子さんもサキさんの微笑《ほほえ》みには敵《かな》わないのか、諦《あきら》めたように溜息を吐いた。

「……ありがとう。一杯だけ飲んでから帰るわ」

鴻子さんから感謝の言葉を聞いたサキさんは、嬉しそうにうなずいたあと、足早にキッチンへ向かっていった。

ただぼんやりとサキさんを見送る。気づけば、鴻子さんとふたりきりになっていた。

横から向けられている視線が痛い……

「え、えーっと、それじゃ私も失礼しますねえ」

自分でも不自然だと思うくらいの猫撫《ねこな》で声で挨拶《あいさつ》して、じりじりとあとずさる。そのままさりげなくフェードアウトしようとしたところで、鴻子さんが近づいてきた。

「ちょっと待ちなさいよ。あなた、本当に淳一と結婚したの？」

声をかけられて飛び上がる。見逃してくれないだろうとは思っていたけど、直接向かい合うのはちょっと怖い。

「えっ！　いや、あれはサキさんがそう思い込んでるだけで。まだ、そこまでは進んでないと言いますか……」

しどろもどろに答えると、鴻子さんは思いっきり眉根を寄せて首をかしげた。

「ただ婚約しているだけってこと？　それなのに、我が物顔でここにいるなんて随分《ずいぶん》と図々しいのね。まあ、庶民丸出しでイモくさいところは、あいつにお似合いだけど」

あからさまな嫌みが、ぐさぐさ刺さる。

売られたケンカは買って叩きのめすのが虎尾家のスタイルだけど、相手は淳さんのお姉さんだし、彼女と言い争っても勝てる気がしなかった。

「……ええと、それには理由があって」

せめて淳さんの名誉《めいよ》を守ろうと、私が山名家でお世話になっているいきさつを説明する。

結婚うんぬんは置いといて、淳さんとサキさんたちの親切で居候《いそうろう》させてもらっているのだと力説したけど、すべてを聞き終えた鴻子さんは呆《あき》れ顔で長い溜息を吐いた。

「あなた、バカでしょう。そんなの、トラブルが起きたのを利用されて、ここに連れ込まれただけじゃない」

「うっ。そ、それは、そうですけど。助けてもらったのは事実だし……」

「ふうん。でも、結局はあいつの思うとおりに同棲しているのよね。まったく、破廉恥《はれんち》だこと」

どうしよう。がんばってフォローしようとすればするほど、淳さんの立場を悪くしている気がする。これ以上なんと言って取り繕《つくろ》えばいいのか、わからない。

鴻子さんはオロオロしている私を無視して、どこか遠くを見ながら力なく頭を振った。

「……ちゃんとした山名家の人間とは言えないやつと、こんなおバカさんが主寝室を使っているなんて、本当に嘆《なげ》かわしいわね」

いままでとは違う弱々しい声に、引っかかりを覚える。

淳さんと私のことを言っているらしいけど、主寝室というのはなんだろう？

「あの、よくわからないんですけど、私は二階の西側の客間をお借りしているので、たぶん主寝室は使ってないと思います……あ、えと、淳さんの部屋のひとつ奥です」

二階の西側の部屋といっても、かなりの部屋数があると思い出し、慌《あわ》てて淳さんの部屋の隣だとつけ足す。

私が借りているのは客間だし、まったく同じ造りである淳さんの部屋がそこに該当するとも思えなかった。

私の説明を聞いた鴻子さんは、パッと目線を戻して何度かまばたきを繰り返した。

「西側？　東の一番奥ではなくて？」

「はい。階段を上《のぼ》って、そっち側の……」

玄関ホールの北側にある階段を指差して、指を左へとスライドさせる。

鴻子さんは私の指先を見つめ「嘘」と呟《つぶや》いた。

なにをそんなに驚くことがあるんだろう？

不思議に思って見返すと、身を乗り出してきた彼女に腕を掴《つか》まれた。

「さっき、淳一の部屋が隣だって言ったわよね。じゃあ、いま主寝室はどうなっているの？」

「……さあ。私はわかりませんけど、たぶん誰も使ってないいんじゃないですか」

私と淳さんは西側の部屋で寝起きしているし、サキさんと邦生さんは屋敷の裏にあるという別館で暮らしているそうだから、件《くだん》の主寝室は空《あ》き部屋のはずだ。

私の答えになにか気になるところでもあったのか、鴻子さんは急にそわそわし始める。彼女はひとしきり視線をさまよわせたあと、覚悟を決めたように一度うなずいた。

「確かめに行くわ！」

玄関ホール全体に響くほど高らかに宣言して、鴻子さんは歩き出す。なぜか、私の腕を掴《つか》んだままで……

「あれっ!?　なんで私までいっしょに？」

「黙って主寝室に入ったら、淳一にバレて文句を言われるかもしれないじゃない。あなたが私を連れていったってことにしなさいよ」

ええーっ!!

なかば引きずられるようにして歩きながら、心のなかで叫び声を上げた。

淳さんからは屋敷内で好きに行動していいと言われている。立ち入り禁止の場所があるという話も聞いたことがない。

鴻子さんがちょっと主寝室に入ったくらいで問題になるとは思えなかった。

「し、心配しなくても大丈夫ですよー。淳さんはそんなことで怒る人じゃないですし」

「そうだとしても、私はあいつに借りを作りたくないの。絶対にね！」

噛みつくように声を張り上げて、鴻子さんはずんずん進んでいく。

姉が弟の家を見せてもらうだけで「借り」になるなんて、意味がわからない。

しぶしぶ鴻子さんについていく私は、嫌な予感がして思いきり肩を落とした。


鴻子さんの言う「主寝室」とは、二階の東側の突き当たりにある部屋だった。

廊下の幅に合わせた大きな両開きのドアがついていて、ちょっと特別な感じがする。

私を引き連れてドアの前に立った鴻子さんは、おそるおそるドアノブを握って、はあっと息を吐いた。

部屋のなかに誰かがいるわけでもないのに、どうしてそんなに緊張するのか。

不思議に思いながら鴻子さんの横顔を見ていると、彼女はドアを開けるなり「あっ」と叫んで口元を手で覆《おお》った。

その勢いで鴻子さんの手を離れたドアは自然に開いていく。彼女の脇からなかを覗《のぞ》き込むと、そこは広い寝室だった。

私には正確な面積なんてわからないけど、三十畳くらいはありそうだ。

室内はお屋敷と同じフランス様式の装飾《そうしょく》が施《ほどこ》されていて、真ん中にやたらと大きいベッドが置いてある。ダブルサイズをふたつ並べたら、あのくらいになるかもしれない。

普段は使っていない部屋のはずなのに、埃《ほこり》っぽい感じがまったくなかった。強《し》いて指摘するなら
ベッドカバーが少し傷《いた》んでいるように見えるけど、逆にレトロな雰囲気が合っているとも言える。

カーテンがすべて開けられているところから考えても、サキさんがいつも手入れをしているとい
うことなんだろう。

鴻子さんは部屋の入り口に立ちすくんだまま、室内を凝視《ぎょうし》している。どこがそんなに気になるの
かはわからないけど、小さく震えながら「どうして」とささやいた。

いくらなんでも様子がおかしい。

心配になって声をかけようとしたところで、うしろから近づいてくる足音に気づいた。振り向け
ば、サキさんが私たちを見つけてにこにこしている。

「まあ。こちらにおられたんですね。お茶のご用意ができたとお知らせに参りました」

サキさんに見えるようにうなずいて、鴻子さんのほうに向き直る。

「あの鴻子さん、サキさんが……」

お茶の支度《したく》が整ったことを伝えようとすると、彼女は髪が乱れるほど強く首を左右に振った。

「どうして……どうして、ここはなにも変わっていないの⁉」

まるで慟哭《どうこく》しているような鴻子さんの叫びに、息を呑む。

さっぱり話が見えないし、鴻子さんの態度が突然変わったことにもついていけない。思わず縋《すが》る
ような視線をサキさんに向けてしまった。

サキさんは相変わらず菩薩《ぼさつ》像みたいに穏やかな表情を浮かべて、鴻子さんに近づき、そっと彼女の背中をさすった。

「鴻子お嬢様は、長いことこちらのお部屋をご覧になっていなかったのですか？」

「だって、当たり前でしょう……この人に話を聞くまで、淳一の部屋になっていると思っていたもの。そんなの見たくないわ」

鴻子さんはいたずらの言い訳をする子供のように、うつむいて拗《す》ねている。

偉そうな態度で失礼なことを言いながら、急にしょげて子供っぽくなる姿が、どうにも憎《にく》めない。彼女は私より年上だけど、すごく手のかかる妹に会っているような感じがして、さりげなく「この人」呼ばわりされたのも気にならなかった。

サキさんは鴻子さんを落ち着かせるように、トントンと背中を叩いている。

鴻子さんは両親の離婚で家を出たそうだけど、サキさんにとっての彼女はいまも山名家の一員なんだろう。

「それなら、とても驚かれましたでしょう。この部屋は淳一さんの指示で、昔のとおりにしてあるのですよ」

「なんで……そんな……」

不思議そうな鴻子さんを見つめて、サキさんは静かに頭を振った。

「理由はまたのちほどご説明いたします。まずはなかに入られて、お部屋をご覧ください。私と夕葵さんは下のサロンにおりますので、ごゆっくりどうぞ」

サキさんに背中を押されるかたちで、鴻子さんが寝室のなかに入る。

外から恭《うやうや》しくドアを閉めたサキさんは、私を振り返って微笑《ほほえ》み、人差し指を自分の口の前に当てた。「静かに」ということらしい。

サキさんに促《うなが》されて階段のところまで戻る。

主寝室のほうから、か細い泣き声が聞こえた気がして足を止めると、サキさんも気遣わしげな顔でうしろを見つめていた。

「……あちらのお部屋は、代々のご当主とその奥様、幼いお子様のための寝室なんですよ」

「じゃあ、鴻子さんも昔はあそこで暮らしていたんですか？」

「はい。中学校に入られてからは、ご自分のお部屋に移られましたけれどね。鴻子お嬢様が幼い頃は、まだご両親も睦《むつ》まじくされていましたから、あの場所には家族の優しい思い出がたくさんおありになるはずなんです」

急に胸が詰まったような苦しさを覚えて、唇を噛む。過去のこととはいえ、家族が壊れる現実を目《ま》の当たりにした私は、なにも言葉を返せなかった。

サキさんは主寝室のドアから目を離さずに、キュッと眉根を寄せる。それは、初めて見る憤《いきどお》りの表情だった。

「鴻子お嬢様が中学生になられて間もなく、ご両親の離婚協議が始まりました。色々なご事情で話し合いはこじれて、結論が出るまで三年近くかかったんです。ご両親の諍《いさか》いに深く傷ついた鴻子お嬢様は、お母様と共にこちらを出られて、入れ替わるように新しい奥様と淳一さんがおいでになったんですよ」

「そうなんですか」

あいづちを打ちながら、心のなかで「なるほど」とうなずく。

仲がよかったらしい両親に突然湧いた離婚話、鴻子さんがお母さんといっしょに家を出たこと、そしてお父さんが離婚から間を置かずに再婚し、淳さんを連れてきた……

それらの事実を見れば、離婚の原因は薄々わかる。

たぶん、鴻子さんのお父さんが心変わりをしたんだろう。どこかで淳さんのお母さんと知り合い、愛するようになって、奥さんとの離婚を選んだということだ。

鴻子さんのお父さんに限らず、人の気持ちは変わりやすいもの。何度も彼氏にふられてきたから実体験もあるし、頭では仕方ないことだとわかっている。それでも、やっぱり聞いて気分のいい話じゃなかった。

サキさんも鴻子さんのお父さんをよくは思っていないのかもしれない。たとえ山名家の前当主で、元の雇《やと》い主だったとしても。

「……初めてお会いした時、淳一さんは十一歳でした。その頃からとても利発《りはつ》なお坊ちゃまで、本当にお優しくて……」

ふうっと息を吐いたサキさんは、過去を懐かしむように目を細める。けど、すぐにまた眉尻を下げてしまった。

「旦那様が再婚されたあと、あちらのお部屋は新しい奥様との寝室になりました。その時にカーテンやベッドカバーを新調することになったんです。それまでは前の奥様が内装をお決めになられていましたので、そのまま使い続けるには抵抗がおありだったんでしょうね」

私はサキさんを見つめてうなずく。確かに、前の奥さんの気配が残る家で新生活を始めるなんて嫌だろう。

もし淳さんが元カノからもらったプレゼントを大事に飾っていたら、私だって穏やかではいられないはずだ。

サキさんは両方の手のひらを上にして、じっと見下ろす。

「外したカバーなどは、すべて廃棄《はいき》するように旦那様から言われました。でも、淳一さんにこっそり取っておいてほしいとお願いされたんです」

「淳さんが？」

「はい。『あの部屋は姉さんにとって大切な場所だから、思い出になるものを残してあげたい』と、おっしゃられて。淳一さんはそれまでに何度か鴻子お嬢様とお会いしているはずですから、なにかを聞いていらしたんだと思います」

「ああ、それでさっき、鴻子さんが驚いていたんですね……」

主寝室を覗《のぞ》いた時、鴻子さんはなにかを見てひどく取り乱していた。あれは、彼女がここにいた時と同じ内装だったことに衝撃を受けたらしい。

十年以上前の思い出の部屋が、そのまま残っているなんて思っていなかったんだろう。

サキさんは顔を上げて、ゆっくりとうなずいた。

「古いベッドカバーは鴻子お嬢様にお渡しするつもりだったのですけれど、なかなか機会に恵まれなくて……それで旦那様と奥様の喪《も》が明けた頃に、淳一さんのお考えで、あちらのお部屋を昔のとおりに戻したんです。私はてっきり、淳一さんから鴻子お嬢様にお伝えしているものと思っていたんですけれど、ご存じなかったようですね」

「なんで淳さんは、鴻子さんに教えてあげなかったのかな。……というか、どうしてそこまでしてあげるんですか？　あんまり仲がよくなさそうなのに」

家を追い出された姉と、追い出した側の弟。対極の立場にいるふたりが、仲よくなれる可能性は低そうだ。実際、鴻子さんは淳さんを毛嫌いしていた。

私の疑問を受けたサキさんは、おかしそうにころころと笑う。

「いえ、いえ。実は仲がお悪いわけではないんですよ。鴻子お嬢様は少し意地を張られるところがありますから、口ではひどく言われますけれど、淳一さんのことを心配していらっしゃいます。今日おいでになったのも、淳一さんがお仕事で苦労していると知って様子を見にいらしたのでしょう。淳一さんのほうは、ご両親のことで鴻子お嬢様に引け目を感じておられるようですけれど、お姉様として大切に思っているんですよ。普通のごきょうだいとは違いましてもね」

サキさんの慈愛《じあい》に満ちた笑みを見ているうちに、なんだか胸のなかが温かくなってきた。

長年、淳さんと鴻子さんを見てきたサキさんが言うのだから、ふたりがお互いを大事に思っているのは本当なんだろう。

またひとつ淳さんのいいところを知って、彼への想いが増していく。

……やっぱり、すごく好き。

この気持ちは状況や雰囲気に流されて感じているものじゃない。私は間違いなく淳さんに恋をしている。

自分の想いをきちんと見つめた途端《とたん》に、かあっと頬《ほお》が火照《ほて》った。

これまでも彼のことを考えてドキドキしていたけど、いまはさらに恥《は》ずかしくて嬉しくて、ひどく胸が高鳴る。

淳さんに会いたい。瞳を見つめて抱き締め、キスをして、好きだと伝えたい。

胸に手を当てて、心のなかで彼に語りかける。

——淳さん。

そんなことをしたって意味がないことはわかっている。それでも、彼の名を呼び、早く戻ってきてほしいと願わずにはいられなかった。

私とサキさんが一階のサロンへ移動したあとも、鴻子さんはしばらく主寝室に籠《こ》もっていた。

きちんと時計を見ていたわけじゃないけど、サキさんから淳さんの思い出話を聞きつつお茶を飲み、二回目のおかわりをもらうまで出てこなかったから、かなり長い時間だったんだろう。

そのおかげか、サロンに現れた鴻子さんは落ち着いていて、最初の時と同じくツンツンしていた。

でも、目尻と鼻は擦《こす》れて真っ赤だし、瞳も潤《うる》んだまま。

鴻子さん自身がその状態に気づいていたかは定かじゃないけど、結局、彼女は気まずそうな様子で「急用ができた」と言って、お茶も飲まずに帰っていった。

夜、ベッドの上に座った私は、膝《ひざ》をかかえて昼間のことをつらつらと考える。

サキさんから聞いた、淳さんと鴻子さんの過去。山名家前当主の離婚と再婚。そのせいでこじれた家族関係……

もう過ぎたことだし、はっきり言ってしまえば、自分には直接関係ない。

それでも気になるのは、きっと私が淳さんについてなにもかも知りたいと思っているせいだ。もちろん、彼が好きだから。

「今日の夜には帰る」と言っていた淳さんは、宣言どおり少し前に戻って、いまは部屋つきのシャワーを浴びている。もうすでに夜中と言ってもいいくらいの時間だからか、彼は「ただいま」の挨《あい》拶《さつ》をしにこなかった。

きっと、そのまま寝るつもりなんだろう。

それが私への気遣いだというのは理解しているけど、ほんのちょっとだけ寂しくなった。

そんなことを考えているうちに、かすかに響いていた水音が、ぴたりと止む。

急に緊張が高まり、息をひそめていると、洗面所に続くドアが向こうから開けられた。

なにも言えずにドアを見つめる。顔を覗《のぞ》かせた淳さんは、ベッドの上にいる私に気づいて目を見開いた。

「……夕葵」

「あ、えと、勝手に部屋に入ってごめんね。ちょっとだけ、いいかな？」

「うん……まあ、部屋に入るのは構わないけど……」

淳さんはそう言いながらも、ちょっと困り顔をして、ベッドから離れたデスクチェアに座った。

予想外の彼の行動に、私は面食《めんく》らう。てっきり隣にくるのだと思っていたのに……

それだけ疲れているってことなんだろうけど、開いた距離が拒絶を表しているようで、ちくりと胸が痛んだ。

気まずさをこらえるためにうつむいて、パジャマの裾《すそ》を握り締める。どう話を切り出したらいいか悩んでいると、淳さんが小声でなにかを呟《つぶや》いた。

「……のことでしょう？」

「なに？」

ちゃんと聞き取れなくて、淳さんを見つめる。彼は苦笑しながら、首をすくめた。

「いや、夕葵に謝らなきゃいけないと思ってね。今日、姉さんがきて、きみに迷惑をかけたんじゃない？」

仕事で忙しくしていたはずの淳さんが、鴻子さんの来訪を知っていることに少し驚く。

ともあれ、なにも謝ってもらう必要はないという意味を込めて、頭を横に振った。

「ううん、大丈夫だよ。迷惑なんてかけられてないし、サキさんがいてくれたしね。ただ、お姉さんがいるって知らなかったから、ちょっとびっくりしたけど」

私の説明を聞いた淳さんは、意外そうに眉を上げた。

「あれ、お父さんからなにも聞いていない？　夕葵を紹介してほしいってお願いした時に、姉がいることと、離れた事情は話したんだけどな……」

「ええっ！　そうなの⁉」

初耳な話に、思わず身を乗り出す。

淳さんはきっぱりとうなずいたあと、少し気まずそうに首のうしろを撫《な》でた。

「もう姉さんから聞いているかもしれないけど、うちの父親は褒《ほ》められた人じゃなくてね。奥さんと姉さんがいるのに、俺の母親とも付き合っててさ。要は、愛人ってやつ」

「……あー……うん。大体の話は、今日サキさんが教えてくれた」

鴻子さんのご両親の離婚原因は、やっぱり女性問題だったらしい。

淳さんは私の返事を聞いて、ほっとしたように肩の力を抜いた。

「それならよかった。正直に言うと、当時のことはあまり思い出したくないんだ。亡くなった人を悪く言うのはいけないけど、俺の両親は本当に身勝手でね。自分たちがよければ、他はどうでもいいという人たちだったから……」

山名家の前当主は、悪い意味でも相当すごい人だったのだろう。そんな男についてきた淳さんのお母さんも。子供は親を選べないから、淳さんはお母さんについてくるしかなかったに違いない。

サキさんの話を聞く限りでは、幸い淳さんが辛い仕打ちを受けていたということはなさそうだった。とはいえ、ご両親が亡くなり、連れ子の立場で当主の座と会社を継ぐことになった彼の重責は計《はか》り知れない。

うちのお父さんが山名家の事情を教えてくれなかったのは、聞いた段階で私がお見合いを断ると思ったからかもしれない。

実際のところ、もし私が先に知ってたら「そんなやっかいな家は嫌だ」とごねた気がする。

つい、眉間《みけん》に皺《しわ》を寄せてしまう。聞けば聞くほど、前当主に対してムカムカして仕方なかった。うちの親も胸を張って自慢できるような人たちじゃないけど、家族を裏切って傷つけることは絶対にしない。

淳さんは私を見つめて、寂しそうに微笑《ほほえ》んだ。

「——で、夕葵はどうしてここにきたの？　姉さんになにかされたんじゃなければ……俺との縁談を正式に断りにきた、とか？」

怒りに震えていたせいで、一瞬、なにを言われたのかわからなかった。淳さんを見返して、十五秒くらい呆然《ぼうぜん》としてから目を剥《む》く。

「はあっ!?　なんで、そうなるの？」

「だって、夕葵はうちの事情を今日初めて知ったんでしょう？　しかも、ちょっとうるさい姉がいることもね。それって結婚相手としてはマイナスだから」

「違うよ！　私は淳さんのことが好きになったって伝えるために……って、あーっ!!」

慌《あわ》てて自分の口を手で覆《おお》う。けど、もう遅い。

離れた位置に座っているといっても同じ部屋のなかだし、大声で口走ったのだから、淳さんの耳まで届いたはずだ。彼に向かって、ブルブルと首を左右に振る。うっかりしすぎていて、泣きたい。

「う、い、いまの、なんでもないの。お願いだから、忘れて……」

羞恥《しゅうち》に震えながら言葉を絞り出すと、無表情で硬直していた淳さんが、まるで息を吹き返すように目をまたたかせた。

「嫌だ。どうして？」

「どうしてって、こんな、やけくそみたいな告白ありえないよ……！」

頭をかかえてうなだれる。

ちゃんとまっすぐに淳さんを見つめて、言葉のひとつひとつに想いを込めて伝えたかった。いままで助けてくれたことを感謝して、どんなふうに気持ちが変化したのか説明して、私にできる精一杯の笑顔で……

理想と現実が違いすぎて、本気で泣けてきた。

閉じた瞼《まぶた》の裏側がじわじわと潤《うる》む。そうして鼻をすすり上げるのと同時に、上半身が温かいものに包まれた。

すっかり慣れてしまった感触で、淳さんに抱き締められているのだとわかる。情けなくて顔を上げられずにいると、頭のてっぺんに口づけされた。

「ありえないなんて言わないで。ちゃんと夕葵の気持ちは届いたよ。嬉しすぎて驚いて固まったけどね。……俺がすごくドキドキしているの、わかる？」

優しいささやきに合わせて、腕の力が強くなる。触れる場所から彼の熱が伝わってきて、私の胸を震わせた。

「……わかる、かも」

「うん。夕葵の心臓の音も聞こえるよ」

淳さんのかすかな笑い声に促《うなが》されて、そっと顔を上げる。間近で見つめ合った瞬間、瞳に溜まっていた涙がぽろりとこぼれ落ちた。

「ここのところ淳さんに会えなくて、心配で、すごく不安だった。昨日、会社に行ったのも、本当はお礼のつもりじゃなくて、ただ私が会いたかっただけだって気づいて。それで――」

心のなかにある感情をそのまま口に出す。自分でも焦《あせ》りすぎだってわかっているけど、止められない。

泣き言をぐずぐず言い続けていると、突然キスで口を塞《ふさ》がれた。

最初から噛みつくみたいに奪われて、舌を吸い上げられる。苦しいのに嬉しくて、ゾクゾクする痺《しび》れが背中を駆け上《のぼ》った。

「んっ、ぁ……」

お互いに荒い息を吐きながら、夢中でキスを続ける。ひとしきり唇を合わせたあと、淳さんが私の口の端《はし》に溢《あふ》れた唾液を舐め上げた。

「俺も……夕葵に会いたかった。でも、まったく余裕がなくて。知らないうちに、きみは自分の家に戻ってしまうんじゃないかと不安で……怖かった。ここに閉じ込めて、隠してしまいたいって何度も何度も考えた」

「淳さん……」

彼もまた私と同じような想いをかかえていたことに、胸をつかれる。

私が目を瞠《みは》ると、淳さんはどことなく苦しそうに微笑《ほほえ》んだ。

「ごめん。自分でもちょっと気持ち悪いと思うよ。きみが好きすぎて、おかしくなってる。でも、夕葵じゃなきゃだめなんだ」

穏やかな口調のなかに激しい愛情を感じて、小さく震える。

どうして淳さんがそこまで私に執着《しゅうちゃく》するのかは、いまもよくわからない。でも、素直に嬉しいと思えた。

私も腕を伸ばして、淳さんを抱き締め返す。彼の胸に顔を埋《うず》めて、首を横に振った。

「謝らなくていい。すごく嬉しいから。その、本当に閉じ込められるのは困るけど、できるだけ淳さんの傍《そば》にいる……というか、いたい」

「夕葵？」

淳さんが不思議そうに私の名を呼ぶ。きっと途中で約束を言い直したのが気になったんだろう。

私はしっかりと彼にしがみついて、もう一度、頭を振った。

「淳さんの気持ちが永遠に続くって、信じさせてほしい」

いままでの恋愛を振り返れば、一歩を踏み出すのはやっぱり怖い。淳さんなら大丈夫だと頭ではわかっていても、元カレに否定され続けてきた経験が心に影を落としていた。

淳さんが私の過去の恋愛について、どこまで知っているのかは確かめていない。けど、不安な気持ちを察してくれたらしく、苦しいくらい強く抱きすくめられた。

「いいよ。一生をかけて証明する。その代わり、夕葵も最後まで見届けてね」

「……うん」

彼の腕のなかで、小さくうなずいた。

感極《かんきわ》まった心につられて、鼻の奥がツンと痛む。抑える間もなく溢《あふ》れ出た涙は、淳さんのパジャマに吸い込まれていった。


横になった私に覆《おお》いかぶさる淳さんを見上げて、ほうっと息を吐く。

彼の顔から首、広い肩に胸元、引き締まったお腹と腰……あと、その下は直視できなくて目線を上に戻す。生まれたままの姿の淳さんは、私が想像していたとおり、綺麗に鍛《きた》え上げられていた。

想いを告《つ》げてすぐに身体を重ねるのは、即物的というか、野性的というか、すごくやらしい感じがする。でも、愛情を確かめるためには一番いい方法なんだろう。

熱っぽい溜息が落ちてきたのに気づいて、淳さんの顔を覗《のぞ》き込む。彼は私の臍《へそ》の下あたりに視線を向けて、スッと目を細めた。当然そこにはなにも身に着けていない。

「綺麗で、柔らかそうで、すごく興奮する。どうにかなりそう」

ちょっと大げさな褒《ほ》め言葉で、顔が熱くなる。嬉しいけど恥《は》ずかしい。

「前にも一度見たでしょ」

「うん。でも一瞬だったし、バスローブで陰になっていたからね。もっとちゃんと見たいと思っていたんだ。……いいよね？」

「え？」

繋《つな》がらない会話に目を瞠《みは》る。もう見ているのに、いったいなにを断っているんだろう。

意味がわからず、ぼんやりしているうちに、淳さんが身体を起こした。

続けて両方の足首を掴《つか》まれ、持ち上げられる。あっ、と思った時には、思いっきり足を開かれていた。

「や、やだっ、ちょっと!!」

とっさに叫んで起き上がろうとしたけど、両足が浮いた状態ではどうにもできない。

淳さんは私の言葉を無視して、開いた足の付け根に顔を寄せた。

「ああ、やっぱり綺麗だ。真紅《しんく》っていうのかな。夕葵は自分で見たことある？」

「ないよ！　もう、やめて。恥《は》ずかしい」

せめて顔を見られないよう、腕で覆《おお》い隠す。淳さんはますます近づいてきたらしく、秘部に彼の吐息がかかった。

「そう言うわりには、気持ちよさそうにヒクヒクしているけど。なかも、もう濡《ぬ》れているみたいだし」

まるで淳さんの指摘を認めるように、内側から溢《あふ》れた蜜がとろりと滴《したた》り落ちる。羞恥《しゅうち》で敏感《びんかん》になっている皮膚は、雫《しずく》が伝う感触にも反応して震えた。

「うー……」

もどかしいくらいの淡い快感に、身を縮める。

淳さんのクスッと笑う声が聞こえたあとに、ぬるぬるしたなにかで秘部を撫《な》でられた。

「ひあっ」

反射的に声が飛び出す。驚いて顔から腕をどけると、淳さんが私の足の付け根に顔を埋《うず》めているのが見えた。

「あ、淳さん、だめ……っ」

いやらしい光景を目《ま》の当たりにして眩暈《めまい》を覚える。生理的な抵抗を感じて、彼の頭を手で押し返そうとしたけど、手首を掴《つか》んで止められた。

いつの間にか、持ち上げられていた足首は下ろされ、自由になっていた。

でも、私の足の間に淳さんの身体があるし、付け根を舐められているせいで太腿《ふともも》がブルブル震えて力が入らない。結局、動かせないことに変わりはなかった。

淳さんは割れ目の縁《ふち》を舌先でたどり、柔らかく噛んで、唇を押し当ててくる。わざと音を立てるように吸われて、さらに羞恥《しゅうち》が増した。

「ああ……いやぁ、やめて」

「なんで？」

淳さんはそこに口を当てたまま聞いてくる。しゃべる時の唇の動きさえ快感に繋《つな》がってしまう。

「……だって、恥《は》ずかしい……」

ほとんどささやくように答えると、彼はまた小さく笑った。

「うん。でも、ドキドキして気持ちいいでしょう？」

「それは……」

いいか、悪いか、で聞かれたら、気持ちいいとしか言えない。でも素直に認められなくて、口をつぐんだ。

はっきり答えない私に焦《じ》れたのか、淳さんが困ったようにふうっと息を吐く。

顔を伏《ふ》せているから彼の表情はわからない。でも、なんとなく苦笑いしているような気がした。

「まあ、いいけど。なんにせよ、やめる気ないから」

さりげなく傲慢《ごうまん》な言葉を吐き出して、淳さんは秘部をべろりと舐め上げる。

「はあぁっ」

突然の荒っぽい仕草に驚き仰《の》け反《ぞ》ると、彼は掴《つか》んでいた私の手首を離して、両手で割れ目を左右に開いた。限界まで引っ張られた皮膚が、ピリッと痛む。

「あ、だめ、裂けちゃう！」

恐怖を感じて、首を横に振る。

すると少し顔を離した淳さんは、そこをまじまじと見つめて微笑《ほほえ》んだ。

「大丈夫。奥をちょっと覗《のぞ》くだけ。ほら、夕葵の可愛い芽が出てきた」

「やっ！」

わざわざ言われなくたって、秘部の敏感《びんかん》な粒が剥《む》き出しになっていることはわかる。空気に触れるだけでも、じんじんしてたまらない。

とっさに足を突っ張って逃げようとしたけど、すかさずそこを舌でつつかれた。

「あ――……」

鋭い感覚が突き抜けて、声が裏返る。見開いた目にぶわっと涙が浮いた。

そのまま舌先で捏《こ》ねられる。

ついさっき「ちょっと覗《のぞ》くだけ」って言ったのに、淳さんは嘘つきだ。心のなかで彼をなじるけど、快感に翻弄《ほんろう》されて直接伝えることはできなかった。

淳さんは硬く膨《ふく》らんだ肉芽を舐め転がし、吸い上げて、甘噛みする。

私がひたすら喘《あえ》いで身を震わせているうちに、割れ目の奥のぬかるみを彼の指で撫《な》でられていた。最奥へ続く入り口を掻《か》きまわされ、くちゅりくちゅりと音が響く。一度、顔を上げた淳さんは、空《あ》いているほうの手で乱暴に口元を拭《ぬぐ》い「指、入れるから」と宣言した。

苛《さいな》まれていた敏感《びんかん》な突起《とっき》はビリビリ痺《しび》れているし、全身が熱く脈打っていて、抵抗する気も起きない。もしかしたら、気づかないうちに軽くイッたのかもしれなかった。

ぐったりしたまま、淳さんの指を受け入れる。しっかり濡《ぬ》れているおかげか、最初にわずかな引っかかりを感じただけで、私の内側は彼をすんなり呑み込んだ。

「んぁ、あ、あ……っ」

すぐに始まった抽送《ちゅうそう》に合わせて、声が漏れる。

なかで感じやすいほうじゃないからすごくいいとは言えないけど、彼の指が体内にあるというだけで、嬉しくていやらしくて頭が痺《しび》れた。

淳さんは深く指を埋めたまま上半身を起こして、はあっと熱っぽい溜息を吐く。

快感で潤《うる》んだ目を向ければ、彼の瞳も欲望に濡《ぬ》れてギラギラしていた。

「もっといろんなところをたくさん可愛がってから、と思っていたけど、限界。すぐにでも夕葵のなかに入りたい……いい？」

浅い呼吸の合間に紡《つむ》がれる声が、彼の興奮を伝えてくる。自分がこれ以上ないくらい強く望まれていると感じて、胸の奥が大きく震えた。

「ん。いいよ。きて……」

淳さんの顔を見つめてうなずく。彼は一瞬苦しそうな表情をしたあと、私のなかから指を引き抜いた。

ちらっと横目で見たその手は、驚くほどぐっしょり濡《ぬ》れている。

薄ら気づいてはいたけど、私の足の付け根は、ありえないくらいびしょびしょになっているようだ。少し秘部をいじられただけでこんなになるなんて、淫乱《いんらん》っぽくて居《い》たたまれない。

淳さんは汚れていないほうの手をヘッドボードに伸ばし、引き出しを探る。避妊具を取り出したと気づいて、ふっと緊張感が解《と》けた。

すぐにでも結婚したいと言う彼のことだから、避妊する気がないかもしれないと思っていた。

淳さんのことは本当に好きだし、彼との赤ちゃんもいつかは欲しいけど、いまはまだ困る。母親になる覚悟なんて、全然できていなかった。

私の視線に気づいたらしい淳さんが、そっと苦笑いした。

「さすがに子供は早いかと思って。夕葵が仕事を続けられなくなってしまうからね」

「あ……」

思いつきもしなかった理由を挙げられ、ぽかんとする。

確かに妊娠したら、いまの仕事は続けられないだろう。勤めているスイミングスクールは温水プール完備だけど、お風呂みたいに温かいわけじゃないから、どうしても身体が冷える。小さい子をかかえて泳ぎの指導をしたり、飛び込みのお手本を見せたり……安静にはしていられない職種だ。

淳さんの気遣いが嬉しくて、苦しいくらいに胸の熱が上がる。同時に膨《ふく》れ上がった愛情が、私の瞳を濡《ぬ》らした。

「ありがと、淳さん……好き」

漏れそうな嗚咽《おえつ》を無理に呑み込んで、想いを伝える。

準備を終えたらしい淳さんが、私の頬《ほお》にキスをくれた。

「うん。でも、我慢するのは期間限定だよ。実は俺、きょうだいがいっぱいいて、なんでも言い合える仲がいい家族に憧《あこが》れているから。夕葵のおうちみたいな」

「え……」

淳さんの理想に、思わず不満の声が飛び出す。仲よし大家族への憧《あこが》れはともかく、うちをモデルにするのは大間違いだ。

眉根を寄せる私を見て、淳さんが小首をかしげた。

「夕葵は俺の子供、ほしくないの？」

「いや、そっちじゃなくて……」

「まあ、何年かしたら、嫌がられてもむりやりなかで出しちゃうけどね」

思いっきり生々しくて不穏な発言に、耳を疑う。彼の口から出た言葉だと思えず、顔を見上げたところで、秘部の割れ目に硬いなにかが当たった。

「あんっ」

指とは違う、太くて熱いものが襞《ひだ》の内側を探る。それは私の形を確かめるように前後に動いたあと、ぐぐっと奥に進んできた。

「あ、淳さん……！」

「ゆっくり、するから」

淳さんの熱い吐息に合わせて、また少しなかが割り開かれる。初めてというわけでもないのに、内壁がビリビリして圧迫感がすごい。

快感よりも苦しさが勝《まさ》って、私は首を左右に振った。

「やあっ、なにこれ……大き……っ」

「なにって……そういうこと言って煽《あお》らないで」

ただ反射的に感じたことを口にしただけで、煽《あお》るつもりなんかない。実際に淳さんのが大きすぎるんだと文句を言いたかったけど、意味のわからない喘《あえ》ぎと呼吸しかできない。

内側を擦《こす》りながらじりじりと入ってきた淳さんは、最後に一番奥を突き上げて止まった。

入り口、なか、奥まで彼自身がみっしり詰まっていて、狭い路《みち》がめいっぱい広げられている。まさか受け入れるだけでこんなに大変だとは思わなかった。

「も……淳さんの、ばかぁ」

つい、憎《にく》まれ口を叩いてしまう。

背中を丸めた淳さんは、私の肩に額を擦《こす》りつけて、はあっと溜息を吐いた。

「ごめん、夕葵。やっぱり、もっと解《ほぐ》してからにすればよかった……でも、ちょっと、腰が抜けそうなくらい気持ちいい……」

「うー、ひどいぃ。私は、苦し……のに！」

ぜいぜいと呼吸しながら、文句を吐き出す。平気なふりをしてあげたいのはやまやまだけど、彼と繋《つな》がっている部分が本当にぎちぎちで、身じろぎさえできなかった。

淳さんは私をなだめるように頬《ほお》をさすり、瞼《まぶた》に口づけてくる。それから彼はもう一度小さく「ごめん」と謝ってから、ふわりと微笑《ほほえ》んだ。

「夕葵もすぐによくなるよ。嫌というほど可愛がってあげるから、もう少しだけ我慢して」

秘部はじんじんして限界を訴えていたけど、彼の笑顔を見れば苦しさが薄らぐ。しばらくぼんやり見惚《みと》れていると、左の胸を優しく撫《な》でられた。

「あ……」

「ここ。乳首、勃《た》ってる。いじられるの期待してた？」

淳さんのいやらしい指摘に、かあっと顔が火照《ほて》る。自分ではそこまで意識していなかったけど、身体が勝手に快感を望んでいたのかもしれない。

「してない。けど、淳さんがいつも触るから……」

ただの条件反射だと言い訳する。

私の答えを聞いた彼は満足そうに口の端《はし》を上げた。

「ああ……なんか、いいな、それ。夕葵が俺に合わせて変わっていくとか、たまらないね」

本当に嬉しそうな姿を目《ま》の当たりにして、ふっと心が軽くなる。ずっと快楽に弱い自分を恥《は》じていたけど、淳さんが喜んでくれるなら構わないと思えた。

淳さんは片側の胸を刺激しながら、自分の唇で私の口を塞《ふさ》ぐ。挿し込まれた舌を受け入れ吸いつくと、お腹の奥にいる彼がピクッと跳ねた。

私の内側と外側……全身で淳さんに触れて感じて、幸せが満ちる。

目を閉じれば、ふたりのなにもかもが混じり合い、ひとつになっていくような錯覚を覚えた。

彼の首に腕を伸ばし、膝《ひざ》で腰を挟んだ。隙間なく寄り添って、離れたくないと本能が訴えてる。

そんな私の想いが淳さんにも伝わったのか、彼は下半身をもっと奥へねじ込むように、ぐるりと腰をまわした。

「っふ、は、ぁ――」

彼の先端《せんたん》が、私の最奥の壁を撫《な》で、ぐりぐりと押してくる。鈍い痛みと、途方《とほう》もない快感が頭のてっぺんまで突き抜けて、私は唇を合わせたまま大きく喘《あえ》いだ。

間違いなく痛いのに、震えるほど気持ちいい。正反対の感覚に翻弄《ほんろう》される身体は勝手にわななき、内側にいる彼をきつく締めつけた。

さすがに彼も苦しくなったのか、唇を離して吐息をこぼした。

「こら。そんなに締めたら、すぐ終わってしまうよ？」

「あ、だって……こんな、すごいの、なんて、知らないし……我慢、できない」

息苦しさをこらえて、自分ではどうしようもないのだと訴える。

私を見下ろした淳さんはキュッと顔をしかめ、短い溜息をこぼした。

「……それは俺のほうだよ」

淳さんはちょっと不機嫌そうに言い放ち、私の右膝《みぎひざ》の裏をすくい上げる。

突然、態度が変化したことに驚き、呆然《ぼうぜん》としているうちに、私の右足は彼の左腕にかけられていた。

「や、やだ……」

片足を上げたことで秘部がますます開いて無防備になる。彼を受け入れる角度が変わったせいか、その大きさと硬さがはっきり感じ取れた。

束《つか》の間《ま》、戻ってきた理性が、すかさず羞恥《しゅうち》を呼ぶ。足の位置を戻したいと言いたかったけど、それより先に淳さんが腰を引いて、勢いよく打ちつけてきた。

ぬめりを帯《お》びた水音が聞こえるのと同時に、目の前に星が飛ぶ。

「くあぁっ！」

鋭く甘い感覚に貫かれた私は、悲鳴《ひめい》を上げていた。

淳さんは私の両脇に手をついて、速く強く抽送《ちゅうそう》を繰り返す。私のなかから溢《あふ》れた粘液が、彼のたくましいものに絡みつき、はしたない音を立てた。

全身が揺さぶられるほど下半身を抉《えぐ》られ、朦朧《もうろう》としてくる。

さっきまでは、彼のものをきつくて苦しいと感じていたのに、いまはそれさえ愛おしくて気持ちいい。

内壁を擦《こす》られ、最奥を打たれるたびに、痛み混じりのゾクゾクした震えが湧き上がった。

「ああ、あー、淳さ……激し……あ、あっ、イッちゃう、からぁ」

喉を大きく反《そ》らして身をよじり、恥《は》ずかしい言葉を吐き出す。理性が快楽で塗り潰《つぶ》され、他のことがわからなくなる。

淳さんは端的《たんてき》に「いいよ」と言って、さらに律動《りつどう》を速めた。

私たちの繋《つな》がる場所から、耳を塞《ふさ》ぎたくなるような卑猥《ひわい》な水音がしている。ベッドも激しく軋《きし》んでいて、いまにも壊れそうだ。

喘《あえ》ぎが止まらず口内は溢《あふ》れた唾液で濡《ぬ》れて、気持ちよすぎて流れる涙で視界もおぼつかない。

もう無理だ、と思った瞬間に、身体の奥からいままでよりはるかに強い快感が噴き上がった。重く、甘苦しい感覚が全身に広がり、とてもじっとしていられない。

私は髪を振り乱して、叫び声をほとばしらせた。

「あああぁ、いや、いやぁっ……イク――……っ!!」

目の前が一瞬で白く染まり、激しく硬直した身体がビクビクと跳ねる。体内に溜まっていた熱が外へ放たれるように汗が噴き出し、肌の上を伝い落ちていった。

絶頂に至って、少しの間、我を忘れる。ゆっくりと意識が戻ってくるにしたがい、胸の先に不思議な痺《しび》れを感じた。

「ふ、あ……なに……?」

きつく瞑《つむ》りすぎたせいでかすむ目を、自分の胸元に向ける。そこは淳さんの髪で覆《おお》い隠されていた。

彼は私の膨《ふく》らみの尖《とが》りに舌を巻きつけるようにして吸い上げてくる。

内側の感触で淳さんがまだ達していないことには気づいていた。でもイッたばかりの敏感《びんかん》な身体にその刺激は少々つらい。私はブルブルと首を横に振った。

「やっ。淳さん……まだ無理……少し、休ませて」

私の胸にキスをしているから、彼の顔は見えない。けど、淳さんは下を向いたまま低く笑って、沈めていた腰をゆるりと動かした。

「だめ。嫌というほど可愛がるって約束したからね。それに俺がどれだけきみを愛しているか、証明しないと」

「え、嘘……いいよ、そんなの」

どういう使命感か知らないけど、淳さんがこのまま続けたがっていることを察して、声を上げる。

時間稼ぎに彼の肩を押しのけて逃れようとしたものの、簡単に両手を封じられてしまった。

「ちょっと、まだ待っ……」

驚いて自分の手を見つめた瞬間、乳首に歯を当てられた。合わせて、お腹の奥を突き上げられ、目を見開く。

「ひっ……あぁんっ」

胸と秘部を同時に攻められて、鎮《しず》まりかけていた官能の炎が一瞬で燃え上がる。二度、三度と抜き挿しされただけで、張り詰めた感覚が爆発した。

「んうぅ――っ!!」

強制的に高みへと押し上げられ、獣じみた声を上げる。開けたままの目からどっと涙が流れ落ちた。

全身が硬直し、息をするのもままならない。呼吸を取り戻すのと同時に筋肉の強張《こわば》りが解《と》けて、私はベッドの上に身体を投げ出した。

ただただ息苦しくて、せわしなく胸を上下させる。

そうしていると、私の中心を貫いていたものが、ずるりと引き抜かれた。それはまだ硬く隆起《りゅうき》したままで、去っていく時の摩擦《まさつ》と突然の喪失感に私の身体がビクッと震えた。

「あっ……じゅ、さ……?」

反射的に淳さんの名前を呼んだけど、立て続けに達したせいで声がかすれ、言葉にならない。

彼のほうは終わっていないのに、どうして離れていったんだろう。休憩《きゅうけい》させてくれるの？

ぐしゃぐしゃに濡《ぬ》れた目で彼を見上げると、少し荒っぽく頬《ほお》を撫《な》でられた。

「すごくいやらしい顔をしてる」

淳さんはスッと目を細め、口の端《はし》を上げた。

どことなく悪そうで蠱惑的《こわくてき》な微笑《ほほえ》みを浮かべる彼のほうが、私よりずっと色っぽくていやらしく見える。でも、まともに声が出ないから言い返せない。

不満をまなざしに込めて、軽く睨《にら》む。

笑みを深くした淳さんは、私の身体を強引にひっくり返して、うつぶせにした。

「夕葵の顔を見ているだけでイキそうになるから、ちょっとうしろを向いていてね」

そう言われても困るし、彼の姿が見えないのは不安だ。

身をよじって振り返ろうとしたけど、その動きを封じるように圧《の》し掛かられた。

「ちょっ」

重いってば！

淳さんはふざけているつもりなのか、私の背中にぴったりと身体を重ねて体重をかけてくる。

肺を圧迫されて息苦しい。いっしょに心臓も押されているのか、どくりどくりとうねってる。でもそれ以上に、私のお尻の間でヒクヒクしてる熱い塊《かたまり》にドキドキした。

「いや……当たって、る……」

彼はクスクス笑いながら、それをさらに押しつけてくる。なにがどこにと説明しなくても、私の言いたいことが伝わったらしい。

「うん。わざと当てているから。夕葵のお尻は柔らかいのに弾力があって、すごく気持ちいいよ」

「やだぁ」

卑猥《ひわい》な言葉で、鼓動がますます速まる。

シーツに肘《ひじ》をついて淳さんの下から這《は》い出ようとしたけど、肩を掴《つか》まれて引き戻された。すかさず、首のうしろを舐められる。彼はそこから頸椎《けいつい》の上に吸いついて、背骨をたどり、腰のくびれに舌を這《は》わせ、最後にお尻の柔らかいところを軽く噛んだ。

「あ、あぁぁ……」

激しい愛撫ではないけど、もどかしさが逆にゾクゾクしてたまらない。私は背中を丸めて震え続けた。

身体を起こした淳さんは、両手で私の腰を持ち上げる。

足を開いた状態で膝立《ひざだ》ちさせられ、息を呑んだ。

「やっ。み、見ないで……！」

うしろにいる淳さんには、私の秘められた部分がすべて見えているはず。はしたなく蜜を滴《したた》らせている割れ目、そこから続く排泄《はいせつ》のための器官まで……

慌《あわ》てて足を閉じようとしたけど、彼の手に阻《はば》まれる。

淳さんは熱っぽい吐息をこぼすと、私のお願いを無視して、割れ目を左右に割り開いた。

チュパッという音のあと、内側にひんやりした空気を感じて、私は大きく頭を振った。

「いやあぁっ」

「だめ。抵抗しないで、全部見せて」

そんなことを言われても、恥《は》ずかしくて我慢できない。もう一度、足を閉じようとしたところで、うしろの窄《すぼ》まりをトントンと軽く突《つつ》かれた。

「……隠したり、逃げたりしたら、こっちにもいたずらしちゃうよ？」

「ひっ！」

明るい調子とは真逆の恐ろしい内容を耳にして、ゾクッと寒気がした。

淳さんは「ここのほうが気持ちいいって人も、世の中にはいるらしいけどね。ちょっと試してみる？」なんてアブノーマルな発言をして、追い打ちをかけてくる。

薄々気づいてはいたけど、エッチなことをしている時の彼はけっこうひどい。しかも、ちょっと変態っぽい発言が多いような……

「む、無理。そこだけは絶対に嫌！」

ぐずぐずと鼻を鳴らして、首を横に振る。私に拒否された淳さんは、がっかりした様子で「そう」と呟《つぶや》いた。

まさか、本気でするつもりだったの⁉

いくらなんでも冗談だと思いたい……けど、彼の声はあからさまに落ち込んでいた。

淳さんは私のお尻に当てていた手を下のほうへ滑《すべ》らせていく。会陰《えいん》をくすぐるように撫《な》でて、たどりついた割れ目の奥に、指を二本揃《そろ》えた形で沈み込ませた。

「あっ、あ、ぁ」

内側を開かれる感覚は、何度経験しても慣れない。

くじるように指を抜き挿しされて、私は背中を震わせた。

「夕葵のなかがグニュグニュ動いて、指を締めつけてくるんだよ。気持ちいい、もっとしてほしいってねだるみたいにね。こんなにいっぱい涎《よだれ》を垂らしているし……」

淳さんはいやらしい言葉を続けながら、なかに入っていないほうの手で私の内腿《うちもも》をさする。秘部から流れ出た蜜を塗り広げるように撫《な》でられ、全身が粟立《あわだ》った。

身体の熱がまた高まっていく。快楽で頭が茹《ゆだ》って、だんだんぼーっとしてきた。

……淳さんの指、気持ちいい、けど、もっと強い感覚が欲しい。

無意識に腰を振って、なかの敏感《びんかん》な部分に彼の指を誘導する。表面を少しかすめただけでも、深く甘い痺《しび》れを感じて吐息をこぼした。

「はぁ、いい……」

「ん。ここが好き？」

彼の質問に答えるように、もう一度、下半身を揺する。さっきより強く指が当たって、ギュッと目を瞑《つむ》った。

「あぁっ」

「ふふ。夕葵はいやらしくて可愛いね。腕を立てて、好きに動いてみて。きっと、すごく気持ちいいよ？」

淳さんの言葉にいざなわれて、腕で上半身を支える。四つん這《ば》いの状態で、私は身体を前後に動かした。

私が腰を引くのに合わせて、淳さんも指を抜く。そして腰を戻すのと同時に、彼の指を奥へ突き立てられた。

激しい抽送《ちゅうそう》で目の前に光がまたたき、ジュクジュクとすごい音が立つ。

恥《は》ずかしいのに、動きを止められない。大きく仰《の》け反《ぞ》って、呻《うめ》き声を上げながら、私は夢中で腰を振り立てた。

「ん、んんっ……ひ、ぃ……んっ、は、あ……いぃ。気持ち、いい……っ」

自分の心臓の音が、どんどん大きく聞こえてくる。他の音がわからなくなり、意識が混濁《こんだく》していく。

……またイキそう……！

快感が限界まで張り詰めて破裂《はれつ》する寸前、ぐっと腰を掴《つか》まれた。

強引に動きを止められ、目を見開く。あと少しのところまで高められた身体が反射的にわななないて、内側にある彼の指に吸いついた。まるで「足りない」と叫ぶみたいに。

「なん、で……？」

イケなかった、という不満が声に表れる。はっきり言わなくても、その思いは淳さんに伝わったようで、クスッと笑われた。

「指もいいけど、もっと大事なところで愛し合いたい」

止めた理由を聞かされるのと同時に、彼の指が引き抜かれる。

埋められていたものがなくなったせいで、秘部の窪《くぼ》みはとろとろと蜜をこぼす。滴《したた》る雫《しずく》を堰《せ》き止めるように、熱い塊《かたまり》が押し当てられた。

「あ、あぁ――……！」

淳さんの一部が、ずぶずぶと押し入ってくる。さっき一度受け入れているせいか、なんの抵抗も感じない。

それどころかひどく気持ちよくて、声が裏返った。

彼は深く溜息を吐いたあと「動くよ」と短く告《つ》げて、腰を動かし始めた。

ゆったりと身を引いて、同じ速度で戻ってくる。それはもしかしたら、私の身体を気遣って馴染《なじ》ませようとしてくれているのかもしれない。しかし、もどかしくて逆に苦しかった。

思わずうしろを振り向き、縋《すが》るような視線を送ってしまう。

四つん這《ば》いになっているせいで彼の顔はほとんど見えなかったけど、私の言いたいことは伝わったらしく、脇腹を優しくつねられた。

「そんなふうに俺を煽《あお》って……夕葵はエッチでいけない子だ」

「あ、だって……」

淳さんはそう言って私を責めるけど、焦《じ》らすようなことをする彼のせいでもあるはず。たぶん。

私が淫乱《いんらん》なわけじゃないと言い訳しようとしたところで、思いきり下半身を叩きつけられた。

ふたりの皮膚がぶつかって、パシッと音が鳴る。

「あぁ――っ!!」

彼の先端《せんたん》が私の最奥を打ち、理性を吹き飛ばす。一度目の時よりさらに奥まった場所をいたぶられ、私はガクガクと身体を震わせながら、首を横に振った。

「あ、あー、だめぇ……深いぃ……っ!」

「うん。でも夕葵はこれがいいんでしょう?　……ああ、たまらないな。俺いま、きみの一番奥にいる」

淳さんはうっとりと呟《つぶや》き、抽送《ちゅうそう》を速める。激しい動きに引きずられて、私はまた高みへと押し上げられた。

「はあぁあっ」

溜息混じりの喘《あえ》ぎを上げて、シーツに力いっぱい爪を立てる。

達したせいで内側が収縮し、埋められた彼を思いきり締めつけた。

淳さんは私がイッている最中《さいちゅう》なのに、お構いなしで律動《りつどう》を続ける。限界以上の快楽を与えられ、腕から力が抜けた。

ガクッと上半身がかしいで、ベッドに突《つ》っ伏《ぷ》す。口元に触れたシーツを噛み締めたところで、また体内の熱が破裂《はれつ》した。

「んんん――……！」

彼と繋《つな》がっている場所から新たな蜜がどっと溢《あふ》れ、太腿《ふともも》を伝い落ちていく。

淳さんは濡《ぬ》れた秘部を確認するように手を這《は》わせて、割れ目のなかで震えている粒をつっと撫《な》でた。途端《とたん》に鋭い痺《しび》れが走り、身体がビクッと跳ね上がる。

「んっ、ん！」

なかから響く快感だけでもおかしくなりそうなのに、これ以上の刺激は苦しい。私は嫌だという意味を込めて首を横に振った。けど、彼は手を止めてくれない。

「ごめん。あと少し付き合って。……もうちょっとだから、ね？」

「やっ、あぁぁ……っ」

淳さんはお願いするように言いながら、強引に私の秘部をまさぐり、腰を押しつけてくる。

イッたばかりだから待って、とか、少しだけ休ませて、という私の望みは与えられ続ける快感に掻《か》き消されてしまった。

――で、そのあとも散々苛《さいな》まれ、記憶があやしくなるほど翻弄《ほんろう》された。

私が泣いて喚《わめ》いて息も絶え絶えになるまで行為は続いた。

淳さんの言う「もうちょっと」なんて、嘘ばっかりだ！

結局、どれくらいの時間、淳さんと抱き合っていたのか定かじゃないし、自分が何度イッたのかもわからない。

ただ、朦朧《もうろう》とするなかで見た、彼が昇《のぼ》り詰める時の色っぽい姿だけはしっかりと脳裏《のうり》に焼きついていた。

目が覚めて最初に感じたのは、下半身のだるさだった。

まるで、お腹のなかに石でも詰めたみたいに重い。ついでに大きな声では言えないところが熱っぽくヒリヒリしているのに気づいて、昨夜の顛末《てんまつ》を思い出した。

淳さんに想いを伝えて愛された記憶が蘇《よみがえ》り、頬《ほお》がほんのりと熱くなる。でもそのあと、ねちっこく攻められたことまで浮かんで、頭の温度が一気に限界を突破した。

……まさか、あんなにしつこいとは思わなかった。いままでもきわどいことはされてきたし、淳さんはあらゆる意味で積極的な人ではあるけど……

「んー……夕葵？」

耳元で聞こえた低い声に思考が遮《さえぎ》られる。

首をまわして見れば、すぐ隣で淳さんが目を瞑《つむ》ったまま顔をしかめていた。

声がはっきりしていたから、寝言ではなく、いま起きたところなんだろう。眠そうな様子が、なんだかちょっと可愛い。

「おはよう、淳さん」

彼の額を撫《な》でて乱れた前髪をよけると、すかさず抱きついてきた。

素肌が触れ合う感覚で、ふたりとも裸のままだと気づく。淳さんも違和感を覚えたのか、パッと目を開けて布団のなかを覗《のぞ》き込んだ。

「ああ、ごめん。疲れていて、終わったあと服を着せてあげる余裕がなかった」

「そんなの、いいよ。別に寒くないし、私も……その、すぐ寝ちゃったし……」

彼の気遣いを嬉しく思いつつ、また昨夜のことを思い出して顔が熱くなる。結果的には眠って朝を迎えたわけだけど、気持ちよすぎて失神したのと変わらない状況だった。

淳さんはもう一度「ごめんね」と謝って、私に頬擦《ほおず》りしてくる。

伸びかけの髭《ひげ》がざらざらして、くすぐったい。苦笑いしながら彼を見ると、幸せそうな表情とは逆に顔色が悪かった。

一週間以上、働き詰めだったのだから、まだ疲れが取りきれていないんだろう。帰ってきて早々にあんなことをしたせいで、寝不足も解消されていないはずだ。

忘れかけていた心配がせり上がってくる。

両手で淳さんの頬《ほお》を包むと、彼は不思議そうに私を見返した。

「夕葵？」

「……淳さんの仕事はもう落ち着いたの？　今日は休める？」

いまこうしてのんびりしているのだから、会社で起きたトラブルについては、たぶんもう大丈夫なんだろう。でも、不安が消えない。

淳さんは私をなだめるように柔らかく微笑《ほほえ》んで、うなずいた。

「ああ。とりあえず今日は休むよ。あと何日かは短時間勤務にするつもり。さすがに疲れたからね」

「そっか。よかった」

彼の答えに安堵《あんど》の溜息が漏れる。

淳さんは一瞬、縋《すが》るような目をして、私を抱く腕に力を込めた。

「……ちょっとだけ、愚痴《ぐち》を言ってもいい？」

「うん。ただ、私じゃアドバイスはできないけどね」

「話を聞いてくれるだけでいいから」

今日の淳さんは甘えん坊モードらしい。なんだか愛らしくて、そっと抱き締め返す。

彼の胸元に額を擦《こす》りつけるようにしてうなずくと、頭のてっぺんにチュッとキスされた。

「前、夕葵に宛《あ》てたメモにも書いたけど、海外の支社でトラブルがあってね。それ自体はすぐに対応したから、致命的な問題になる前に収まったんだ。でも、親戚が社長交代を要求してきてさ」

「親戚？　淳さんの？」

唐突《とうとつ》に話の矛先《ほこさき》がそれて、ぱちぱちとまばたきをする。

淳さんの顔を見上げれば、うんざりって感じに眉尻を下げていた。

「んー……まあ、俺のでもあるけど、正確には父親の親戚連中だよ。山名の家は無駄に歴史が長くて、ちょっと考え方が古くさいんだ。もともと一族だけで経営していた時代もあって、しがらみも多いし、会社は山名家のものという意識が強い。実際、株主でもあるから、やたらと口を出してきてね……」

淳さんの説明に「なるほど」とうなずく。

どうして会社の問題に、山名家の親戚が出てくるのか疑問だったけど、一族経営の名残《なごり》らしい。ちょっと聞いただけでも面倒くさそうで、げんなりした。

淳さんも疲れた顔をしている。

「俺が社長になったのは父親の遺言《ゆいごん》があったからだけど、経験が浅いのと、事業改革に手を出したのとで、納得していない親戚が多いんだ。……あとはまあ、愛人の子供だっていうので気に入らない人もいるかな。だから、しぶしぶ従いつつ、難癖《なんくせ》をつけて引きずり下ろしたいのが本音ってところでね。今回のトラブルは、向こうにとってかなり好都合だったんだよ」

「……なにそれ、ひどい！」

思わず非難の声を漏らしてしまう。

前に私が心配していたとおり、淳さんは社長として苦労していたようだ。

確かに淳さんはまだ若いし、経験豊富とは言えないだろう。反対派の親戚たちにもそれなりの言い分や理念があるのかもしれない。……でも、些細《ささい》な問題を突《つ》いて足を引っ張ろうとするなんて最低だ。

私が憤慨《ふんがい》するのを見て、淳さんはふっと笑った。

「そういうわけで、親戚を説得するのに手間取ってね。その間、仕事を放り出すわけにもいかないから、なかなか帰れなかったんだ」

蒼《あお》い顔で微笑《ほほえ》む彼を見て、胸がギュッと締めつけられる。

「もう大丈夫なの？」

「うん」

淳さんは私を安心させるためにか、大きく首を縦に振った。しかし、どうにも気持ちが晴れない。

彼の言うとおり、今回は親戚を説得できて事なきを得たのだろう。それは本当によかった。

でも、もしも……

「この先、また似たようなことが起きたら？」

自分の口からこぼれた言葉にハッとした。これではまるで、淳さんの社長としての手腕《しゅわん》を疑っているように聞こえる。

「あ、違うの。淳さんがだめって言ってるんじゃなくて。そういう人たちは、どんなことにも文句を言いそうだから。ちゃんとしてても邪魔をしてくるんだろうし。……すごく腹が立つけど！」

慌《あわ》てているせいでまとまらない考えを、ただ繋《つな》げて口にする。

心配が怒りに変わり始めたところで、淳さんが私の背中をぽんぽんと優しく叩いた。

「大丈夫だよ。ありがとう。夕葵が俺のことを考えてくれているのは、わかっているから」

「……うん」

淳さんが先まわりして返事をしてくれたおかげで、震えていた心が少し落ち着く。

相手を気に入らないという感情は、単純なだけにやっかいだ。きっかけがなんであっても、一度悪化した関係を立て直すのは難しい。

ふとアカネのことを思い出す。彼女はなにも悪くないのに、いつも「ただ気に入らない」という理由でノッポに言いがかりをつけられては、嫌がらせをされていた。

淳さんがこれからも同じ苦労をするのかと思うとつらい。それこそアカネを助けた時のように、相手を叩きのめしてしまいたい。できるわけがないけど……

彼のためになにもしてあげられないことが悔《くや》しくて、唇を噛む。

私の顔を覗《のぞ》き込んだ淳さんが、不思議そうに眉を上げた。

「どうしたの？」

「淳さんの邪魔をしようとする人たちを、やっつけて黙らせられればいいのに！」

私の答えが意外だったのか、彼はパッと目を瞠《みは》る。続けて大きく口を開け「あはは」と明るく笑った。

「わ、笑わないでよっ。……自分でも子供っぽくて乱暴だって、わかってるし」

口を尖《とが》らせて、ぼそぼそと言い訳する。

素早く顔を近づけてきた淳さんにキスされ、唇をペロッと舐められた。

「俺、夕葵のそういうところすごく好き。可愛い」

「なっ……」

不意打ちのキスに甘い言葉を重ねられ、頬《ほお》に熱が集まる。ドキドキして恥《は》ずかしくて固まっていると、今度は頬《ほお》に口づけられた。

「きみが俺のことを一生懸命考えてくれて嬉しい。でも本当に大丈夫だから安心して。……実はね、親戚に関しては、姉さんが協力してくれることになったんだ」

「鴻子さんが？」

意外な名前を耳にして、目をまたたかせる。

淳さんは「誰にも言うなって口止めされたんだけど」と前置きしてから、小さくうなずいた。

「昨日の夕方、いきなり姉さんが会社にきたんだよ。それで『これからは親戚連中に好き勝手させないようにするから気にしなくていい』って」

「え……鴻子さんって、そんなにすごい人だったの？」

自分でも失礼だと思いつつ、聞いてしまう。

ここにきた時の鴻子さんは「わがままで意地っ張り、でも憎《にく》めない感じのお嬢さま」というイメージだった。セレブで美人だけどちょっと世間知らずっぽくて、そういう権力を振るえるような人には見えなかったのに。

私の問いかけに、淳さんは首をひねって低く唸《うな》った。

「んー、すごいと言えばすごいのかな。姉さんはうちの会社の大株主なんだ。それに戸籍が外れているとはいえ山名家の本妻の子だし、母方の設楽家もかなり大きな家であちこちに繋《つな》がりがあるから、他の親戚からすると蔑《ないがし》ろにできない人というわけ。もし俺を解任したいと騒いでも、姉さんが反対したら無理だね」

「そうなんだ」

淳さんは大したことないふうに言っているけど、庶民な私からすると、雲の上の話みたいだ。

現実味のない世界を垣間見て、ぼーっとする。

私が呆《ほう》けている間、淳さんは難しい顔で考え込んでいた。

「でも、なんで急に姉さんが協力してくれる気になったのか、よくわからないんだよ。トラブルが起きていることはどこかから聞いて知っていたんだろうけど、いままで会社のことには興味がなさそうだったのに」

「……なにか言ってなかったの？」

鴻子さんが考えを変えた理由は薄々わかるけど、念のために聞いてみる。

淳さんは諦《あきら》めたように、ゆるく首を横に振った。

「いや。ただ最後に『これで昔の借りは返したから』って言い捨てていっただけ」

彼の言葉で、昨日の鴻子さんの姿を思い出す。山名家の主寝室を見たがっていた彼女は、仲のよくない弟に「借り」を作りたくないと言って、私をむりやり引き連れていった。

あの時はよくわからなかったけど、意地っ張りな鴻子さんは淳さんにお礼を言うのが苦手なのかもしれない。素直に「ありがとう」と言えないから「借りを返す」という言葉でごまかして……

本当に不器用で、愛らしい人だ。

つい笑ってしまうと、淳さんが不思議そうな顔をした。だから私は「なんでもない」という意味を込めて、頭を横に振る。

「鴻子さんが昨日の午後ここにきたのは、知ってるよね？」

「ああ、うん。それは姉さんから聞いたけど」

淳さんは私の説明にうなずく。昨夜、私は彼が鴻子さんの来訪《らいほう》を知っていたことに驚いたけど、あれは夕方に彼女と会っていたかららしい。

「それで、主寝室を見たいって言われて。私も初めて行ったけど、鴻子さんも子供の頃以来入ったことがなかったみたいで」

「え。そうだったの？」

「うん。あの部屋の事情は、昨日サキさんに教えてもらったけど、淳さんから鴻子さんには伝えてあげてなかったんでしょ？」

私の指摘を受けた淳さんは、少し気まずそうに目をそらした。

「あー……それはほら、絶対に『恩着せがましい』とか『余計なお世話だ』とか言われると思ってさ。たぶんそのうち、勝手に見て気づくだろうし……姉さんは時々、サキさんと邦生さんに会いにきていたからね」

彼の言い訳に思わず苦笑いする。不器用なのは鴻子さんだけじゃないようだ。

「鴻子さんは主寝室を淳さんが使っていると思ってて、わざと見ないようにしていたみたい。昨日、私と話をしているうちに、空《あ》き部屋だって気づいたんだよ」

「……ということは、姉さんが言っていた『昔の借り』って、主寝室のこと？」

「たぶんね。鴻子さんに聞いて確かめたわけじゃないけど、すごくびっくりしてて、嬉しそうだった」

本当は主寝室に籠《こ》もって泣いていたんだけど、それは内緒にしておく。きっと意地っ張りの彼女は、淳さんに知られるのを嫌がるだろうから。

淳さんはどこか遠くを見ながら目を細めて、ほっと息を吐いた。

「それなら、よかった」

「私……淳さんが鴻子さんのために、あの部屋を元に戻したって聞いて……それで、ますます淳さんのこと、好きになった」

まだ少し恥《は》ずかしいけど、素直な気持ちを伝える。

淳さんは軽く目を瞠《みは》ってから、静かに頭を振った。その瞳はとても優しい。だけど、どことなく寂しそうで……

「ありがとう。夕葵にそう言ってもらえるのは嬉しいよ。でも、あそこの内装を戻したのは、姉さんに喜んでもらいたいからじゃないんだ。……強《し》いて言うなら、自分のため、かな」

「え？」

どういう意味かわからなくて、淳さんを見つめる。

彼は私を抱き締め直して、ギュッと腕に力を込めた。まるで自分の顔を見られたくないとでも言わんばかりに。

「うちの母親が結婚して、この家に連れてこられる前、俺は母方の爺《じい》さんの家にいたんだよ。爺《じい》さんは頑固《がんこ》で昔かたぎの厳しい人だったけど、彼なりに俺のことを大事にしてくれていたし、学校や近所に仲のいい友達もいた。子供の頃、短い時間を過ごしただけでも、俺にとってはなにより大切な場所だったんだ。それを親の勝手でむりやり取り上げられた」

ぐっと淳さんの声が低くなった。それが彼のつらさを表しているようで、なにも言えなくなる。

「親の結婚に反対する気はなかったよ。でも山名家に入るのが嫌で、俺は爺《じい》さんの家に残ると言ったんだ。母親だけ勝手に出ていけばいいいってね。……まあ、世間体が悪いという理由で、許されなかったんだけど。本妻を追い出して愛人と再婚したんだから、どうしたって体裁《ていさい》を繕《つくろ》えるはずないのにさ」

淳さんは心底呆《あき》れたように吐き捨てる。

当時、彼は十一歳だったそうだから、自分の意思ではどうにもならなかったんだろう。

「なにもかも親の考えで決められて、うんざりしていた時に姉さんと会った。俺と姉さんの立場は違ったけど、勝手な大人たちに振りまわされているところは同じで、だんだん鏡に映った自分を見ているような気持ちになってきたんだ」

「だから、主寝室のベッドカバーやカーテンを取っておいたの?」

十四年前、山名家にやってきた淳さんは、入れ違いで家を出ていく鴻子さんに家族の思い出を残そうと、あの部屋のカバー類をサキさんに託《たく》していた。

淳さんは私の髪に顔を埋《うず》めるようにして、かすかにうなずく。

「そう。あの部屋を残すことで姉さんの心が晴れれば、俺の思い出や大切な人との記憶も守れるような気がして。ただの感傷《かんしょう》だけどね」

彼の言う「大切な人」とは、きっと離れ離れになってしまったお爺《じい》ちゃんのことなんだろう。

「いま、淳さんのお爺《じい》ちゃんは……？」

「元気だよ。ただ、俺の母親が亡くなってからは、塞《ふさ》ぎ込んでいることが多いけど。そのうち、夕葵を紹介したいと思ってる」

彼のお爺《じい》ちゃんがいまも変わらずにいて、良好な関係を築けていることにほっとする。淳さんを愛して育んでくれた人に、私も会ってみたい。

「うん。嬉しい」

声を弾《はず》ませて微笑《ほほえ》む。と、淳さんが顔を上げ、いたずらっぽい笑みを浮かべて私を覗《のぞ》き込んできた。

「……本当にいいの？　きみのこと、俺の婚約者だって言うよ？　爺《じい》さんは冗談が通じないから、後戻りできなくなるけど」

淳さんはたぶん、私をからかっているつもりなんだろう。最初からごり押しで迫っておいて、よく言うものだと呆《あき》れてしまう。

「後戻りさせてくれる気なんか、全然ないくせに」

半眼《はんがん》で見返すと、彼は嬉しそうに笑った。

「うん、ごめんね。好きだよ、夕葵」

直球の告白に、ドキッと胸が震える。

嬉しいけど、恥《は》ずかしい。声を振り絞って「私も」と返そうとしたところで、するりとお尻を撫《な》でられた。

「うひゃっ」

こそばゆくて、声を上げる。いまさらながら裸だったことを思い出した。

そのまま彼の右手でお尻を、左手で腰の少し上をさすられ、重だるいような熱を感じた。

なんだか妙な気持ちになりそうで、慌《あわ》てて身をよじる。その拍子《ひょうし》に、覚えのある硬い感触が臍《へそ》の横をかすめた。それはたぶん淳さんが興奮している証《あかし》で……

驚いて身体を引こうとしたけど、彼の手で腰を掴《つか》まれ、逆にそれをぐっと押しつけられる。想像以上の熱さが伝わってきて、私は思いきり仰《の》け反《ぞ》った。

「ちょ、ちょっと、淳さん!」

「ん、なに?」

淳さんはふんわり微笑《ほほえ》んで、首をかたむける。

「とぼけないで。なにしてるのって、こっちが聞きたいよ!」

「えー、とぼけてはいないよ。これ『夕葵の柔らかいお腹に、俺のを擦《こす》りつけて気持ちよくなっています』って答えればいいの？」

穏やかな表情に合わない卑猥《ひわい》な発言を耳にして、一瞬で顔が熱くなった。

「やめてよっ」

「嫌だ」

間髪容《かんはつい》れずに拒否され、さらにぐりぐり押しつけられる。淳さんの湿った吐息が頬《ほお》に触れて、背中がゾクゾクし出した。

「あ、だめだってば……淳さんはちゃんと休まなきゃ。疲れてるのに」

「それが、疲れていると余計にしたくなるんだよ。おかげで、昨夜きみがここにいるのを見た時から煽《あお》られっぱなし。だから責任を取ってね？」

「なっ」

めちゃくちゃな言い分に目を剥《む》いた瞬間、強引に口づけされる。

心のなかで『そんなことは知らないし、責任とか言われても困る！』と叫んだけど、キスされているせいで間抜けな呻《うめ》き声しか出せない。

淳さんは私に触れて舐めていじり倒して、さんざん好き放題しながら、昨夜「ただいま」の挨拶《あいさつ》をしにこなかったことと、お風呂上がりに私から離れて座ったことの理由を教えてくれた。立て続けに昇《のぼ》り詰めて朦朧《もうろう》としている状態では、話の内容があまり頭に入ってこなかったけれど。

ただひとつ「疲れている淳さんに近づくと、ひどい目に遭《あ》う」という教訓を除いて……

6

あれから五日が過ぎて、山名貿易でのトラブルと、山名家の親戚とのごたごたは、一応落ち着いた。

彼は「すべて姉さんの協力のおかげで解決できた」と謙遜《けんそん》していたけど、その鴻子さんを動かしたのは淳さんの思いやりの気持ちだ。

結果的に自分の手柄だと自慢してもいいのに、淳さんは大きな顔をすることなく、黙々と仕事をがんばっていた。

まあ、そういう一生懸命なところも格好いいんだけど……

ただ、まだ完全に問題が収束《しゅうそく》したとは言えないらしく、以前に比べて仕事量は多い。先週のような激務ではないけど、ふたりでいられる時間が短いのは事実だった。

もちろん、寂しくないと言ったら嘘になる。

でも、彼と気持ちを通わせて抱き合い、毎晩いっしょに眠れるだけで私は幸せを感じていた。

朝、淳さんの車で職場のスイミングスクールに送ってもらった私は、自分の担当コースが始まるまでの空《あ》き時間を利用して、自宅に帰ってきた。

兄ちゃん曰《いわ》く、両親の夫婦ゲンカは続いているらしいから、家に戻るのは正直言って憂鬱《ゆううつ》。でも、淳さんとの関係が進んだいま、きちんと顔を見て報告することが必要だと判断したのだ。

本当はこんなふうにひとりでこっそりくるんじゃなくて、淳さんといっしょに堂々と挨拶《あいさつ》するべきなんだろう。

けど、淳さんはまだ忙しいし、夫婦ゲンカ真《ま》っ最中《さいちゅう》の我が家の惨状《さんじょう》を彼に見せたくない。ドン引きされるのは、わかりきっている。

ちょっと懐かしく感じるくらい久しぶりに玄関の鍵を開け、ドアノブを握った。

「……ただいまー」

挨拶《あいさつ》するのと同時におそるおそるドアを引いて、隙間からなかに首を入れる。

とりあえず、目につくところの窓や壁が無事だと気づいて、ほっと息を吐いた。

「お母さん、いる？」

声をかけたあと、靴を脱いで上がる。

床板が割れたり、へこんだりしていないか確認しつつ進む。そしてリビングを覗《のぞ》くと、ソファに寝転がっていたお母さんが首だけをまわして振り向いた。

「あら、夕葵。なにしにきたの？」

「……久しぶりに帰ってきた娘に対して、それはないんじゃないの」

思わず呆《あき》れて顔をしかめる。お母さんがケンカ上等な感じにすさんでないのはよかったけど、「おかえり」の一言もないとは。

私を見返したお母さんは、だるそうな様子で立ち上がって首をかたむけた。

「だって、あんた、いま見合い相手のところでよろしくやってんでしょ。戻ってくるなんて思ってなかったからね」

「えっ、なんでそれ知ってるの⁉」

お母さんの意外な返事に、目を剥《む》く。

両親の夫婦ゲンカが起きて家に戻れなくなってから、兄ちゃんとは頻繁《ひんぱん》に連絡を取っていたけど、私がどこに泊まっているかは明かしていなかった。

お母さんは呆然《ぼうぜん》としている私の前を通り過ぎて、カウンターの上のコーヒーサーバーを手に取る。

「あんたも飲む？」

「飲む。けど……」

なんだか話をはぐらかされた気がして、釈然《しゃくぜん》としない。

お母さんはサーバーに残っていたコーヒーをカップに注《そそ》いでから、ダイニングテーブルを指差し、フンと鼻で笑った。

「とりあえず、座りな。話はそれからだよ」

「わかった」

勧《すす》められた場所に移動して、差し出されたコーヒーを受け取る。

私の真向かいに座ったお母さんは、難しいことを考えている時のように、こめかみを指でぐりぐりと押した。

「えーと、確か、あんたたちの見合いがあった日の夜に、山名さんから大我の携帯に電話がきたんだよ。アタシは直接聞いてないけど『夕葵はうちで預《あず》かっているから心配しなくても大丈夫』みたいな感じだったらしいね」

「淳さんが？」

予想外のことを聞き、また驚く。

私が彼を名前で呼んだことに気づいたのか、お母さんはサッと目を瞠《みは》る。けど、そこにはつっ込まないでうなずいた。

「ああ。それと『夕葵の気持ちを尊重《そんちょう》して大切に扱うから』とかなんとか言ってた気もするね」

「なにそれ。どういう意味？」

確かに淳さんは優しいし、ベッドのなか以外では私を大事にしてくれている。しかし、それをわざわざ両親に伝える必要があったんだろうか。

お母さんはコーヒーを一口飲んで、はあっと息を吐いた。

「まったく、鈍いんだから。山名さんは『夕葵にむりやり手を出すことはない』ってアタシらに約束したんだよ。でももし、あんたがいいって言えば、遠慮しないってこともつけ足してね」

「えっ！」

みるみる頬《ほお》が熱くなる。まさか私の知らないところで、そんな恥《は》ずかしい宣言をしていたなんて。

お母さんはテーブルに頬杖《ほおづえ》をついて、にやりと笑う。

「いい男じゃないか。真面目そうに見せといて、チャンスがあれば喰《く》らいつくって堂々と言うんだよ。アタシは気に入ったね。大我は心配してたけど」

「そうなんだ……」

実際に喰《く》らいつかれた身としては、恥《は》ずかしくて居《い》たたまれない。

お母さんは口元に笑みを残したまま、スッと目を細めた。

「――で、いきなり帰ってきた理由は？　もう別れたとか言ったら、ぶっとばすよ」

質問するのといっしょに脅《おど》され、反射的に身体がすくみ上がる。私はまっすぐにお母さんを見返して、首を横に振った。

「違うよ。淳さんと正式に付き合うことになったから、その報告にきたの」

「……それだけ？」

「え、うん」

聞き直された理由がわからずに、身構える。

するとお母さんは手で自分の額を覆《おお》って「かー、つまんねぇな！」と声を上げた。

「改まってなにを言うのかと思えば、そんな話!?　子供ができたかも……とかじゃないのかい？」

「ありえないでしょ！」

「なんだよ、もう。期待して損したわ。まったく、これじゃあ、わざわざケンカを長引かせた意味がないよ」

お母さんの口から吐き捨てられた言葉に、首をひねる。

「わざわざケンカを長引かせた」ってどういうことだろう。それに、夫婦ゲンカのあとだったら壊れているはずの壁や床、家具が無事な理由は？

「……ちょっと待ってよ。お母さんたち、ケンカしてたんだよね？」

「ああ。大我がアタシに隠れて、キャバクラ遊びしててさ。くそっ、思い出すだけでムカつくわ」

ヤンキー仕込みの凶悪な表情を浮かべたお母さんは、ギリギリと奥歯を噛み締める。相当、腹を立てているらしい。お母さんの乱暴なところを見慣れている私でも、ちょっと怖い。

これ以上、余計なことを言うな、と私の本能が警告している。でも、さっきの言葉の意味を聞かないわけにはいかなかった。

「兄ちゃんが、まだケンカ続行中だって言ってたんだけど」

「あ、それ、嘘。あいつも帰ってきてないから、電話でテキトーにごまかしといたんだけど、本当は三日くらいで仲直りしたんだよ。今回は大我もマジでやばいと思ったらしくてさ。いっしょにキャバクラ行ったやつ連れてきて土下座したからな」

お母さんは悪びれることなく、ニカッと笑う。驚きすぎた私は、間抜けな顔で口を開けた。

「う、嘘⁉　なんでそんなことを……」

「そりゃあ、夕葵が山名さんちにいるっていうから、この縁談がうまくいくように協力してやろうと思ってね。アタシらがケンカしてる間、あんたはここに戻ってこれないだろ。いっしょに暮らしてれば、そのうちに情が湧いて、遅かれ早かれ孫の顔が見られるってわけさ」

完璧な計画だと言わんばかりに、お母さんはうんうんとうなずいている。

さも私と淳さんのためにそうしていたように言うけど、孫がほしいというのが本音なんだろう。

「ひどっ！　娘をなんだと思ってるの」

お母さんが勝手に暴走するのはいつものことだけど、子供を騙《だま》し続けるなんてあんまりだ。

もちろん淳さんのことは好きだし、いまの状況に不満もない。でも、納得がいかなかった。

呆《あき》れて睨《にら》むと、お母さんはひょいと首をすくめた。

「別に強制はしてないよ。まあ、お膳立《ぜんだ》てはしたけどね。見合いのあとで山名さんちに行ったのも、あの人と付き合うことにしたのも、あんたが決めたことだ。違うかい？」

「それは、そうだけど……」

「だいたいアタシらが協力しなくたって、結果は同じだろうさ。ただ、いまよりも時間がかかっただけでね。男に本気で愛されたら、女は受け入れたくなってしまうもんなんだよ」

お母さんは、なにもかもわかっているような顔をして、しみじみと語る。

「アタシだって、最初は大我のことを嫌ってたからね。出逢った瞬間に一目惚れしたとか言って、しょっちゅう家に押しかけてくるから迷惑したよ。キモいっつってぶん殴ってもへこたれないし、本気でしつこいし。で……そのうち、あいつがいて当たり前になってたんだよなー。まあ、でかくて頑丈《がんじょう》でケンカが強いところは格好《けな》いいしさ」

のろけているのか、お父さんを貶《けな》しているのか、よくわからないことを言い、お母さんは遠くを見つめた。傍《はた》から見るとロマンチックの欠片《かけら》もなくて完全にコメディだけど、それでふたりが幸せならいいんだろう。

お母さんは思い出を振りきるように、ふうっと息を吐いて、またコーヒーに口をつけた。

「……しかし、山名さんは夕葵のどこがそんなにいいんだろうねぇ。貧乳で、がさつで、マッチョ好きのプロレスマニアなのにさ。向こうがどこかであんたを見初《みそ》めたって話は大我から聞いたけど、実際どういうことなんだい？」

失礼な評価にムッとしたものの、事実だから反論できない。

「それが私は全然覚えてなくて……何年か前に何度か会ってるみたいなんだけど、淳さんに聞いてもはっきりとは教えてくれないし。なんか、その時に私が彼のだめなところを指摘したらしくて、それで自分を見つめ直すことができたから感謝してるって……」

口に出してみて、改めて気づいたけど、ずいぶんと曖昧《あいまい》な理由だ。

誰かを好きになるきっかけなんて多種多様だし、なんとなく想いが育ってしまうこともよくある。でも、淳さんの溺愛っぷりを考えると、どうにも根拠が弱いような気がした。

お母さんも私の説明に納得していないらしく、眉間《みけん》に皺《しわ》を寄せている。

「なんだよ、それ。あんたの彼氏、マゾなの？」

「違うし！」

とっさに反論した。いくら淳さんの溺愛の理由がはっきりしないからといって、マゾ説は飛躍《ひやく》しすぎだ。

「バカバカしい。ありえないよ」

改めて否定したけど、お母さんはますます難しい顔をして「うーん」と唸《うな》った。

「でも、なんか引っかかるな。うしろ暗いところがないなら、どこで会ったのか説明したっていいわけだろ。なんで隠すんだよ？」

「それは……だめだった頃の自分を思い出してほしくないからって……」

前に淳さんから言われた台詞《せりふ》を、そのまま伝える。

お母さんは片方の眉をキュッと上げて、首をかしげた。

「その話、マジで信じてんの？」

「……うん、まあ。『いつかわかると思う』って言われたし」

淳さんが私たちの出逢いについて教えてくれないのはちょっと気になるけど、むりやり問い詰めてまで知りたいとは思わない。私が好きになったのは昔の彼じゃなく、優しく思いやりがあって一生懸命な、いまの淳さんだから。

それに過去を暴《あば》けば、私が彼に対して「格好悪い」と暴言を吐いた理由もわかってしまう。どうしてそういう状況になったのかは想像がつかないけど、私の失礼な態度を、淳さんにはできるだけ思い出してほしくなかった。

お母さんは顔をしかめて、盛大な溜息を吐いた。

「呆《あき》れた。あんたのほうがバカだろ。どうりで次々と男にふられるわけだよ。胸の大きさだけじゃなくて、頭の中身も足りないんだから」

「ちょっ、いちいち胸のことを持ち出さないでよっ」

私が賢くないのは事実だけど、いまの話に胸の大きさは関係ないと思う。

お母さんは嘲《あざけ》るような笑みを浮かべ、私の頭を握りこぶしでこつんと小突《こづ》いた。

「あのね、男が綺麗事を言う時と、こっちの機嫌を取ろうとする時は、まず疑ってかかりな。絶対になにか裏があるから。大我なんて気まずいことがあると、すぐに花とスイーツでごまかそうとするんだよ」

「淳さんとお父さんは、違うと思うけど……」

性格がよく似ている私が言うのもなんだけど、お父さんは単純で不器用だ。

そのくせ変なプライドがあって、お母さんの前では格好つけたがる。

穏やかで、無駄な見栄《みえ》を張らない淳さんとは、全然タイプが違う。

お母さんは私の反論を、フンと鼻であしらった。

「男なんてだいたいみんな同じようなもんだろ。それにしても、死ぬまでいっしょにいる相手だっていうのに、結婚する前から隠し事なんて冗談じゃないね。そんな婿《むこ》は、親として願い下げだよ」

「ええーっ」

夫婦ゲンカが長引いていると嘘をついてまで、私と淳さんをくっつけようとしたのに、お母さんはあっさりと手のひらを返す。

思わず不満の声を上げると、射殺《いころ》されそうな目で睨《にら》まれた。

「ギャーギャー言うんじゃないよ！　娘の将来を心配する親心だろうが。……もし山名さんにとんでもない秘密があったらどうするんだい？　それこそ、ネオン街でキャバ嬢はべらして歩いてる最中《さいちゅう》に、あんたと出逢ったとかさぁ」

「そんなわけないでしょ」

どうやらお母さんは、キャバ嬢に対してひどい偏見《へんけん》を持っているようだ。

それにしても、いくらお父さんがキャバクラに行ったからといって、淳さんまで同じように見ないでほしい。

私が即否定したのが気に入らないのか、お母さんは思いっきり口をへの字に曲げた。

「本当のところはわからないだろ。向こうが隠してるんだから。とにかく、いまのままじゃ、アタシはあんたらのこと認めないからね！」

お母さんは完全に臍《へそ》を曲げたらしく、唖然《あぜん》とする私からぷいっと顔を背《そむ》ける。

こうなるともうお手上げだ。謝ってもなだめてもすかしても、お母さん本人が納得するまで機嫌は直らない。

二十三年いっしょに暮らしてきた私は、お母さんのやっかいな部分を嫌というほど知っていた。

だんだん面倒くさくなってくる。私のことを心配してくれるのはありがたいけど、親に恋愛のことをごちゃごちゃ言われたくない。

「……認めないとか言われても、私と淳さんの問題でお母さんには関係ないじゃない。私はいまの彼が好きだし、信じてる。なにを隠しているとしても、この気持ちは変わらないよ！」

きっぱりと言いきって立ち上がる。

不機嫌なお母さんをもっと煽《あお》ることになるのはわかっていたけど、淳さんへの想いだけは譲《ゆず》れなかった。

仕事へ戻ると告《つ》げるために目を向けると、お母さんはにやりと口の端《はし》を上げた。

「ふん、上等じゃないか。そこまで大きなことを言うなら、あんたが山名さんの秘密を暴《あば》いて、本当に心変わりしないか証明してみせなよ」

「はあ!? なんで私がそんなことをしなきゃいけないの！」

私にまったくメリットがないうえ、手間のかかることを要求され、思わず噛みつく。

お母さんは余裕綽々《よゆうしゃくしゃく》な態度で、髪を掻《か》き上げた。

「このアタシに口ごたえしてケンカ売ったんだ、それくらい当然だろ。できないって言うならこっちにも考えがあるよ」

横暴《おうぼう》な物言いに苛立《いらだ》ちを覚える。けど、お母さんの脅しはいつも冗談では済まない。

「なにを……」

「そうだねぇ、不愉快にさせられたぶん慰謝料を払ってもらうかな。あんたが自分の部屋に隠してたDVDを売ったら、ちょっとは金になるだろ」

「嘘っ！ やめてよ、ブラッドには手を出さないで!!」

反射的に叫んで、テーブルに両手をつく。

私の部屋のクローゼットには『世界プロレスDVDコレクション 血の皇帝《こうてい》ブラッド・シュタイン ヒストリー・オブ・ブラッド』がしまってあった。

お母さんは任侠《にんきょう》映画の悪役みたいに意地悪な顔で、カカカと笑う。

「だったら逆《さか》らわないことだね。これ以上、生意気《なまいき》言うなら、売る前に手が滑《すべ》ってバキッとやっちまうかもしれないよ」

「そんな、卑怯《ひきょう》じゃないの！　いくら親子でも勝手に取り上げるなんて！」

すでにＤＶＤがお母さんの手中《しゅちゅう》にあると知り、ぐっと怒りが込み上げる。

子供の頃からお母さんの横暴《おうぼう》さに悩まされ、泣き寝入りし続けてきたけど、今回は我慢できない。

「いますぐ返してよっ！」

身を乗り出して噛みつくと、お母さんはテーブルにこぶしを激しく打ちつけて立ち上がった。

ダンッという派手な音に息を呑む。あまりの勢いでテーブルが軋《きし》み、置いてあるマグカップがカタカタ揺れた。

「ごちゃごちゃとうるさいんだよ！　なにが卑怯《ひきょう》だって⁉　ここはね、アタシと大我の家なんだ。それなのに、成人したあんたをいままで置いてやってたんだよ。家賃も取らずにね。アタシのやり方が気に入らないなら、とっとと荷物まとめて出ていきな！」

お母さんから切り札を出され、返す言葉がない。

淳さんと想いを通じ合わせたいまなら、お母さんに啖呵《たんか》を切って実家を出ることもできなくはない。実際、もう別居している状態だし……でも、本当にそれでいいの？

私が言い返さないのをどう取ったのか、お母さんは顔を斜めにかたむけて、フンと鼻で笑った。

「しかし、あんたがそこまで腑抜《ふぬ》けだとは思わなかったね。好きな男の過去を知るのが怖いなんて、どこの甘ったれお嬢様だよ。まったく」

「そんなこと言ってないでしょ⁉」

お母さんと目を合わせて、思いきり睨《にら》む。勝手に話を作らないでほしい。

私をバカにするように半笑いを浮かべていたお母さんは、わざとらしく溜息を吐いた。

「結局、山名さんの秘密とやらを放置してるんだから、同じことだろ。情けない」

はっきりと嘲《あざけ》りの言葉を向けられ、いっそう苛立《いらだ》ちがつのる。私はさっきのお母さんと同じように、こぶしでテーブルをドンと打った。

「わかった。淳さんになにがあったのか調べればいいんでしょ。……その代わり、ブラッドになにかしたら絶対に許さない。全部わかったら、淳さんを疑ったこと、お母さんにも謝ってもらうからね!!」

声を張り上げて宣言する。

お母さんは目をすがめ、ひどく楽しそうにキュッと口の端《はし》を上げた。

「いいさ。あんたにその覚悟があるなら、土下座でもなんでもしてやるよ！」

挑みかかるような視線をぶつけ、睨《にら》み合う。私とお母さんの間で火花がバチバチと散ったような気がした。


夜、仕事を終えて山名家に戻った私は、食事の席でもイライラした気分を引きずっていた。

今日の夕飯は和食で、鯛《たい》の木の芽焼きに、サキさん特製のがんもどきと野菜の炊き合わせ、長芋の梅和《あ》えと、茶碗蒸しが並んでいる。ひとつひとつはシンプルなお料理だけど、盛りつけやお皿が凝《こ》っているし、並べると色味が華やかでおいしそうだ。

……なのに、怒りが収まらないせいで味がわからない。

人質《ひとじち》に取られてしまったブラッドのことが、ずっと私の頭の片隅にちらついていた。

お母さんからＤＶＤを取り返すには、私と淳さんが初めて出逢った時のことを明らかにすればいい。冷静に考えれば、単純なこと。

淳さんはその頃の自分を恥《は》じているようだけど、私にはどんな彼でも愛せる自信があるし、深い関係を結んだいまなら、きっと教えてくれるはず。と、思っていた。さっきまでは……

淳さんが迎えにきてくれて、山名家へ帰る車内で、私は当時のことをもう一度、尋ねてみた。

できるだけさりげなく、たわいない話の続きを装って問いかけたのに、彼は「どうしてそれを知りたがるの？」と逆に聞き返してきたのだ。

私に苛立《いらだ》ちや焦《あせ》りがない状態だったなら、なにかうまい理由をひねり出してごまかせたんだろう。しかし、お母さんへの怒りで頭がいっぱいだった私は「なんとなく聞いてみただけ」という、最悪の言い訳をしてしまった。

おかげでそれ以上の追及ができないまま、いまに至る。

もし次に同じ質問をするなら、腹をくくってすべてを打ち明けるしかない。

私のプロレス好きはもうバレているから、ＤＶＤを取られたことについてはどうでもいいけど、うちのお母さんの暴君《ぼうくん》っぷりを知られて、引かれるのが嫌だった。

……それにしても、淳さんの秘密は思った以上に重大らしい。

お母さんのバカバカしい推測を真に受けたわけじゃないけど、事実を隠されると、なおさら気になってしまう。

その場で彼といっしょにいたはずの私がちゃんと覚えていればすぐ解決するのに、「脳筋」で記憶力の乏《とぼ》しい頭では、なにも思い出せなかった。

つい、溜息がこぼれる。

向かいの席に座っているサキさんが、気遣わしげな視線をよこした。

「どうかされました？　なにかお食事に不都合がありましたでしょうか……？」

「あ、違うんです。ただ、他に少し気になることがあって」

お料理のせいではないと伝えるために、サキさんを見返す。温かな視線を送ってくる彼女を見ているうちに、ふと新たな疑問を覚えた。

サキさんは、いつから私のことを知っていたんだろう？

お見合いのあと、私が初めて山名家を訪れた時、サキさんは突然来たことに驚いただけで、私自身のことは歓迎していた。淳さんと玄関口で立ち話をしていた時も、見合い相手の私を、彼の「意中の女性」と呼んでいた。まるで私たちのなれそめを知っているみたいに……。

私は素早くダイニングルームの入り口へ目を向け、ドアがしっかりと閉じられていることを確認する。

いま淳さんは、取引先から電話がかかってきたため、室外に出ていた。

急に彼が戻ってきてもごまかせるよう、サキさんのほうへ身を乗り出し、小声で話す。

「あの、ちょっと教えてほしいんですけど……サキさんは、淳さんがお見合いをする前から、私のことを聞いていたんですか？」

サキさんは私の唐突《とうとつ》な質問に驚き、ぱちぱちと目をまたたかせる。

「はい。ただ、以前からというほど昔ではありませんけれど」

不思議そうな表情を浮かべたまま質問に答えたサキさんは、続けて軽く首をひねってから、隣に座る邦生さんへ視線を向けた。

「あれはいつでしたかしら。お見合いの日の二週間くらい前？」

サキさんのご主人である邦生さんは、彼女と同年代で、山名家の庭仕事や屋敷の手入れをしてくれている人だ。口下手であまり多くを語らないけど、仕事はきっちりこなす寡黙《かもく》な職人さんっぽい。

話を向けられた邦生さんも、サキさんを見返してうなずいた。

「正確には十三日前だ。淳一さんは仕事から戻るなり、夕葵さんの話をされていた。日曜の夜だった」

「ああ、そうでしたわねえ」

邦生さんからの情報でその時のことを思い出したのか、サキさんがぱちんと手を打つ。彼女は私のほうに向き直り、ふんわりと微笑《ほほえ》んだ。

「あの日は日曜日でしたけれど、淳一さんはお仕事に出られていて、お帰りが遅かったんです。それで私がお夕飯を片づけようか迷っていたところに戻ってこられて」

そこでサキさんは一度口を閉じて、ふふふと笑い声を漏らす。

「珍しいことに淳一さんは取り乱されているような状態で、やっと夕葵さんを見つけた、めぐり会えたって、それはもう喜んでいらっしゃいましたよ。失礼ながら、その時まで私たちは夕葵さんを存じ上げておりませんでしたので、驚いてしまいましたけれど」

「そ、そうですか」

お見合いの約二週間前だから私が知らない時の話だけど、舞い上がっている淳さんを想像するだけで居《い》たたまれない。きっと彼はお得意のくさい台詞《せりふ》をてんこ盛りにして、私を褒《ほ》めちぎりまくったんだろう。恥《は》ずかしすぎる。

顔を赤くして身を縮めていると、サキさんはまた邦生さんと見つめ合って、目を細めた。

「淳一さんは夕葵さんのことを、困っている人に手を差し伸べられる強さと、傷ついた人に寄り添う優しさを持つ方だとおっしゃっていました。いまの自分があるのは、幼い頃に夕葵さんと出逢うことができたからだとも……」

実際の私とはかけ離れた評価に、ますます頬《ほお》が火照《ほて》る。けど、最後につけ足された言葉でふっと我に返った。

「……幼い頃って、淳さんがそう言ったんですか？」

そんな昔に出逢っていたの？

「ええ、はい。確かに、幼い頃と」

驚く私に、サキさんが優しく答える。同時に、邦生さんも首を縦に振った。

「話を聞いて、おふたりが知り合われたのは、淳一さんがこの屋敷にくる前のことだと思いました。ここにきてからは、出歩く場所も、付き合う人間も、すべて旦那様に決められていたので……」

彼のお母さんの結婚が決まったあとのことを、淳さんは「なにもかも親の考えで決められて、うんざりしていた」と言っていた。彼はそれ以上語らなかったけど、いまの話からすると、まったく自由のない生活を強《し》いられていたのだろう。

それが親の愛ゆえだとしても、胸が痛くなる。

私が顔をしかめたのに合わせて、食卓に重い空気が流れた。

淳さんの過去を思うと自分のことのようにつらい。でも、実際にその場を見て止められなかったサキさんたちのほうが、もっと心を痛めているはずだ。

ふいに、初めてキスを交わした時のことが蘇《よみがえ》る。

あの時の淳さんは「きみの言葉があったおかげで、そのあと大切な場所を奪われても、独りになっても、なんとか立っていられた」と言った。

私はてっきり、彼のご両親が亡くなられたという二年前の話だと思い、大げさすぎるとあしらった。けど、あれはもっとずっと昔のことを指していたんだろう。

……私たちは、いったいいつどこで出逢ったの？

淳さんが山名家にやってきたのは十一歳の時。その頃、私は九歳だった。

小学生の時の私は兄たちに負けないよう男子の格好をして、自転車であちこち走りまわっては、ケンカばかりしていた。そんな私が「格好悪い」と評価した相手は――

突然、脳裏《のうり》にひらめいた名前にハッとした。

まさか、そんな……！

記憶の奥底から浮かんでくる男子の姿を、慌《あわ》てて押し戻す。証拠はなにもないのだと、大きく首を左右に振った。

もう十年以上前の、幼い頃のことだと頭ではわかっている。もしも淳さんがノッポだったとしても、男子数人で少女を囲み泣かせていたことは、子供の過《あやま》ちだと許すべきだ。

それなのに、私のなかで「どうしよう」がぐるぐるまわる。

私の信条として、弱い者いじめは無視できない。なにより、身勝手な嫌がらせに傷つき、泣いていた親友の顔が思い浮かんで胸が痛んだ。

軽い眩暈《めまい》を覚えたところでダイニングルームのドアが開けられ、淳さんが戻ってきた。彼は苦笑しながら、私の隣の席に座る。

「ごめんね、遅くなって。取引先の社長さんからだったんだけど、すごく話好きな人でさ」

電話が長引いた理由を説明しながら、淳さんは私のほうを振り向く。

いまの私は相当ひどい顔をしているのか、彼は驚いたように目を瞠《みは》った。

「……夕葵、どうしたの？」

そう聞かれても、なんと答えたらいいのかわからない。この場で淳さんの過去を暴《あば》くのは簡単だ。彼がどんなにごまかしても、気合いを入れてしつこく追及し続ければいいのだから。

でも、混乱したままのいまの状態で、事実を知ることがいいとは思えない。もし本当に淳さんがノッポだったとしたら、さらにうろたえてしまって事実を受け入れられないだろう。

なんでもないとごまかすこともできずに、口をつぐんでうつむく。

淳さんはサキさんと邦生さんに「なにかあったの？」と声をかけた。

「ええと……私と主人が夕葵さんのことを知ったのはいつだったか、と問われまして。その時のお話をいたしました。あとは淳一さんと夕葵さんが、幼い頃に出逢われたらしいということも……」

サキさんがしどろもどろになりながら答える。

急に私が落ち込んだせいで、驚かせてしまったのかもしれない。ふたりに申し訳なくて、内心で謝った。

淳さんは短く「うん」と返す。同時にうなずいたのか、彼の座る椅子《いす》が小さく軋《きし》んだ。

「教えてくれて、ありがとう。申し訳ないんだけど、少し席を外してもらってもいいかな？」

「はい」

「わかりました」

サキさんと邦生さんの声が重なる。ふたりが立ち上がって歩く音のあとに、ドアが開いて閉まり、室内がしんと静まり返った。

「夕葵」

淳さんに名を呼ばれ、ビクッと肩が震える。おそるおそる顔を上げると、彼はテーブルに頬杖《ほおづえ》をついて私を見つめていた。

射抜くような強い視線が、少し怖い。

「……俺たちが出逢った時のことを、思い出してしまった？」

「違う、けど。私たちが小さい頃に会っていたって、本当？」

私の質問に、淳さんはそっと眉根を寄せた。たぶん聞かれたくないことなんだろう。

「うん。夕葵とはずっと昔に出逢っている。ここへくる前にね。でも、これ以上は言えない」

「どうして？　そんなに知られたくないことなの!?」

淳さんが隠そうとすればするほど、疑いが深まっていく。彼は私の視線から逃れるように、顔をそらした。

「そうだよ。本当はこの先もずっと気づかないでいてほしいと思ってる。それくらい、昔の俺は情けないやつだったんだ。だからもう聞かないで」

私と淳さんの間に、見えない壁を感じる。

ついさっきまで、私の気持ちは絶対に変わらないと思っていた。たとえ淳さんが過去のなにを隠していたとしても、大丈夫だと自信を持っていた。

しかし信じたくない可能性に気づかされ、彼に突き放されたいま、すべてを許して受け入れられるとは言いきれなくなっていた。


――遠くでひぐらしの鳴く声が聞こえて、どこか屋外であるらしい場所に立つ私は空を見上げる。なにもない真っ白の景色に、少しずつオレンジ色が混じっていくのを眺《なが》めながら、ふうっと息を吐いた。

どうやら私は、また夢を見ているらしい。

ゆっくりと形作られていく世界のなかで、うしろに人の気配を感じて振り向いた。

足の裏に砂の擦《こす》れる感覚が伝わってくる。ざりっと音が鳴るのを耳にして、ここがアカネと遊んだ公園だと気づいた。

まぶしいくらいの夕日に照らされた公園で、背の高い男子が近づいてくる。そいつは気まずそうに眉を下げ、短く刈《か》り上げた自分の頭をざっと撫《な》でた。

『ユウキ、またここにきてたのかよ。もう、あいつはいないって言っただろ』

ぶっきらぼうなしゃべり方で、相手がノッポだと気づく。小麦色の額が汗で光っている。

急にまとわりつくような熱気を感じて、思い出す。

一学期の終業式が終わったあと、突然アカネと会えなくなってしまった。理由がわからないし納得ができなくて、夏休みに入ってからも公園へと通い続けていた。

……優しくて真面目な彼女が、手紙一枚を残してなにも言わずに引っ越すなんておかしい。どこかに引っ越したとしても、もしかしたら夏休みの間にちょっとだけ戻ってくるかもしれない、と。

なにをするでもなく、ただ公園にやってきてアカネを待ち続ける。暑いなかでぼんやりしている自分の姿は、かなり奇妙に見えたらしく、そのうち時々ノッポが声をかけてくるようになった。

はっきり言って、こいつはアカネの敵だ。

終業式の日にアカネからの手紙を持ってきてくれたのは感謝しているけど、いままでノッポがしてきたことを許すつもりはないし、仲よくする気もなかった。それなのにこいつは、アカネからの手紙の宛名で知ったのか、軽々しく「ユウキ」と呼んでくるのだ。

ノッポの言葉を無視して、顔を背《そむ》ける。あいつはこれみよがしに肩を落として、少し離れた木の下にあるベンチを指差した。

『とりあえず、あそこに座ってれば。ここ暑いだろ。お前、熱中症になるぞ』

ちょっとだけ余計なお世話だと思ったけど、確かにここは暑い。

うなずいてベンチまで移動すると、なぜかノッポもいっしょについてきて、隣に座った。

嫌いなやつと並んで座るなんて、まったく気に食わない。でもノッポの言うとおり、木陰《こかげ》のベンチは炎天下の砂場に比べて涼しく、動く気にはなれなかった。

だんだん空のてっぺんが群青《ぐんじょう》に染まっていく。夜が近づいているのを悟って、小さく溜息を吐いた。

今日も会えなかった……

ここでアカネを待ち続けて、もう何日経《た》ったのだろう。沈んでいく夕日を眺《なが》めながら、頭のなかで数えていると、ノッポが声をかけてきた。

『あのさ、俺も調べてみたんだよ。アカネがどこに行ったのか。でも、だめだった。先生は教えてくれねぇし、クラスのやつらも母ちゃんたちも、なにも聞いてねぇって』

なんでいまさらアカネを探しているのかわからず、ノッポを睨《にら》む。

ノッポは驚いて肩を震わせ、しょんぼりとうなだれた。

『……実は謝りたくてさ。俺ずっとあいつに八つ当たりして、ひどいことしたから。謝っても許してもらえねぇって、わかってるけど』

身勝手な言い分に呆《あき》れてしまう。会えなくなってから謝りたいと言い出すなんて卑怯《ひきょう》だ。

もうアカネはここにいないのに。

悔《くや》しくて、悲しくて、瞼《まぶた》の裏が熱くなる。溢《あふ》れそうな涙をこらえるために、必死でまばたきを繰り返した。

そうこうしている間に、顔を上げたノッポは前を向き、遠くを見ながら目を細める。その横顔がひどく寂しそうで……喉《のど》まで出かかった文句を呑み込んだ。

『もし、あいつに会えたら、俺が謝ってたって伝えてほしいんだ。本当は直接言いたいけど、俺も引っ越すかもしれなくてさ』

予想外の話に目を見開く。

ノッポはこっちを向いて、変に大人びた顔で苦笑した。

『俺んち、家族で酒屋をやってるんだけど、爺《じい》ちゃんと母ちゃんがすっげー仲悪いんだよ。こないだ大ゲンカして、母ちゃんが家を出ていくっつって、爺《じい》ちゃんも出ていけって怒鳴《どな》ったから、いま新しい家を探してるところ』

うちの親もかなり面倒くさい人たちだけど、ノッポの家にもやっかいな事情があるらしい。

ほんの少しノッポに同情したものの、だからといってアカネにいじわるをしていいわけではないと思い直した。

ノッポのお願いを聞くか断るかを悩む。

はっきり返事ができないでいるうちに、公園の外から別の男子の声が聞こえた。

『あ、おーい。さっき商店街でジュンの母ちゃんに会ったけど、いつまで経っても帰ってこないって怒ってたぞー』

振り向いて見れば、前にここで会ったことがある、ノッポの取り巻きのひとりだった。

ジュンと呼ばれたノッポは、弾《はじ》かれたように立ち上がる。

『うげっ、マジで？』

『うん。早く帰ったほうがいいと思う。かなりキレてたから』

取り巻きの言葉にノッポは頭をかかえ、唸《うな》り声を上げた。ノッポの母ちゃんも、うちの親みたいにちょっと荒っぽくておっかない人なんだろう。

ノッポは取り巻きに『サンキュな』と返事をして、こっちに向き直った。

『ユウキ、悪い。俺、帰る。もしあいつに会えたら、さっき言ったこと、頼むな』

一言も引き受けるなんて言ってないのに、ノッポは自分の希望を押しつけて走り出した。ケンカは弱いけど足は速いようで、みるみる背中が遠くなり、やがて信号の向こうに見えなくなった。

ひとり残されたベンチから、公園を見渡す。

もし、もう一度アカネに会えたなら、一学期の間いっしょにいてくれたことを感謝して、離れてもずっと親友だと約束して、新しい学校でもがんばれって応援して……最後の最後にノッポの言葉を伝えてやってもいい。

……でも、本当はもうわかってる。

アカネと別れて十四年後の時を生きる私は、彼女と再会できないことを知っていた。

目を覚ました時、こめかみが冷たいと感じるほど涙が溢《あふ》れていた。

起き上がって、手で目元を拭《ぬぐ》う。一度、鼻をすすり上げたところで、隣に寝ていたはずの淳さんがいないと気づいた。

たぶん先に起き出して、仕事へ行く準備をしているんだろう。今日は土曜だけど、午前中だけ会社に顔を出すと言っていたから。

対する私は休みだ。

今日はスイミングスクールの特別講習日で、幼児の体験入学会が行われる。生徒が小さい子ばかりだから、特別な資格を持つベテランコーチが担当することになっていた。

私はベッドに座ったまま、膝《ひざ》をかかえる。

……昔の夢を見て思い出したけど、ノッポは取り巻きに「ジュン」と呼ばれていた。苗字は西野で、お爺《じい》さんとお母さんがいて、家は酒屋さんだった。

お父さんの話が出てこなかったから、もしかしたらなにかしらの事情でいなかったのかもしれない。

だとすれば、あのあとノッポのお母さんが大会社の社長さんと結婚し、その跡取り息子になることもありえる。むしろ、状況から考えて、そうなった可能性が高い。

記憶のなかのノッポと、いまの淳さんの顔が全然似ていない気はするけど、私がノッポを嫌うあまり思い出を描きかえていたとしても、おかしくなかった。

くよくよするのは私の性《しょう》に合わないし、過去のことをいつまでも引きずるのはみっともないとわかっている。けど、心の底にまだノッポを憎《にく》んでいる自分がいた。

どうしたらいいんだろう……

立てた膝《ひざ》の上に顎《あご》を乗せて、溜息を吐く。

いまの淳さんが好き。その気持ちは変わらない。でも、アカネは大切な親友だ。

もう彼女と会えなくなってしまったからこそ、私がノッポのしたことを簡単に許してはいけないような気がした。


淳さんが家を出たあと、私は電車とバスを乗り継《つ》いで、アカネと出逢った公園にやってきた。

特に目的があったわけじゃない。

ただなんとなく、アカネと会っていた時のことを振り返り、淳さんとのこれからを考える時間がほしかった。

昨夜の夢のなかにも出てきたベンチに座って、公園を眺《なが》める。土曜の昼だからか、何組かの親子が楽しそうに遊具で遊んでいた。

そういえば、元カレと別れ話をしたのもこのベンチだった。

あの時は夜で、ウォーキングをしている人や、休憩《きゅうけい》中らしきサラリーマンがいるだけだったけど、昼は子供が多いらしい。

きっと午後になれば、小学生たちも出てくるのだろう。私とアカネみたいに。

微笑《ほほえ》ましい光景を見ているうちに、またアカネとの思い出がひとつ蘇《よみがえ》る。

彼女は自分の身体の小ささと、運動が苦手なことを嘆《なげ》いていたけど、高校球児だったお爺《じい》さんにならって、いつか野球をやりたいのだと言っていた。

恥《は》ずかしそうにしながらも目をキラキラさせて『いつか甲子園に出られたら、ユウキは応援にきてくれる？』と無邪気に夢を語って……

あれ、野球で甲子園？

喉《のど》に魚の小骨が刺さったような違和感を覚えた。なんだろう。なにかがおかしい。

でも、その答えにいきつく直前、目の前で五歳くらいの男の子が思いっきりつまずいた。

砂に足を取られたのか、地面へ飛び込むように胸からばたりと倒れる。

「大丈夫!?」

とっさに駆け寄って抱き起こすと、男の子の目からぶわっと涙が溢《あふ》れた。

「うわーん、いだあぁーいぃーっ」

「あらら、どこが痛いかな？　ママかパパは近くにいる？」

泣き出した男の子の頭を撫《な》でながら、怪我《けが》の具合を確認する。見たところ少し膝《ひざ》を擦りむいているけど、他に目立つ傷はなかった。

自分でまっすぐ立っていられるようだから、骨や筋もたぶん大丈夫だろう。

「ちょっとびっくりしちゃったね」

なだめるために微笑《ほほえ》んで、男の子の服についた砂を払い落とす。

頬《ほお》を真っ赤に染めた男の子がしゃくり上げるのを見た時、不思議な既視感《きしかん》に襲われた。

……いつかどこかで、この子に似た顔を見たことがあるような……

ううん、どこかじゃない。この公園だ。

ギュッと目を瞑《つむ》り、右手を胸にかかえて『痛い、痛い』とすすり泣く男子を、幼い私は得意顔で眺《なが》めていた。

「もう、順太《じゅんた》、なにやってるの。すみません、うちの子がご迷惑をおかけして」

横から割り込んできた声にハッとする。振り向けば、私より少し年上の女性が、申し訳なさそうに頭を下げていた。

どうやら男の子のお母さんらしい。腕に赤ちゃんを抱いているから、すぐには追いつけなかったようだ。

「いいえ、たいしたことはしていませんから」

私は頭を横に振って立ち上がる。目の前で子供が転んだのなら、助けるのは当然のこと。

それよりも……

「あの、お子さんは順太くんっていうんですか？」

「え？　はい」

女性は私の唐突《とうとつ》な質問に驚いて目を瞠《みは》ったものの、うなずいてくれた。

ノッポとよく似た名前で、泣き顔がそっくりな子供。もしかしたら順太くんはあいつの親戚かもしれない。たとえばノッポの兄弟の子供とか、いとこの子供とか。

はやる気持ちを抑えて、唾を呑み込む。一度、深呼吸をしてから、女性を見つめた。

「いきなりこんなことをお聞きするのは失礼かと思うんですけど、昔この近くの酒屋さんにいた西野ジュンという人をご存じじゃないですか？」

私を見返した女性はきょとんとしたあと、軽く首をかしげた。

「酒屋の息子の西野なら、うちの旦那です。ただ、名前はジュンじゃなくて、順二《じゅんじ》ですけど」

――えっ⁉

新たに出てきた名前に、軽く混乱する。

ノッポの本名は西野順二だった？　それとも別人？

「ご主人に似たお名前のご兄弟か、ご親戚は？」

「いません。あのひと、ひとりっ子だし、名前が似てるのは息子の順太だけです」

女性がそう言って視線を下げると、彼女の足にすがりついた順太くんが、涙を拭《ぬぐ》ってはにかんだ。

やっぱり記憶のなかのノッポとよく似ている。

「そう、ですか……」

普通に考えれば、この近くで酒屋をやっている西野さんちが、何軒もあるわけはない。そして、そこのひとり息子の名前が順二というなら、ノッポに間違いないんだろう。

つまりノッポは淳さんとは無関係で、奥さんと子供たちといっしょに、まだこの近くに住んでいるということだ。

……じゃあ、山名家にいる淳さんはいったい誰なの⁉

ノッポと淳さんが別人だったのは、正直に言って嬉しい。けど、謎がふりだしに戻ってしまった。

喜びと安堵《あんど》と落胆《らくたん》が同時に襲いかかってきて、溜息がこぼれる。

どっと疲れが押し寄せてうなだれると、額のあたりに視線が向けられているのを感じた。目だけを動かして見れば、ノッポの奥さんがなにか言いたそうにしている。

なんだろう？

どうかしたのかと聞くために口を開きかけたところで、順太くんがぴょんと一歩前に飛び出た。

「おねーさん、パパのともだち？」

「あ、えーと、そうだね。子供の頃のおともだち、だよ」

アカネのことを思えば、ノッポを友達と呼ぶのは抵抗がある。けど、本当のことは言えない。

私がうなずいたのを見て、順太くんはニカッと笑った。

「そっか。今日はパパに会いにきたの？」

「ううん、違うんだ。お散歩してただけ。順太くんに会って、子供の頃のパパにそっくりだから驚いたんだよ」

「ふうーん、そうなんだぁ」

順太くんは大げさにうんうんと首を縦に振っている。ちゃんとわかっているというそぶりが可愛い。

「こら、順太。大人の話に入ってこないの」

ノッポの奥さんは順太くんを軽くたしなめて、小さく「すみません」と謝った。

私は気にしていないという意味を込めて、首を横に振る。

「いいんです。本当にノッ……じゃなくて、西野くんによく似ていますね」

あやうく勝手につけたあだ名を漏らしそうになり、言い直す。

奥さんは軽く肩をすくめて、苦笑した。

「ええ。見た目だけじゃなくて、やんちゃなところもそっくりで、少し困っているんです。ところで、さっきうちの旦那とは、子供の頃の友達だとお聞きしましたけど、どういう……？」

「あー……えと、この公園で何度か会って、話をしたことがあって。お爺《じい》さんとお母さんの仲がよくないから、引っ越さなきゃいけない、とか」

まさか奥さんに対して「弱い者いじめをしていたところを咎《とが》めてやっつけた」なんて、言うわけにはいかない。

ノッポから聞いた話のなかで、アカネに関係ない部分を口にすると、奥さんはくったくない表情で「あははっ」と笑った。

「お爺《じい》ちゃんとお義母さんは、いまでも変わらずケンカしてますよー。ふたりとも口が悪いから、しょっちゅうぶつかっては家を出るって騒ぐんだけど、結局、居残るんです。もう西野酒店の名物ですね」

奥さんは思ったより、ざっくばらんな人のようだ。義理とはいえ、家族の内情をあけすけにバラして、クスクス笑っている。

どうやらノッポの家の親子ゲンカはいつものことらしい。私が話を聞いたあの夏も、最終的には家を出なくてすんだのだろう。ただノッポが大げさに考えていただけで。

ひとしきり笑った奥さんは、最後にふうっと息を吐いた。

「それにしても、よくあのひとが家のことを話しましたね。昔は自分の家が普通じゃないって思い込んでいたみたいで、友達には隠していたんですよ。私は幼馴染《おさななじみ》だから知ってたけど」

「……それは、その、話を聞く少し前に、別の友達が引っ越してて。それで西野くんが、自分もそうなるかもしれないって……」

しどろもどろになりながら、なんとか話を繋《つな》ぐ。気をつけないと、うっかりノッポの悪行《あくぎょう》をしゃべってしまいそうだ。

卑怯者《ひきょうもの》のノッポをかばってやる義理はないけど、奥さんと子供には関係ない。いまさら昔のことを持ち出して、彼女たちを悲しませたくなかった。

奥さんは赤ちゃんをかかえ直して、少し難しい顔をする。

「その友達って、もしかして、アカネくんですか？」

「えっ、アカネを知ってるの!?」

彼女の口から出た予想外の名前に目を見開く。思わず身を乗り出すと、奥さんは驚きながらも、はっきりとうなずいた。

「はい。そんなに親しくはなかったですけど、小学校で同じクラスだったから。五年生の一学期だけうちの学校にいた……赤根《あかね》淳一くんですよね？」

え……

いったいなにを言われたのかわからず、奥さんの顔をじっと見つめる。こめかみのずっと奥のほうが、キーンと痛んだ。

「赤根……淳一？」

「ええ。旦那のまわりで引っ越していった子って赤根くんだけだから。違いました？」

顎《あご》のあたりまで伸ばしたふわふわの髪を揺らして、優しく微笑《ほほえ》むアカネの姿が脳裏《のうり》に映る。

雪みたいに真っ白な肌に薄茶の髪、チョコレート色の大きな瞳をキラキラさせて、淡いピンクの唇を引いた、誰よりも可愛い少女。

しかし考えてみれば、アカネはいつもスカートではなくショートパンツを穿《は》いていた。それに、いつか野球をやってみたいと言っていたのは、もしかして男の子だったから？

十四年前にここで出逢った、淳さんと同名の少年。彼はお母さんの結婚によって、赤根から山名へと苗字が変わって……

「そんな、嘘でしょ？」

だってあんなに可愛い子が男子だなんて、ありえるの⁉　信じられない‼

驚きすぎて独り言が飛び出す。予想外の可能性に眩暈《めまい》がした。

ブルブル震える手を額に当てて何度かまばたきをすると、奥さんが私の顔を覗《のぞ》き込んできた。

「どうかしましたか？」

様子がおかしい私を心配してくれているらしい。

私は彼女の気遣いに感謝しながら、ゆるゆると頭を振る。

「……すみません、大丈夫です。引っ越していったのはアカネで間違いないです」

奥さんは私の答えを聞いて、ほっとしたように顔をほころばせた。

「やっぱり、そうですか。あの、もし、赤根くんがいまどうしているかとか、連絡先とかご存じでしたら、教えてもらえませんか？」

「え、どうして……」

まだ混乱が収まらないせいで、とっさに聞き返してしまう。

サッと笑みを引っ込めた奥さんは、気まずそうに視線をそらした。

「赤根くんと仲がよかったなら、昔のことはご存知だと思いますけど、うちの旦那がどうしても彼に謝りたいって言って、ずっと探し続けているんです。でも、同窓会名簿には登録がないし、赤根くんのお爺《じい》ちゃんからは取り次いでもらえなくて」

ノッポがアカネに嫌がらせをしていたことは、奥さんに伝えないでおこうと思っていたけど、どうやら知っていたようだ。

同時に、ノッポがまだアカネへの謝罪を諦《あきら》めていないことに驚いた。

「アカネのお爺《じい》さんが、近くにいるんですか？」

「はい。ここからちょっと行ったところに住んでいて。赤根くんが元気でいるのだけは教えてくれたんですけど、それ以上のことは……」

もし、淳さんとアカネが同一人物であるなら、この近くに住んでいるはずの母方のお爺《じい》さんは「頑固《がんこ》で昔かたぎの厳しい人」だ。

子供の頃の些細《ささい》な嫌がらせとはいえ、大事にしていた孫につらくあたっていたノッポを許すとは思えない。当然、いまの連絡先を教えることもないだろう。

奥さんはノッポがやらかした不始末を、自分のことのように思い胸を痛めているらしい。

つらそうに目を伏《ふ》せている彼女には悪いと思うけど、私はきっぱりと首を横に振った。

「ごめんなさい。連絡先は本人に確認してみないと教えられません。私が勝手に判断するわけにはいかないので」

「あ、そうですよね。私ったら、つい焦《あせ》ってしまって」

奥さんは恥《は》ずかしそうにそわそわしながら頬《ほお》を染める。

わずかな繋《つな》がりに縋《すが》るほど、彼女とノッポが真剣にアカネを探してくれていたとわかって、心の奥のわだかまりが少し解《と》けた。

私は奥さんをまっすぐに見つめて、微笑《ほほえ》んだ。

「アカネのことをずっと考えていてくれて、ありがとうございます。彼もきっと喜ぶと思います。私たちがここで出逢って、離れ離れになったあと、彼には大変なことがたくさんあったそうです。詳しくは教えてくれないけど、つらい思いもいっぱいしてるはず。でも、いまのアカネは……うん、淳さんは幸せです。私が、絶対に幸せにしますから」

「えっ。もしかして、あなたは赤根くんの……」

奥さんの目が大きく見開かれ、その視線が私の左手の薬指に飛ぶ。そこに約束の証《あかし》はまだないけど、私は大きくうなずいた。

「きっと、いつか、ふたりで西野くんに会いにいきます。あと、西野くんからあの夏休みに頼まれたお願いはちゃんと果たすからって、彼に伝えてください」

「お願い？」

ノッポが私に伝言を頼んだことまでは、奥さんも知らないらしい。

きっとノッポは私の存在を隠しているんだろう。大人数で寄ってたかってクラスメートをいびっていたら、年下のチビに止められたので手を出し返り討《う》ちに遭《あ》った……なんて、情けないことこの上ないし。

不思議そうに目をまたたかせる奥さんに向かって、私はもう一度うなずいた。

「ここで『ユウキに会った』って言えば、わかると思います」

家に帰った奥さんは、ノッポに私の素性《すじょう》を聞くはずだ。その時、あいつがどれだけうろたえるかを考えると、ちょっと面白い。

自分でも性格が悪いと思うけど、淳さんに伝言を届ける見返りだと思って諦《あきら》めてもらおう。

ささやかな復讐《ふくしゅう》を仕組んだ私は、心のなかでぺろりと舌を出し、めいっぱいの笑みを浮かべた。


ノッポの奥さんと別れた私は、また公園のベンチに座って、しばらくの間ぼんやりしていた。

この二日間は予想外のことばかりが起きて、ちっとも落ち着かない。

実家に帰ってみれば両親の夫婦ゲンカがほとんど狂言だったと判明するし、お見合い賛成派だったお母さんが急に態度を変えて私と淳さんの付き合いを反対し出すし、しかも、ブラッドのＤＶＤが人質《ひとじち》に取られてしまうし。

サキさんたちに聞いた話から淳さんがノッポなんじゃないかと思い込んで、幼い頃の思い出を夢に見て……いま、アカネが男の子だったと知った。

赤根淳一くん。きっと、昔の淳さんだ。

「ふふ……」

なんだかおかしくて、ひとりでクスクス笑う。

十四年前の春、この公園で毎日のように遊んでいたのは、男子みたいな女の子のユウキと、女子みたいな男の子のアカネだった。

私たちはお互いの本名もよく知らないまま、親友だと言い、ずっといっしょにいようと誓い合った。

ただ、私はアカネが好きで、アカネも私を好きだと言ってくれた。それだけのこと。

傍《かたわ》らに置いていたバッグから携帯を取り出し、震える指先でメールを送った。

宛先《あてさき》は淳さんの携帯。

——初めて会った公園で待ってるから、会いにきて。

迎えにきて、とは書かなかった。

言葉だけの違いだとしても、会いにきてほしい……あの夏の日、アカネを待ち続けた私に。

7

メールを送ってから、どれくらい経ったんだろう。すぐのような気がするけど、長かったとも感じる。自分でもよくわからないくらいの時間、私はベンチに座って公園内を眺《なが》めていた。

さっきまで遊具で遊んでいた親子連れは、もうひとりもいない。

ちょうど太陽が空のてっぺんにあるから、お昼ご飯を食べるために帰ったのかもしれなかった。

砂が擦《こす》れるかすかな音に続いて、私の視界に品のいい革靴と濃紺のスラックスが入ってくる。それが見慣れたものだと気づいて顔を上げると、淳さんが優しく微笑《ほほえ》んで私を見下ろしていた。

「……会いにきたよ、ユウキ」

ほんの少しだけ、いつもと声の調子が違う。それはアカネが自分を呼ぶ時の言い方で……

ああ、やっぱり。

私の想像が合っていたと知り、胸がギュッと締めつけられる。嬉しくて、苦しくて、泣きたいような気持ちになった。

「遅いよ。夏休みの間、ずっとここでアカネを待っていたのに」

震える唇で、憎《にく》まれ口を利《き》く。冗談で拗《す》ねているのだとわからせるために微笑《ほほえ》んだけど、いつの間にか目に涙が溜まっていて、泣き笑いになってしまった。

すると、腕を掴《つか》まれて、引き上げられる。なにが起こったのか理解できないうちに、強く抱き締められていた。

「ごめん。親のことを言うわけにはいかないから、きみへの手紙になにも書けなかった。何度か家出して会いにいこうとしたんだけど、すぐに見つかって連れ戻されて」

淳さんの苦しそうな声を聞いて、新たな雫《しずく》が目からこぼれ落ちる。彼のスーツに額を擦《こす》りつけるようにして、首を左右に振った。

「いいの。いま会いにきてくれたから、もういい。……私のほうこそ、全然気づかなくて、ごめん」

「構わないよ。昨夜も言ったけど、格好悪いところだらけで本当は思い出してほしくなかったし。まあ、俺が言わなくても、バレるのは時間の問題だろうと思っていたけどね」

まるで自嘲《じちょう》するような答えに疑問を覚える。

「どうして？　淳さんには格好悪いところなんてないよ。いまも昔も、落ち着いてて優しくて一生懸命で、私はアカネのことも大好きだった」

顔を上げて想いをぶつけると、淳さんは苦笑しながら、私の額にキスを落とした。

「ありがとう。でも、やっぱり、昔の自分は好きじゃないんだ。俺は弱くて臆病《おくびょう》で、戦うことを諦《あきら》めていたから」

「淳さん？」

彼の様子がいつもと少し違う気がして、名前を呼ぶ。

表情は変わらない。でも、瞳に深く暗い影が差していて吸い込まれそうだった。

「夕葵には、いつか全部話さなきゃいけないと思っていた。……いや、違うな。俺はきみに聞いてほしいんだ、きっと」

淳さんは他人のことみたいに、淡々と自己分析をしている。

その姿が無性に悲しくて、私はぐっと顎《あご》を反《そ》らし、目を吊り上げた。

「なんだか知らないけど、洗いざらい吐き出せばいいよ。なんでもかんでも、どーんと受け止めてあげるから！」

頬《ほお》に残っていた涙を手で拭《ぬぐ》って、わざと偉そうにフンと鼻であしらう。

淳さんは驚いたように目を瞠《みは》ったあと、パッと表情を崩して笑い出した。

「ああ、もう、夕葵はなんでそんなに強くて格好いいんだろう。俺、これできみに惚れたの何度目かな」

「んなっ。なに言ってるの！」

こっちが恥《は》ずかしくなるような言葉を向けられ、反射的に声を張り上げる。

言ったほうの淳さんは、まったく気にしてないように微笑《ほほえ》みながら、私の手を引いてベンチに座った。促《うなが》されるまま、私も彼の隣に寄り添う。

淳さんはしばらく黙って私の手を撫《な》でていたけど、やがてなにかを決意したように「うん」と言った。

「どこから話したら一番わかりやすいか考えたんだけど、やっぱり最初から説明するよ。……もとはと言えば、うちの母親が原因なんだ」

「淳さんのお母さん？」

「そう。あの人はまあ、よく言えば天真爛漫《てんしんらんまん》ってやつなんだろうけど、実際のところ、子供っぽくて天然で、とにかく考えなしでさ」

ゆっくりとうなずいた淳さんは、お母さんに対して辛辣《しんらつ》な評価をくだす。

「そんな人だから、妻子持ちの男に引っかかって、いいように言いくるめられて愛人になったんだよ。まわりの迷惑とか、相手の家族のことなんて考えもせずにね。で、その結果、子供が生まれた」

「それって……」

「うん。その子供が俺」

一瞬、息が止まる。

淳さんのお母さんが山名家の前当主の愛人だったことは知っていたけど、そんなに長い付き合いがあったとは思わなかった。

つまり、彼はお母さんの連れ子ではなく、前当主の実子で……

「じゃあ、淳さんの親は、十年以上も隠れて付き合ってたの!?」

自分の口から、思わず非難めいた言葉が飛び出る。

慌《あわ》てて口をつぐんだけど、淳さんは当然だと言うように首を縦に振った。

「正確には十三年かな。そのうえ自分たちの関係が外に知られると困るからって、子供の認知もしないでね。ただ生活費を渡しておけばいいという考えの男と、それを疑問に思わない女の、最低の取り合わせだよ。ある意味、お似合いだけど」

「そんな……自分たちの子供なのに、なんで？　あんまりだよ！」

驚きと同時に怒りが湧き上がり、額のあたりが一気に熱くなる。彼が蔑《ないがし》ろにされていたことが、腹立たしくて仕方ない。

憤慨《ふんがい》する私の頭を、淳さんが優しく撫《な》でた。

「仕方ないよ。そういう人たちだから」

その穏やかな仕草にやるせない諦《あきら》めを感じて、私のなかの怒りが悲しみに変わっていく。

たぶん、父親に認知されていてもいなくても、淳さんの境遇は変わらなかっただろう。でも、納得がいかなかった。

「ひどすぎる」

「うん、まあ……。しかも、そこまでして隠しきれていなかったんだ。無職の母子家庭に羽振りのよさそうな中年男が通ってきて、お金の面倒をみているんだよ。いかにも『わけあり』なのに、本人たちは他人の視線に無頓着《むとんちゃく》でさ。結局、近所に知れ渡っていた」

「……それ、淳さんも知ってたの？　その、お父さんとお母さんの関係とか」

さすがにちょっと聞きにくくて、声が低くなってしまう。

淳さんは軽く首をかしげて「うーん」と曖昧《あいまい》に唸《うな》った。

「まだ小さかったからはっきりとは理解できなかったけど、両親によくない事情があるのは、なんとなく。俺の存在が他の人にはあまり喜ばれないっていうのも、薄ら気づいていたね」

「え、なんで淳さんが？」

意外な話に目をまたたかせる。親はともかく、淳さんには嫌われる理由なんてないはずだ。

彼は驚く私を見て、小さく首をすくめた。

「母親が愛人だって知っている人からすると、俺も嫌悪《けんお》の対象になるみたいだよ。ろくでもない親

した。

いまでこそ外では上品な奥様ぶってるお母さんだけど、私たちきょうだいが小さい頃は、元ヤン丸出しで子供を叱《しか》り飛ばしていた。それがご近所だろうと、スーパー、病院、学校だろうと、お構いなしに。

おかげで私が小学校に入学した時には、虎尾家は乱暴者の一家として有名で、常にありもしない不名誉《ふめいよ》な噂を流されていた。……まあ、その噂が許せなくて相手をこぶしで黙らせていたから、私の場合は嘘が真実になっていたんだけど。

でも、他人とは、そういうものなんだろう。イメージだけで勝手に判断して、その人の本質を見ようともしない。

小さい頃の淳さんは、物静かで賢くて、とても愛らしい子供だったのに。

膝《ひざ》に置いた自分の両手を、ぐっと握り締める。私は彼の目を見つめて強くうなずいた。

「ちゃんとわかってるから。子供の時の淳さんも、いまと変わらずに素敵な人だったって。他の誰がどう言おうと、私はずっと味方だよ！」

きょとんとして私を見返した淳さんは、続けてふんわりと微笑《ほほえ》んだ。

「……そういうきみに出逢えたから、俺は救われたんだよ。夕葵と知り合うまでの自分は、他人の悪意に怯《おび》えて生きていた。がんばっても周囲に評価されないことがつらくて、なにもかも諦《あきら》めていたんだ。耳を塞《ふさ》いで考えることをやめて、親の言うとおりにしていればいいってね。いま振り返ると情けないけど」

「そんなことないよ」

首を大きく左右に振って、彼の言葉を否定する。

幼い淳さんは、自分の心を守ろうとして殻《から》に閉じ籠《こ》もったのだろう。抗《あらが》いたくてもできない状況だったのだから、責められることじゃないはずだ。

淳さんは笑みを深くして「ありがとう」とささやき、前に向き直った。

「確か小学二年の春だったと思うけど、父親の奥さんに俺と母親のことがバレた。彼女はまさに烈《れつ》女《じょ》ってやつでさ。母親の前にお金を積んで、父親と別れるように言ってきたんだ。もし別れないなら、どうなっても知らないぞって説明しながらね」

「ちょっ、それ、脅迫《きょうはく》じゃないの！」

思わず声を荒らげる。どう考えても犯罪だ。

普段からお母さんに脅されている私でも、あまりの悪質さに慄《おのの》いた。

淳さんは前を向いたまま、のんびりとうなずく。

「まあね。でも、彼女にそこまでさせたのは、俺の母親と父親なんだよ。相手を怖がらせて思いどおりにするなんて、もちろん許せないことだけど、それだけ切羽《せっぱ》詰まっていたんだろうな」

そこで一度、黙り込んだ淳さんは、疲れたようにふうっと息を吐いた。

「奥さんが強硬手段に出たのを知って、父親は覚悟を決めたらしい。それで離婚協議を始めた。彼女は自分のほうが捨てられるとは思っていなかったみたいで、ますます追い詰められてしまってね。危険だから、父親が正式に離婚するまで、俺と母親は身を隠すことになったんだ」

前にサキさんが、前当主の離婚協議がこじれて別れるまで三年近くかかったと話していた。だとすれば、淳さんが私と初めて会ったのは、父親の離婚が成立する直前のはずだ。

「もしかして、ここで私と会った時も?」

「うん。あちこちを転々として、最後に爺《じい》さんの家で匿《かくま》ってもらうことになった。けど、俺はなかなか学校に馴染《なじ》めなくてね」

「だから、あの時ノッポたちに……」

視線が自然に公園の中央へと向かう。あの場所でノッポたちに囲まれ、泣いていたアカネの姿は、いまも私のなかにしっかりと残っていた。

淳さんも私と同じ場所を見つめ、懐かしそうに目を細めた。

「初めは、男のくせに女の子っぽい格好をしているとからかわれたんだ。俺はいつも赤やピンクの服を着ていて、髪も長かったから」

彼の言葉にぎこちなくうなずく。

「んー……あー、うん。で、でもそれって、お父さんの奥さんに見つからないようにするための、カモフラージュとかだったんでしょ?」

ついさっきまで、アカネを女の子だと勘違いしていたことがバレないよう、苦しまぎれの思いつきを口にした。

私の想像が面白かったのか、淳さんは「あはは」と笑って、首を横に振る。

「それなら、まだマシだったんだけどね。あれは母親の趣味なんだよ。本当は娘がほしかったらしくて、俺にああいう服を着せて気をまぎらわせていたんだ」

淳さんが女の子みたいだった理由を知り、唖然《あぜん》とした。趣味だかなんだか知らないけど、まわりにからかわれるような格好を、子供に強要するなんておかしい。

「……淳さんは嫌じゃなかったの？」

「俺が拒否したって聞き入れてくれる人じゃなかったから、諦《あきら》めていたよ。あまりにもひどい格好の時は、さすがに爺《じい》さんが止めてくれたしね」

その「あまりにもひどい格好」を思い出しているらしく、淳さんはクスクス笑う。

淳さんにとってはもう過ぎたことなんだろうけど、彼の意思が無視されていたことにムカムカした。

私から出る怒りのオーラに気づいたのか、淳さんは振り向いて小さく苦笑いをする。まるで、私をなだめるみたいに。

「まあ、見た目のことはただのきっかけだったから、気にしないで。西野くんたちに悪口を言われ続けたのは、俺の性格にも問題があったんだよ」

「えーっ、淳さんのせいじゃないでしょ！　全部ノッポが悪いんだよ」

「……でも、俺は彼と戦わないで逃げたからね。理不尽なことに立ち向かう気持ちが全然なくて、嫌な思いをしてもすぐに諦《あきら》めてしまう。それが余計に西野くんたちを煽《あお》ってしまったんだよ。もしかしたら、俺にバカにされていると感じたのかもしれないね。そういうつもりはなかったけど」

淳さんの説明で、当時のノッポの姿を思い出す。

はっきり言って、あいつは卑怯者《ひきょうもの》で頭が悪かった。きっと、淳さんが泣き寝入りするのを見て、調子に乗ったのだろう。

……最初に会った時に、もっと痛めつけてやればよかった。

乱暴な考えにつられて眉間《みけん》に皺《しわ》を寄せ、口を曲げる。

私の不満顔を見た淳さんは、クスッと笑って公園の真ん中に目を向けた。

「あそこで西野くんたちに囲まれていた時、俺はかなり追い詰められていて、どうしたらいいのかわからなくなっていたんだ。親がまともじゃないせいで、他人には言えない環境に置かれて、学校にも居場所がない。アイデンティティークライシスというのか……自分がなんのために存在しているのかを見失って、もうだめだと思った次の瞬間に、夕葵が飛び込んできた」

「あ」

その時の情景が、パッと脳裏《のうり》にひらめく。

背の高い男子たちに囲まれた、華奢《きゃしゃ》な子。大人数でひとりを攻撃するやり方が気に入らない私は、相手をわざとらしく挑発して——

たぶん、淳さんも同じ場面を思い出しているのだろう。彼は穏やかな表情で遠い目をしていた。

「そこからは驚くことばかりだった。俺とそう変わらない身長の子が、あっという間に西野くんをやっつけて追い払ったんだよ。まるで物語のヒーローみたいにね。しかも、その子は俺のことを気に入ったと言って、友達になってくれた」

淳さんに自分のことを語られるのは、なんだか気恥《は》ずかしい。それに「友達になって」とお願いしたのは私のほうだ。

「ち、違うよ。あれは私から友達になりたいって言ったんだし……」

うつむいてぼそぼそと指摘すると、彼は大きくうなずいた。

「うん。でも、俺の気持ちのなかでは逆なんだ。あの時つい『転校してきたばかりで、まだ友達がいない』って見栄《みえ》を張ったけど、実はその前の学校でも友達なんていなかった。ユウキは俺にとって最初の、一番大切な親友だよ」

淳さんの告白を聞いた瞬間、両方の目からぶわっと涙が溢《あふ》れた。

慌《あわ》てて手で目元を覆《おお》ったけど、流れる雫《しずく》は抑えきれない。嗚咽《おえつ》まで出そうになり身体を強張《こわば》らせると、横から伸びてきた腕が私の肩を抱いてくれた。

彼の胸元に顔を寄せて、繰り返し首を縦に振る。

「私も……アカネのこと、誰より、大事だって……ずっと、会いたくて……」

みっともなく声を詰まらせながら、想いをぶつけた。

幼い頃の純粋な想いを分かち合った、ただひとりの人。大切すぎて、会えないつらさから忘れかけていたけど、心の奥ではずっと求め続けていた。

濡《ぬ》れた頰《ほお》を手のひらで擦って、淳さんを見つめる。彼は私の目尻に残った涙を吸い取るように、唇を押し当てた。

「俺も会いたかった。実は留学を終えて日本に戻った時に、きみを探したんだよ。でも見つけられなくてね。本名も、住んでいた場所もわからない。知っているのはニックネームと年齢だけで、しかも……俺はユウキをずっと男の子だと思っていたんだ」

「えっ！」

「ごめん。言い訳にしかならないんだけど、見た目だけで勝手に勘違いをしていて。当時は遊ぶのに夢中で、そういう話はしなかったし……。本当にごめんね」

淳さんは申し訳なさそうに目を伏《ふ》せ、誤解した理由を口にする。

あの頃の自分を振り返れば、男の子と思われても仕方ない。幼い私はいつも髪を短くしていたし、兄ちゃんのおさがりを着て、乱暴な言葉を吐き、土まみれで走りまわっていた。

それにしても、毎日会うなかで自分の性別のことを話した気になっていたけど、実際はなにも伝えていなかったらしい。反対に淳さんが男の子だという話も聞いた記憶がなかった。

まさか、お互いに逆の性別だと思い込んでいたとは……

謝罪を重ねる彼に向かって、私はブルブルと頭を振った。

「あ、いいから謝らないで。こっちこそ、ごめん。本当は私もアカネのこと……女の子だと思ってた。しかも、あの、さっきまで」

彼は目を大きく見開き、ぐっと息を詰める。自分も誤解されていたと知るのは、さすがにショックだったらしい。

淳さんは気まずそうな顔で視線をそらして、取り繕《つくろ》うように咳払《せきばら》いを一度した。

「んー、まあ、うん。それは、俺がきちんと説明しなかったせいだから、仕方ないよ。名前も、格好も、女の子みたいだったしね」

確かにアカネを女の子だと信じていた理由は色々とある。けど……

「それだけじゃなくて、あの頃の淳さんはすごく可愛くて綺麗だったから。もちろん、いまも素敵だけど、アカネは儚《はかな》い美少女って感じで、男の子だとは思えなかった」

「そう言うなら、ユウキだって凛々《りり》しくて格好よかったよ。ずっと憧《あこが》れていた。離れ離れになったあと、俺はきみのようになりたくて、がんばってきたんだ。それがまさか、こんなに可愛くて美しい女性に成長しているなんてね」

まっすぐな褒《ほ》め言葉に、頬《ほお》が熱くなる。

しかし、淳さんはいったいどうやって、いまの私を探し出したんだろう。以前探した時には見つけられなかったと言っていたのに。

「どうして、あのユウキが私だって気づいたの？　手がかりはなかったんでしょ？」

「ああ、それはね。本当に偶然だったんだ。いや、運命と言っていいのかな」

淳さんはいたずらっぽい笑みを浮かべて、目線で私たちが座るベンチを指し示した。

「きっかけはここなんだよ。俺は前から時々この公園にきていてね。爺《じい》さんのところに顔を出した帰りとか、ちょっとした空《あ》き時間とか……ここに寄ってきみのことを考えていた。自分でもしつこいと思うけど、諦《あきら》めきれなくて」

そんなことはない、という意味を込めて、首を横に振る。

「淳さんが、ずっと私を探し続けてくれていてよかった。嬉しい」

素直な気持ちを伝えると、彼もうなずいてくれた。

「うん。それで、ある夜に、このベンチで別れ話をしているカップルを見かけたんだ。女性のほうは綺麗で凛《りん》としていて、ちょっと情けない男を叱《しか》り飛ばしていた。まるで昔のユウキと俺みたいだと思ってね。少し気になって見ていたら、男が女性に対して負け惜《お》しみを言い始めた。『夕葵なんて男みたいな名前だ』って――」

「……嘘」

思わず声が出る。

淳さんが話した男のことは、私もよく覚えている。別れ話もきちんとできないような、情けない元カレだ。あいつから呼び出されて、すごく曖昧《あいまい》な別れの言葉を向けられ、男なんだからはっきりしろと怒鳴《どな》り散らした。

そこに、淳さんがいたの？

だってあの夜この公園にいたのは、ウォーキング中の女性と、休憩《きゅうけい》中のサラリーマンだけで……

まさか、その男の人が淳さんだった？

まるで私の心の声に応えるように、彼が微笑《ほほえ》む。

「盗み聞きして、ごめんね。でも、そのおかげで、きみを見つけられた」

「そ、それなら、なんですぐに声をかけてくれなかったの!?」

つい責めるような言い方になってしまった。

もし、あの場ですぐに正体を明かしてくれれば、こんなにまわり道をしなくてすんだのに。淳さんがノッポなんじゃないかと疑って、悩むこともなかったはずだ。

私に疑問をぶつけられた淳さんは、恥《は》ずかしそうに視線をそらした。

「驚きすぎてなにもできなかったんだ。それに、ユウキがきみだという確証もなかった。あとは、少し怖くなってしまって」

「なにが？」

「……声をかけて、きみがユウキだと確認できても、俺のことを覚えているかはわからない。俺にとっては唯一《ゆいいつ》の親友だけど、きみにすれば三ヶ月いっしょに遊んだだけの人間だしね。しかも当時の自分は、情けなくて格好悪かった。だからこのまま会わずに、きみが幸せでいるかどうかを、こっそり調べるだけにしようと思ったんだ」

彼はそこで静かに目を伏《ふ》せて、ゆっくりと頭を振る。

「でも、無理だった。夕葵のことを知れば知るほど、ほしくてたまらなくなってしまったんだ。遠くにいる親友じゃ足りない。すぐ傍《そば》できみを愛して、愛されたいと思った」

「だから、うちのお父さんにお見合いを持ちかけたの？」

「そう。外で声をかけてもよかったんだけど、夕葵はそういう出逢いを嫌いそうだから」

淳さんの返事に大きくうなずく。

元カレで失敗したこともあって、見た目だけを重視するナンパ野郎は大嫌いだ。もし、どこかで淳さんに声をかけられたとしたら、うさんくさい男だと判断して拒否しただろう。

彼が最初から溺愛モード全開だった理由を知って、胸の奥がじわりと熱くなる。私は淳さんを調子のいい人だと思っていたけど、彼はただ純粋に愛情を向けてくれていたのだ。

淳さんはぐっと顔を寄せてきて、私の目を覗《のぞ》き込む。

「これで全部話したと思うけど、まだわからないことはある？」

「ん……あと、ひとつだけ。私、アカネに『格好悪い』なんて言ったことあった？」

昔の記憶だからうろ覚えな部分はあるけど、私がアカネに対して乱暴なことを言うはずがない。それだけは断言できる。

淳さんは少し考え込むようなそぶりをして、もう一度、首を横に振った。

「いや。俺に言ったというより、あれはきみの持論だと思う。西野くんから嫌がらせを受けていることを相談した時、夕葵は『負けっぱなしで逃げるのが格好悪い』って言ったんだ」

そんなことがあった……かもしれない……？

どうにもはっきり思い出せなくて、眉根を寄せる。私の表情を見た淳さんは、柔らかく微笑《ほほえ》んだ。

「無理に思い出さなくていいよ。夕葵はあたりまえのことを言っただけだからね。ただ、それまで負けたまま逃げ続けていた俺にとっては、人生の教訓になったんだ」

びっくりしすぎて、ぽかんとしてしまう。

いまの私もかなり単純だけど、幼い頃はもっと浅はかだった。そんな自分の何気ない言葉が、淳さんの人生に深くかかわっているなんて信じられない。

いくら役に立ったと言われても、嬉しいより不安な気持ちになった。

どうしたらいいのかわからず呆然《ぼうぜん》として見つめると、彼は私をなだめるように、ゆっくりと背中を撫《な》でてくれた。

「これは俺の問題で、夕葵はなにも悪くない。前にも言ったけど、自分のだめなところに気づかせてくれたきみに、すごく感謝しているよ。本気でね」

「……それなら、いいけど」

本当はいまいち納得できていない。しかし、彼がそれでいいと言うなら、不満に思うところじゃないんだろう。

「もう、質問はない？」

淳さんからあらためて問いかけられ、小さくうなずく。

全部、わかった。この公園でアカネと出逢い、引き離された理由。突然のお見合いのわけと、淳さんの正体。そして……彼が心の底から私を愛してくれていることも。

淳さんは「よかった」とささやいて、立ち上がる。帰るつもりなのかと思って見上げたけど、彼は私の正面に跪《ひざまず》いた。

服に砂がつくのも構わず、淳さんはじっと私の目を見つめてくる。

「淳さん？」

変な緊張感に包まれ、ドキドキしていると、彼はポケットからハンカチを取り出して私の膝《ひざ》に載せた。

ほんの少し膨《ふく》らんだ白いハンカチ。なかになにか入っているようだ。

ぼんやりと見返す私の前で、淳さんは丁寧に畳《たた》まれたハンカチを開いていく。そのなかから出てきたものに、私は目を瞠《みは》った。

「あ……」

空から降り注《そそ》ぐ日の光が、銀色の輪に反射してきらりと光る。

ゆるゆると視線を淳さんに戻せば、輝くリングよりまぶしい笑顔が飛び込んできた。

「……受け取ってくれるよね？」

差し出された指輪がただのファッションリングじゃないことは、私にだってわかる。

すぐに返事をしたいのに、胸が締めつけられてなにも言えない。出せない声の代わりに、涙がぽろぽろこぼれ落ちた。

淳さんは自分の手を私の両手に重ねて、強く握り締める。

「ごめん。本当はもっときちんと準備して、雰囲気のあるところで渡すべきだってことはわかってる。でもきみが俺のことを思い出してくれたから、いま、どうしても言いたい」

そこで一度、口をつぐんだ彼は、痛いほど強い視線を向けてきて……

「夕葵を愛してる。俺と結婚してほしい」

想像以上にまっすぐな言葉が、私の胸を打ち、震わせる。自分でもよくわからない熱い塊《かたまり》が心の奥からせり上がってきて、叫び出したいような気持ちになった。

「んっ、うん……うん……」

ギュッと目を瞑《つむ》って、何度も首を縦に振る。溢《あふ》れた涙でみっともない顔になっているのは気づいていたけど、拭《ぬぐ》うこともできない。

淳さんはまるで宝物を扱うように私の右手を捧げ持ち、薬指にそっと指輪を通した。

リングの頂点に飾られたダイヤモンドが強く輝く。

その煌《きら》めきが淳さんの愛情を表しているように思えて、また瞳が熱く濡《ぬ》れた。

「私も、淳さんを愛してる……！」

彼の胸に飛び込むようにして抱きつく。ちょっと勢いがつきすぎたのか、私を受け止めた淳さんが大きく仰《の》け反《ぞ》り、尻餅をついた。

私も地面に膝《ひざ》をついて、しっかりと抱き合う。

間近でクスッと笑う声が聞こえたので顔を上げると、淳さんが私の足元を見て苦笑していた。

「ごめん。やっぱりここで言うのはやめておくべきだったね」

つられて自分の足を見れば、穿《は》いているパンツと靴が砂で汚れている。淳さんのスーツもひどい有様《ありさま》だ。まるで子供みたい。

彼の顔を覗《のぞ》き込んで、大きく首を左右に振る。

「ううん、いいの。ここがいいの」

おしゃれな雰囲気なんていらない。ロマンチックじゃなくたって、ふたりで砂まみれになったって、私はこの場所がいい。

なんてことない町中《まちなか》の児童公園。

だけど私にとっては、かけがえのない人と出逢えた、大切な場所だから。

私を公園から連れ出した淳さんは、以前、お見合いをしたホテルに向かうと言った。なんで急にあそこへ行きたがるのか疑問だったけど、結婚式場の下見に行くつもりらしい。気が早いというか、なんというか……

彼が電話でサキさんに「遅くなるだろうから、そのままホテルに泊まる」と伝えているのを聞き、いまさらだけどすごく照れくさくなってしまった。

ホテルに着くと、淳さんはすぐ部屋に向かった。彼はなにも言わなかったけど、一度、身支度《みじたく》を整えるつもりなのかもしれない。

公園でついた砂汚れはだいたい払い落としたものの、きちんと取りきれているかは疑問だ。きっと脱いで確認したいのだろう。

淳さんに手を引かれ、高層階へいざなわれる。

部屋の手配はすべて彼に任せていたから、どんなところかはわからない。でも、なんだかすごくグレードが高そうな……

オロオロしているうちに、目的の部屋に着いてしまった。

淳さんが先に入って、灯《あか》りをつけてくれる。彼に続いた私がお礼を言おうとしたところで、突然ドアに背を押しつけられてキスされた。

「んんっ!?」

私が呻《うめ》くのと同時に、淳さんの持っていた荷物が床に落とされる。

部屋の内装を確認する暇も余裕もない。どういうことかと聞こうとしたけれど、すかさず口のなかに入ってきた舌に封じられた。

「……んぅ、は、ぁ……」

淳さんは私に喰《く》らいつくみたいに深く口を合わせて、頬《ほお》の内側、上顎《うわあご》、舌の裏側、歯列《しれつ》まで、すべてを舐めつくした。

ふたりの舌が絡み合い、かすかな水音を立てる。

彼の舌が粘膜《ねんまく》を撫《な》でるだけで、首のうしろがざわざわする。

少しくすぐったいような、熱っぽい痺《しび》れ。不快と紙一重の快感にさらされ、私は吐息をこぼした。

どうしよう、気持ちいい……

激しくはないけど、身体の深い部分にじわりじわりと熱が溜まっていく。そこから甘い疼《うず》きが湧き上がるのを感じて背中を震わせた。

淳さんは一度唇を離して、私の左耳に口づけた。

形を確かめるように舌先で耳殻《じかく》をなぞり、耳たぶを甘噛みする。なかの浅いところに舌を挿し込むようにして舐め上げ、唇を押し当ててきた。

「はっ、あ、やぁ……なんで……？」

体内の熱が高まり、息が上がる。

首に感じるぞくぞくした痺《しび》れは無視できない強さになっていた。

淳さんは私の耳に口をつけたまま、小さく笑う。

「……なにが、なんで？」

色っぽい声が耳から流れ込み、脳を直接揺さぶられているような錯覚を起こした。

「ん、だって……結婚、式場、の……下見、は……」

カタカタと震えながら、やっとのことで疑問を口にする。

彼は私の耳のうしろを強めに吸い上げ、もう一度低く笑った。

「あれは、ついでの理由。本当は夕葵とこういうことをしたくて、ここにきたんだよ。家では昼間から抱き合うなんてできないでしょう？」

「え……」

「サキさんに俺たちの仲のよさを教えてあげるには、いいかもしれないけどね。さすがにきみが嫌がるかと思って」

確かに昼はサキさんが屋敷のあちらこちらを掃除したり、手入れしたりしている。

山名家の洋館は近代的な建物と違って遮音性《しゃおんせい》が低いし、天井が高いからか音がよく響くのだ。たとえ部屋から出なくても、近くを通りかかれば、なかでなにをしているか知られてしまうだろう。

「や、やだ。恥《は》ずかしい……」

想像してみただけでも居《い》たたまれなくて、ブルブルと頭を振る。

淳さんは私の耳から首筋へと舌を這《は》わせ、首の付け根にチュッと吸いついた。

「ここも絶対に大丈夫とは言えないけど、ドアの前で止まって聞き耳を立てる人がいなければ平気だよ。……だから、いっぱい乱れてみせて？」

つけ足された言葉に息を呑む。

いまのはたぶん、いつも以上に激しくするという意味だ。

少し怖いような気持ちが湧き上がる。普段だってわけがわからなくなるくらい苛《さいな》まれるのに、さらにひどくされたらどうなってしまうんだろう。

心がキュッと縮み上がり、鼓動に合わせて震える。でも一方で、いたぶられることを期待している私もいて……

「ん、ぁ……淳さん……」

無意識に、彼を誘うような声が出た。いやらしい欲にまみれているのが、自分でもわかる。

淳さんはなにも答えずに、私のシャツの裾《すそ》から手を入れ、インナーごとたくし上げた。

そのまま、子供のようにバンザイをさせられる。てっきり服を脱がせてくれるんだと思ったのに、淳さんはシャツを私の手首のところまで押し上げて、ぐるぐると巻きつけてしまった。

「あ。手が……」

縛られているわけじゃないから痛くないし、全然動かせないこともない。ただ服が邪魔で両手が三十センチくらいしか開けなくなっただけ。

それでも、自由を奪われているという意識が、私の体温を上げた。

淳さんはブラも外して、たくし上げた服といっしょにまとめてしまう。ますます手が動かせなくなったように感じて溜息を吐くと、優しく頬《ほお》を撫《な》でられた。

「夕葵の顔、すごく赤い。実はこういうの好き？」

「そ、そんなわけ、ない」

心のなかで「絶対に違う！」と叫んで、首を左右に振る。けど、理性とは逆に私の欲望はひどくたぎっていた。

淳さんは私の本心を見透かすようにクスッと笑い、今度は右耳にキスをする。

「ごめんね。いまだけは抵抗しないで、全部受け入れてほしいんだ。……あとは、まあ、脱いだ服を置くところがないから、ちょっとそのまま持っていて」

冗談めかした彼の言葉で、ふと我に返る。淳さんの肩越しに室内を見まわせば、私たちがいるのは部屋のなかへ続くエントランスのような場所で、奥には広めのリビングルームがあった。ここからではわからないけど、さらに奥がベッドルームだろう。

やっぱりハイグレードの部屋だったと気づくのと同時に、エントランスで胸をさらしていることに激しい羞恥《しゅうち》を覚えた。

「や、恥《は》ずかしい。淳さん、ベッド行きたい……」

身をよじってお願いする。しかし、彼は私の言葉を無視して、鎖骨《さこつ》の窪《くぼ》みに唇をつけた。

「ね……淳さん。ここは、ちょっと」

拒否の言葉を重ねると、骨が浮き出た部分に軽く歯を当てられる。痕《あと》がつくほどではないけど、キリッとした痛みが走った。

「あんっ！」

「だめ。これ以上は我慢できないし、このままここでよくなる夕葵が見たい」

「なっ」

彼の卑猥《ひわい》な希望に、声を失う。ますます恥《は》ずかしさがつのり、ドキドキが加速した。

淳さんは私の胸元に顔を埋《うず》めて、柔らかい部分をつつっと舐める。

一気に皮膚が粟立《あわだ》ち、膨《ふく》らみの先端《せんたん》が硬く尖《とが》っていくのを感じた。

これまでの触れ合いですっかり彼の愛撫に慣らされてしまっているから、まだなにもされていないのに乳首がじんじんしている。そこはめいっぱいに存在を主張して、早く触って舐めて気持ちよくしてほしいと叫んでいた。

淳さんは私の薄い乳房を、手で撫《な》で上げるようにして包み込み、はあっと溜息を吐く。

「こんなに震えて、可愛いね。しかも、もう真ん中が膨《ふく》れて硬くなってる」

いやらしいと指摘され、ピクッと身体が跳ねる。実際、快楽を期待していた私は、なにも言えずに唇を噛んだ。

彼の大きな手が膨《ふく》らみ全体をやわやわと揺らし、人差し指と中指の間に尖《とが》りを挟んで刺激してくる。少しもどかしいくらい優しくされているのに、甘い感覚が全身に広がった。

「あ、はぁ、あ……」

「気持ちいい？」

わかりきったことを聞いてくる淳さんが、少し憎《にく》らしい。でも、感じているのは事実だ。

恥《は》ずかしさをこらえてうなずくと、彼は嬉しそうにふふっと笑った。

「素直な夕葵はたまらないな。強がりを言うきみも好きだけどね」

不意打ちのように愛の言葉を向けられ、顔に熱が集まる。胸の奥が大きく揺れた。

「私も……淳さんが、好き」

震える心のままに声を出す。

一瞬、動きを止めた淳さんは、空《あ》いているほうの蕾《つぼみ》に思いきり吸いついた。

「ああっ!!」

いきなり鋭い感覚が突き抜け、声が裏返る。反射的に仰《の》け反《ぞ》り、ギュッと手を握り締めた。

気づけば、胸を突き出すような格好になっていた。わざとじゃないし、恥《は》ずかしいから離れたいのに、乳首から響く快感が抵抗する力を奪っていく。

淳さんは唇をすぼめて尖《とが》りを吸い上げながら、てっぺんの部分を舌先で擦《こす》った。充血して過敏《かびん》になったそこは、ビリビリと痺《しび》れる。

もう片方の膨《ふく》らみは、手のひらで押し潰《つぶ》すようにして捏《こ》ねられていた。彼の硬い皮膚に中心が擦《こす》れて、こちらはゾクゾクした震えを呼び起こす。

異なる刺激を同時に与えられ、私は身を強張《こわば》らせて喘《あえ》いだ。

「あ、あー、あっ……やあぁ……」

両方の乳房が火照《ほて》って、頭までぼーっとしてくる。

さんざん胸をいじり倒した淳さんは、次に唇と手の場所を入れ替えて、同じように愛撫を始めた。

「やっ、もう、だめ……もう、そこはいいからぁ」

泣き言と変わらない言葉を吐き出して、ブルブルと首を左右に振る。本当は手で押しのけて止めたいけど、服が巻きついているせいでうまくいかなかった。

胸の膨《ふく》らみに与えられる快感は、まるで電流のように激しく速く全身へと伝わっていく。それは私のお腹の奥を熱く潤《うる》ませていた。

じんじんして気持ちいい……でもまだ足りない。

このまま胸をいじられ続けたら、きっとイッてしまう。もちろんそれは涙が出るほどいいはず。だけど、浅ましい私の身体は、さらに深い快楽を求めていた。

太腿《ふともも》をしっかりと閉じて、足を擦《こす》り合わせる。ショーツのなかに生温かいものが溢《あふ》れるのを感じたけど、気にせず腰を揺らした。

「あっ、あ、淳さん……っ」

「ん、どうしたの？」

胸元から顔を上げた彼が、不思議そうに見つめてくる。

私がなにを望んでいるのか、淳さんは気づいているに違いない。でも、とぼけているんだろう。

中途半端に焚《た》きつけられた身体は、先を期待して震えている。胸だけじゃなくて、もっと下のほうの敏感《びんかん》な場所に触ってほしい。

いやらしい想像が次々と湧き出て、ますます体温が上がっていく。

「はぁ、はぁ……ん、あぁ」

「夕葵？」

やっぱり淳さんは知らんふりをしている。

愛撫の続きを急《せ》かすように、下腹部がうねった。

我慢が限界を超え、羞恥《しゅうち》を覆《おお》い隠す。私は大きく喘《あえ》いで、欲にまみれた瞳を淳さんに向けた。

「淳さ……もっと、して……下も、いじってぇ」

自分のものとは思えないくらい甘ったるい声を出して、いやらしい行為をねだる。それがまた官能を煽《あお》り、頭を痺《しび》れさせた。

淳さんは少しいじわるな笑みを浮かべて、首をひねる。

「下を、どんなふうに？」

「あぁっ。直接、触って……指で擦《こす》って……」

「それだけ？」

彼は質問を続けながら、慣れた手つきで私のパンツのウエストをゆるめて、なかに手を挿し入れてきた。ひんやりした手の感触に、ビクッと身体が跳ねた。

淳さんの手は私が望んだとおりに秘部へと到達し、表面を擦《こす》る。

そうされると乳房で感じたものとは違う気持ちよさが広がっていく。しかし、まだまだ足りなかった。

私は大きく首を左右に振って、足の付け根を彼の手に押しつけた。

「もっと、強く……気持ちいいとこ、ぐりぐりして……なかも……」

「夕葵はエッチで、わがままだね」

淳さんはクスクスと笑って、私の割れ目を開き、内側に指先を入れてくる。形を確認するように全体をゆっくりと撫《な》でたあと、前側にある敏感《びんかん》な突起《とっき》を捕らえた。

「ぐりぐりされたいのは、ここ?」

「う、あ」

そこに指を当てられただけでも、チリッと痺《しび》れが走る。

一瞬、恥《は》ずかしさが戻ってきたけど、無視してうなずく。

淳さんは膨《ふく》らんだ粒を押し込み、円を描くように捏《こ》ね始めた。

「あ、あ、あっ……!」

くすぶっていた快感が、一気に噴き上がる。たまらずに背を反《そ》らせば、待ちかまえていたように乳首を摘まれた。

淳さんは片方の手で胸の尖《とが》りを刺激しながら、もう一方で下半身に当てた手をせわしなく動かす。親指で割れ目を押しのけて肉芽をなぶり、中指を秘部の奥へと挿し入れてきた。

彼の指はなかの浅いところを掻《か》きまわし、染み出した蜜を溢《あふ》れさせる。すっかり濡《ぬ》れた秘部は、なにをされてもぐちゅぐちゅと卑猥《ひわい》な音を立てた。

いやらしい水音と自分の喘《あえ》ぎが聞こえて、耳まで熱くなる。

攻められ続けている乳首、秘部、そしてそのなかの全部が気持ちいい。異なった場所から与えられる快楽は、お腹の奥深くで一塊《ひとかたまり》になり、私を呑み込もうとしていた。

腰から下がガクガク震えて、視界が白くかすんでいく。自分が達しそうになっていると気づいて、淳さんに目を向けた。

「もう、もう、イッちゃいそ……なの。あ、だめ……っ」

「うん。夕葵のなか、すごくうねってる。俺の指に吸いついているの、わかるよね？」

淳さんはどこかうっとりとした表情で、いやらしい指摘をしてくる。

あまりの恥《は》ずかしさに、私は頭を振った。

「や、あぁ、言わな……で」

私の秘部が彼の指に絡みつき、締めつけていることには気づいていた。けど、認めたくない。

すうっと目を細めた淳さんは、私の秘部に当てていた手を一度離したあと、改めて奥に分け入ってきた。今度は指を二本まとめて。

なかをぐっと拡げられ、下腹部がわななく。内壁を擦《こす》る感覚が激しさを増して、自然に涙が溢《あふ》れた。

「はあぁ、あー、あっ」

もう意味のある言葉が出てこない。開けっ放しの口から唾液がこぼれ落ちる。

淳さんは私の口の端《はし》をべろりと舐め上げて、クッと笑った。

「夕葵、イッてみせて」

淫靡《いんび》なささやきに合わせて、内側の一番弱いところを指先で強く押される。お腹の裏側にある快感の源を圧迫されたことで、私は一息に昇《のぼ》り詰めた。

「あああぁあ――――っ!!」

強張《こわば》る身体から押し出されるように、叫びがほとばしる。

限界まで硬直したあと力が抜けたところで、淳さんに抱きかかえられた。

いっさい抵抗できないまま、奥の寝室へと運ばれていく。

絶頂の余韻《よいん》で全身が震えている。激しい鼓動と呼吸に苛《さいな》まれているせいで、なにもわからない。

気づけば広いベッドの上に横たえられ、服を剥《は》ぎ取られていた。

淳さんは私を一糸まとわぬ姿にしたあと、自分も服を脱いでいく。スーツの下から現れた筋肉を眺《なが》め、うっとりしていると、彼は困ったように微笑《ほほえ》んで首をかしげた。

「……ちょっとは格好よくなれたかな？」

「え？」

なにを言われたのかわからなくて、ぼんやりと聞き返す。

淳さんは自分の胸元をこぶしでトントンと叩いた。

「いつかきみと再会する時のために、身体を鍛《きた》えていたんだよ。子供の頃の俺はひょろひょろだったから、ユウキに負けないくらい立派な男になったところを見せたくてさ。まあ……プロレスラーのようにはなれなかったけど」

彼の言葉に目を瞠《みは》る。

そういえばお見合いの時、淳さんが「強くなったところを見せたかった」というようなことを口走っていた。

目の前の綺麗な筋肉が一朝一夕《いっちょういっせき》にできあがるものでないことは、よくわかっている。

淳さんは、どこにいるのか定かじゃない私のことを、ずっと想っていてくれたんだろう。それが恋愛感情ではなく、親愛の気持ちだったとしても、嬉しくて胸が熱くなった。

まだ少しふらふらする身体に力を込めて起き上がり、両手を伸ばす。そして、すべてを脱ぎ捨て生まれたままの姿になった彼に、抱きついた。

「すごく格好よくて、ドキドキしてるよ。大好き」

「夕葵……」

優しく名前を呼ばれ、心のなかに喜びが溢《あふ》れる。それは強い愛情に変わり、私の胸を苦しくさせた。

愛おしくて、好きすぎて、この想いをどう表したらいいのかわからない。

感情に押し流された私は、夢中で淳さんに口づけた。

さっき受けたキスを真似《まね》るように、唇を触れ合わせ、舌を絡める。同時に彼の胸を撫《な》でて、腹筋から足の付け根へと手を這《は》わせた。

真ん中にそそり立つ男性の証《あかし》を優しく握って扱《しご》くと、ピクッと淳さんの肩が震えた。

自分から手を出すなんて、すごくいやらしくてくらくらする。でも、淳さんにも気持ちよくなってもらいたい。

私が触る前から硬くなっていたそれは、手のなかで痙攣《けいれん》しながらさらに大きさを増した。

熱くて、太くて、卑猥《ひわい》なのにどこか可愛い。

このままイッてほしくて手の動きを速める。けど、横から伸びてきた淳さんの手に止められた。

唇を離して、彼の顔を覗《のぞ》き込む。

「淳さん？　これ、嫌？」

「……気持ちいいし、嬉しいけど、シャワー浴びてないから……」

目元を赤く染めた淳さんは、少し苦しげな顔で小さく首を横に振る。呼吸が浅くなっているところが、ひどく艶《なま》めかしい。

もっと淳さんの色っぽいところが見たくて、手のなかのものをキュッと握り締めると、軽く睨《にら》まれた。

「だめだよ、夕葵。汚れるから離して」

「やだ、したい。別に汚くないし、淳さんだって、さっき私に触ったでしょ」

私だって淳さんと同じように、シャワーを浴びていない。それなのにエントランスで秘部をさんざんいじられて、蜜を溢《あふ》れさせ、彼の手をたっぷり濡《ぬ》らした。

淳さんは「男と女では事情が違う」とか、よくわからないことをぶつぶつ言ってる。だんだん面倒くさくなってきた私は、強引に身を屈めて彼の先端《せんたん》を舐めてやった。

「うわっ、夕葵……！」

驚く声と同時に、彼の抵抗がゆるむ。ここぞとばかりに素早く手を動かすと、淳さんがぐっと息を詰めた。

彼の中心は硬く膨《ふく》らんで小刻みに震えている。まるで発熱しているように熱くなっていて、てっぺんから透明の雫《しずく》が染み出ていた。

はっきり言ってちょっとグロテスクな形をしている。けど、彼の一部だと思うと愛らしく感じるから不思議だ。

淳さんのものを見つめて刺激しているうちに、だんだん私もおかしな気持ちになってくる。お腹が熱く疼《うず》いて、秘部がヒクヒクし出した。

……これ、ほしい。奥に。

本能に引きずられ、意識が淫《みだ》らに染まっていく。たまらずに身をよじると、淳さんの手が私の腰をするりと撫《な》でた。

「夕葵の腰、揺れているよ？」

「あ……だ、だって……！」

言い訳にもならないことを口にして、ブルブルと首を左右に振る。

はあっと熱っぽい溜息を吐いた淳さんは、私を支えて抱き起こした。

彼のものに触れていた手が離れてしまう。淳さんはこれ以上の行為を拒《こば》むように、私の両腕を自分の肩の上に導《みちび》いた。

ベッドの上に座った淳さんに、膝立《ひざだ》ちをした私が抱きつく格好になる。

彼は私の頬《ほお》に軽くキスをして、ベッドの端《はし》に置いていたスーツのポケットから避妊具を取り出した。

「きみに触られるのもたまらなく気持ちいいけど、いまはなかでイキたい。夕葵もいっしょによくなりたいでしょう？」

とっくにバレているとわかっていても、図星を指されるのは居《い》たたまれない。なにも答えられず頬《ほお》を染めて視線をさまよわせているうちに、淳さんは準備を終えてしまった。

我に返ると、彼の手が私の太腿《ふともも》をさすっていた。愛撫とは違うと気づいて目を向ければ、熱っぽい視線を返される。

「……このまま、俺の上に乗って」

淳さんが望んでいることを察して、言葉を失う。下腹部のうねりが一層激しくなり、こくんと唾を呑み込んだ。

どうしよう、恥《は》ずかしい。でも、淳さんを気持ちよくしてあげたい……ううん、本当は私がよくなりたい……

「夕葵」

促《うなが》すように名前を呼ばれて、ゆるゆると足を動かす。緊張で胸の奥が痛くなり、呼吸が乱れる。

私は呆《あき》れるほどゆっくりとした動作で彼の両足を跨《また》いだ。

淳さんは両手で私の腰を掴《つか》み、自分のほうへと引き寄せる。いざなわれるまま身を寄せると、秘部の中心に硬いものが触れた。

「あ……」

太くて温かいそれがなにかは、確認しなくてもわかってる。

とっさに身を縮めた私を、淳さんはゆらゆらと前後に揺らした。

触れ合ったままの私の割れ目と、彼の先端《せんたん》が擦《こす》れて、粘ついた水音が立つ。表面を撫《な》でられているだけなのに甘い感覚が広がり、私は淳さんの肩を強く掴《つか》んだ。

いやらしい場所を擦《こす》り合わせて快楽を得ていることに、頭が痺《しび》れる。

「や、それ、だめ……また、イッちゃう、からぁ」

首を横に振って拒否すると、淳さんは私の腰に当てていた右手を下に滑《すべ》らせ、秘部を指で確認し出した。

「ああ、本当だ。こんなに濡《ぬ》れて、熱くなって……入れただけでイクかもしれないね？」

「そんな……」

いじわるな指摘が、さらに官能の炎を激しくする。

淳さんは指で割れ目の奥の襞《ひだ》を開き、内側の窪《くぼ》みに自身を押しつけた。硬い楔《くさび》をなかへねじ込むように揺らしながら、左手で私の腰を撫《な》でた。

「そのまま、下りてきて。座るみたいに」

彼の言うとおりに腰を下ろしていく。思考が麻痺《まひ》していて、抵抗する気も起きない。しっかり濡《ぬ》れているはずなのに、ものすごい圧迫を感じた。

もどかしいくらいゆっくりと彼を受け入れる。先のくびれている部分まで呑み込んだところで、淳さんの指が秘部の突起《とっき》を弾《はじ》いた。

「ひあぁっ！」

突然の刺激に悲鳴《ひめい》が飛び出す。私は彼の肩に爪を立てて、仰《の》け反《ぞ》った。

「あ、いやぁっ、だめぇ、淳さ……だめ……あ、あっ！」

髪を振り乱して頭を振ったのに、淳さんはお構いなしで敏感《びんかん》な肉芽をくりくりと捏《こ》ねまわす。激しい痺《しび》れが太腿《ふともも》に伝わり、身体を支える力を奪っていった。

重力に従って、ずるずると腰が落ちていく。身体の中心を貫かれ、最奥に彼がぶつかった瞬間、私は高みに押し上げられた。

「んんぅ――……！」

淳さんの首もとに額を擦《こす》りつけて声を上げた。

全身の筋肉が強張《こわば》り、呼吸もままならない。閉じた瞼《まぶた》の裏は真っ白、耳は激しい心臓の音以外、なにも聞こえない。身体中の神経がビリビリしていて、どこもかしこも熱く火照《ほて》っていた。

酸欠のせいなのか、頭がぼーっとする。まぶしい世界のなかで、なすすべもなくたゆたっていると、鼓動音の向こうにかすかな淳さんの声が聞こえた。

「ごめんね」

唐突《とうとつ》な謝罪で意識が浮上する。重い瞼《まぶた》を必死で上げて、どういうことか聞こうとしたけど、質問する前にお腹の奥を突き上げられた。

「ひっ！」

鈍い痛みと泣きたくなるような強い快感に襲われ、目を見開く。

気づけば淳さんはいつの間にかあおむけで横になっていて、うつぶせで重なる私の身体を強引に持ち上げては、腰を打ちつけていた。

「やっ!? あ、なに……ああんっ！」

淳さんは私の混乱を無視して、下半身を動かし続ける。硬く張り詰めたものを私のなかに深く挿し込んで、小刻みに抜き挿しした。

滴《したた》るほど蜜にまみれた秘部を掻《か》きまわされ、ぬちゅぬちゅと音が立つ。激しい抽送《ちゅうそう》ではないけど、彼のもので奥を押されるとおかしくなりそうなほど気持ちいい。

全身が揺れるのに合わせて、胸の頂《いただき》が淳さんの皮膚に擦《こす》れるのもたまらなかった。

「あぁ、いやぁっ……奥、熱いの、気持ちいぃ……！　あ、やだ、またイク――っ」

間を置かずに昇《のぼ》り詰めたせいで、生理的な涙が溢《あふ》れ出る。

瞳にギラギラした光を宿した淳さんは、無言で律動《りつどう》を続けた。

私の内壁を擦《こす》り上げるように、自身を引き抜いては押し込む。一番深い場所に分け入った彼は、繋《つな》がったまま私の腰を掴《つか》んで前後に強く揺すった。

お互いの秘部を擦《こす》り合わせることで、外の敏感《びんかん》な芽は皮膚に挟まれて捏《こ》ねられている。しかもなかの気持ちいい場所は硬く太い楔《くさび》で圧迫される。最奥もぐりぐりと押し上げられて、激しい快感が噴き出した。

「あ、あああぁ――っ!!」

何度も快楽の果てに連れていかれ、わけがわからなくなる。

自分でも覚えていられないくらい立て続けに達して、意識が遠のきかけた頃、淳さんがギュッと顔をしかめた。

彼は私の腰を掴《つか》んでいた手を背中にまわし、荒っぽい仕草で抱き締めてくる。ちょっと苦しいくらい強く腕に力を込めて、うわ言のように「好きだ」と繰り返した。

しばらくすると、私のなかで淳さんがはぜる。被膜に阻《はば》まれていても、彼の熱がほとばしるのを感じた。

「……夕葵、愛してる……！」

淳さんの情熱的な言葉に、心のなかでうなずく。本当は私も愛していると言葉を返して、キスしたい。けど、何度もイッて、ひどく喘《あえ》ぎ続けていた喉《のど》は、ビリビリ痺《しび》れて声が出せなくなっていた。

だから彼の胸に頬《ほお》を寄せて、目を閉じる。

淳さんの心臓が私のものと同じくらいドキドキしているのを感じて、胸元にそっと口づけた。たとえ直接声に出して伝えられなくても、私の心に満ちる想いが届きますようにと願いながら。

8

淳さんの秘密と、昔の姿を知った私は、彼にうちのお母さんが結婚に反対していることを打ち明けた。

内緒のまま解決するのは簡単だけど、フェアじゃないと思ったから。

淳さんは私といっしょに実家へ行って、うちの両親に自分の過去をすべて打ち明けてくれた。

事情を知ったお母さんはもちろん納得して結婚賛成派に戻り、お父さんはすっかり淳さんに同情して男泣きしていた。

……ちなみにそのあとのお父さんは「つらいことは酒を呑んで忘れるに限る」とかなんとか言って酒盛《さかも》りを始め、酔い潰《つぶ》れてお母さんに蹴飛ばされた。まあ、いつものことだけど。

お母さんに拉致《らち》されていたブラッドは、無事に私の手元に戻ってきた。というより、実は最初からなにもされていなかったらしい。

淳さんになにかしらの秘密があることを知ったお母さんは、恋で目が曇っている私に活を入れるために、ブラッドのＤＶＤを引き合いに出したそうだ。

もともと私のクローゼットにしまわれているのは知っていたものの、本気で手を出す気はなかったようで、そのまま放置されていた。

すっかりお母さんに騙《だま》されて、自分の部屋を確認しなかった私が悪いんだけど、なんだか悔《くや》しい。

淳さんの秘密が明かされたら、お母さんが私に謝るという約束は、結局、果たされなかった。

お母さんは「一度した約束を破るわけにはいかない」と土下座する気まんまんだったけど、いきさつを知った淳さんに止められたのだ。

彼曰《いわ》く、今回の件はすべて隠し事をしていた自分の責任だという。

必死でお母さんを説得する淳さんの姿に、私の怒りと苛立《いらだ》ちもしぼんで、最終的にはどうでもよくなってしまった。

そうして、みんなから祝福された私と淳さんは、あらためて結婚に向けて歩き始め——一年が過ぎた。

そして今日は、私たちの結婚式。新郎新婦のために用意されたブライズルームで、私は約束の時間がくるのを待っていた。

この一年間、今日のために準備をしてきたのだし、早朝から着付けにメイクにとがんばったのだから、いまの自分は完璧な花嫁に仕上がっているはずだ……けど、やっぱり不安が拭《ぬぐ》いきれなくて、姿見を覗《のぞ》いた。

淳さんと話し合って決めた、純白のウェディングドレス。

背が低くて童顔な私に合わせた、ちょっと甘めのAライン。だけど、内面の活発なところも取り入れたいという淳さんの意見で、トレーンは短めにしてもらった。

ヘッドドレスはシンプルなティアラにして、髪はそのまま下ろしてある。これも、私の黒髪が風になびくのを見たいらしい淳さんの希望だ。

鏡に映る私は、普段のがさつな姿からは想像がつかないくらい、清楚な女性に見える。

……いまの私、けっこう綺麗だし、大丈夫だよね?

心のなかで誰にともなく問いかけて、もう一度、鏡に目を向ける。この姿を一番見せたい相手である淳さんは「夕葵の支度《したく》ができあがるまで他の準備をする」と言って、かなり前に出ていってしまった。

ヘアメイクの担当者さんが呼びにいってくれたから、そのうち戻ってくるとは思うけど、他の準備っていったいなんだろう。

どうにも釈然《しゃくぜん》としなくて首をひねっていると、ドアをノックする音が響いた。

私が返事をするより早くドアが開けられ、誰かが入ってくる。

「ちょっとお邪魔するわよ。……って、あら、ずいぶんとうまく化《ば》けたじゃないの。イモくさくても磨《みが》けば光るのね」

てっきり淳さんだと思っていた私は、女性特有の高い声にびっくりして振り返る。身体を反転させた拍子に、ドレスの裾《すそ》がふわりと広がった。

「鴻子さん……!?」

声と台詞《せりふ》で誰なのかはわかっていたけど、実際に彼女の姿を見てまた驚く。

意地っ張りでプライドの高い鴻子さんは、私と淳さんが結婚しても、自分の家族だとは思わないと宣言していた。私たちの結婚式も「サキと邦生からいっしょに参列してほしいとお願いされたから、しぶしぶ顔を出すだけよ」と理由をつけて、ツンツンしていたのに。

まさか結婚式当日にブライズルームまできてくれるなんて……

なんだか嬉しくて、つい頬《ほお》がゆるんでしまう。

私の表情を見た鴻子さんは、思いっきり頬《ほお》を膨《ふく》らませて、ぷいっと顔を背《そむ》けた。それが彼女の照れ隠しだということは、もうわかってる。

「なによ、にやにやして！　こ、これは、あれよ。サキに言われてきただけだし、設楽家の代表としては、控《ひか》え室に顔を出さないわけにいかないでしょ!?」

鴻子さんはよくわからない言い訳をひねり出して、喚《わめ》き始めた。恥《は》ずかしい気持ちが怒りに変換されたらしい。

相変わらずの不器用さに、また微笑《ほほえ》ましくなる。

むくれる鴻子さんを前ににこにこしていると、彼女のうしろから淳さんが顔を覗《のぞ》かせて眉を上げた。

「あれ、姉さん。どうしたの？」

いきなり声をかけられた鴻子さんは、ビクッと肩を震わせて飛び上がり、振り返りざまにまた声を張り上げた。

「なんでもないわよっ。私がこんなところまでお祝いしにきたとか、勘違いしないでよね！」

「ああ……うん」

淳さんは笑いたいのを必死でこらえているらしく、微妙な表情でうなずく。

それがますます気に入らなかったのか、鴻子さんは少し黙り込んだあと、ハンドバッグのなかから封筒を取り出して、淳さんに突きつけた。

「これ、お母様から預《あず》かってきたのよ。昔の謝罪と、結婚のお祝いらしいわ。どうせ、あなたたちのことだから、現金《げんきん》とか物よりこういうのがいいんでしょ」

「え。ありがとう……？」

淳さんが不思議そうにしながら受け取ったのは、ちょうどハガキが入るくらいの白い封筒だ。

鴻子さんはそれを押しつけると、部屋の入り口まで行って、私たちのほうを振り返った。

「……昔、お母様が浮気調査のために興信所を使っていた時、報告書のなかに交じっていたものだそうよ。出所はろくでもないけど、あなたたちには思い出になるんじゃない？」

最後に彼女は「気に入らなかったら捨ててちょうだい」と言い置いて、部屋を出ていった。

鴻子さんを見送った淳さんは、ふうっと息を吐いて私に近づいてくる。

私のドレスに合わせた、白のタキシード。小物まですべて白で揃《そろ》えたスタイルは、中性的で色白な彼にすごくよく似合っていた。

衣装合わせの時に何度か見ているけど、いつも見惚《みと》れてうっとりしてしまう。

私の視線に気づいた淳さんは、とろけるような笑みを返してくれた。

「夕葵はいつも綺麗で可愛いけど、今日は特別に素敵だ」

「……淳さんも、だよ」

普段なら照れてオロオロしちゃうような台詞《せりふ》も、この状況では気にならない。彼に顔を寄せて微《ほ》笑《え》むと、額にそっとキスされた。

私たちが寄り添うのに合わせて、淳さんの手のなかにある封筒が、かさりと音を立てる。彼は首をひねって封筒の表裏を繰り返し確認した。

「なんだろうね。思い出になるものって言っていたけど、なにも書いていないな。開けてみようか」

そう言うなり、淳さんは封筒を開ける。なかを覗《のぞ》き込んだ彼は「あっ」と短く声を上げて、固まってしまった。

「淳さん?」

いったい、なにが入っていたんだろう?

不安になって淳さんの顔を覗《のぞ》き込む。

彼は苦笑いを浮かべ「大丈夫」と言うように、ゆっくりと頭を横に振った。

「まったく、信じられないね。こんなものが残っていたなんて」

淳さんはクスクス笑いながら封筒に入っていた薄い紙を取り出し、私に向かってかざす。それはL版サイズの古い写真で……

「嘘」

目にした瞬間、驚きの声が出る。

写真には、ふたりの子供が写っていた。

あちこち錆《さ》びた滑《すべ》り台の脇ではにかむ少女と、階段に座ってバカ笑いしている薄汚れた少年。

その滑《すべ》り台がどこの公園にあるもので、可愛らしい少女が実は男の子だったこと、土まみれで笑う少年のような女の子が十五年後のいまここにいることを、私は全部知っていた。

淳さんが自分の額に手を当てて、溜息を吐く。

「姉さんには伝えておいたほうがいいと思って、俺たちが出逢った時のことを話したんだけど、まさかこうくるとは……」

彼の言葉にうなずいて、写真のなかのユウキとアカネにそっと指を這わせた。

ふいにツンと鼻の奥が痛んで、目の前の景色が滲《にじ》んでいく。こぼれそうになった涙を、淳さんが指で拭《ぬぐ》ってくれた。

「まだ泣くには早いよ？」

「だ、だって、こんなの見せられたら……」

涙をこらえるためにまばたきを繰り返しながら言い訳をする。

淳さんは慎重な手つきで写真を封筒に戻して、優しく笑った。

「姉さんはああ言っていたけど、お母さんといっしょに色々と考えてくれたんだろうね。涙もろい夕葵は困るかもしれないけど」

からかうような彼の指摘にちょっとムッとしてしまう。ただの冗談だとわかっているけど、すぐ泣く弱い女だと思われるのは嫌だ。

「……そんなことないし」

反射的に言い返して顔を背《そむ》けると、今度は頬《ほお》にキスされた。

「俺は感動しやすいきみも好きだよ。お父さんに似ているんだと思えば、微笑《ほほえ》ましいしね」

「お父さん？」

突然出てきた父親の話題に、目を瞠《みは》った。

確かにうちのお父さんは感動屋ですぐ泣く。本人が言うには「身体は頑丈《がんじょう》でも心は繊細《せんさい》」だそうだ。お母さんはその持論を鼻で笑っていたけど。

それにしても、どうして淳さんがそんなことを言い出したのかわからない。私が首をかしげてみせると、彼はゆるく微笑《ほほえ》んだ。

「実は、夕葵の準備が整うまでの間、きてくれたみなさんにご挨拶《あいさつ》をしていたんだよ。どうしても結婚式の前に感謝の気持ちを伝えたくてさ。きみがいまここにいるのは、俺たちを応援して見守ってくれていたまわりの人たちのおかげでもあるからね」

「そうだったの」

彼の心遣いに、胸がじんわりと温かくなる。

なにかの準備があると言ってこの部屋を出ていったのは、そういう理由だったらしい。

「……でも、そのせいで、お父さんを泣かせてしまったんだ」

つけ足された淳さんの言葉に思わず噴き出した。

「え、はやっ。もう泣いてるの!?」

「うん。ちょっと俺では対応しきれなくて、夕葵のお母さんにお願いしてきたんだけどね」

彼の返事を聞いて、気の抜けた笑いが漏れる。結婚式の途中で泣くだろうと思っていたけど、まさか始まる前からとは予想していなかった。

号泣するお父さんと、それにイライラしているお母さんの姿が簡単に想像できる。でもまあ、いくらなんでも結婚式の最中《さいちゅう》に人前で暴《あば》れることはないだろう。

……もしお母さんがキレたとしても、兄ちゃんたちが止めてくれると思うし。

「お父さんのことは気にしなくていいよ。それより、サキさんたちは大丈夫？」

サキさんと邦生さんは、使用人だという遠慮から、私たちの結婚式に出ることをしぶっていた。

淳さんにとってサキさんたちは山名家での苦楽を共にしてきた人たちだし、いまは私にとっても大切な家族だ。どうしても参列してほしいと無理を言ってきてもらったけど、肩身の狭い思いをしていないかが心配だった。

私の質問に、淳さんははっきりとうなずいた。

「ああ、安心して。夕葵のお婆《ばあ》ちゃんと、俺の爺《じい》さんと、四人で楽しそうにしていたから。年代が近い人がいて緊張が解《ほぐ》れたみたいだよ。内輪での結婚式にしたのもよかったんだろうけど」

「そうだね」

淳さんと目を合わせ、笑い合う。

私たちの結婚式は、近しい親戚だけを招待してこぢんまりと済ませることにした。

ふたりとも大げさなものが好きじゃないし、淳さんはいまも山名家の一族と仲がいいとは言えない。会社の関係者向けには、後日、結婚披露《ひろう》パーティーを催《もよお》す予定になっているから、結婚式は私たちの好きにさせてもらうことにしたのだ。

そんな話をしていたら遠慮がちなノックの音が聞こえた。入り口に顔を向けると担当のブライダルコーディネーターさんが、式場に向かう時間だと教えてくれる。

「……行こう、夕葵」

「うん」

私の前に差し出された腕に手をかけ、歩き出す。下ろしたままの髪が、うしろにさらりとなびいた。

ブライズルームを出て向かったのは、ホテルの上階にあるパーティーフロア。大きく開けたエントランスの南側は全面がガラス張りになっている。

その窓の外にあるのは、建物の一部を切り取った形の空中庭園。綺麗な芝とタイル張りの小道。その脇には色とりどりの小花が揺れていて、ところどころに木々が並んでいる。

ゆるいカーブを描く小道の先には可愛らしい噴水と、洋風の鐘があり、庭園全体が私たちの結婚式のためにバラやリボンで装飾《そうしょく》されていた。

私と淳さんの大切な人たちが、小道の脇に並んで談笑している。

……お父さんは、ひとりでおんおん泣いているけど。

お母さんは早くも匙《さじ》を投げたのか、お父さんを無視して兄ちゃんたち四人と笑い合っていた。

私たちの門出《かどで》を、みんなが祝ってくれる……それはなんて素敵で嬉しいことだろう。

感極《かんきわ》まって隣に目を向けると、淳さんは少し難しい顔をして、ピッと人差し指を立てた。

「結婚の宣誓《せんせい》をする前に、ひとつ夕葵に謝りたいんだけど……」

「え、なに？」

驚いて目をまたたかせる。

結婚式開始直前で、式場ももうすぐそこなのに、いったいなにを言い出すんだろう……

淳さんは謝ると言いながら、悪びれるふうでもなく、にっこりと笑った。

「夕葵が初めてうちにきてから、よく寝ぼけて俺のベッドに移動していたでしょう。あれ、俺が仕組んでいたんだ。ごめんね？」

「は……？」

一瞬、なにを言われたのかわからずに、ぽかんとする。

淳さんとのお見合いのあと、山名家にお世話になり始めてからというもの、私は謎の寝ぼけ癖を発症《はっしょう》し、毎朝気づくと彼のベッドへ移動していた。

けっこう本気で悩んでいたから、忘れもしない。でも、あれを、淳さんが仕組んでいた……？

「え、え、どういうこと？　……っていうか、どうやって？」

あの時、借りていた客間には、なかから鍵をかけていたのに。

「そりゃあ、マスターキーでドアを開けて、夜中に夕葵を運んでいたんだよ。きみが一回寝たら朝まで絶対に起きないというのは、子供の頃に聞いていたしね」

「なっ……なにそれ、ひどいっ。手は出さないって約束したのに！」

いま自分が、どこでなにをしているのかも忘れて噛みつく。

淳さんは立てていた人差し指を口の前に持っていって、ぱちんと片目を瞑《つむ》った。

我に返った私は、慌《あわ》てて口をつぐむ。

私のむくれる顔が面白かったのか、淳さんはクスッと笑って目を細める。その瞳はどこか遠くを見ていて……

「昔、ユウキが教えてくれたんだよ。『ケンカはどんな汚い手を使ってでも勝て』って。きみとのことはケンカじゃないけど、俺にとっては負けられない勝負だったから」

「で、でも、ずるいよ。しかもこんなタイミングで言うなんて」

できるだけ声を抑えて、ぼそぼそと抗議する。

淳さんは小さく首をすくめて、目の前の空中庭園を眺《なが》めた。

「うん。それも作戦のうち。ここまできたら怒らせても逃げられないかと思ってね」

急に弱気なことを言い出した彼に、溜息を漏らす。

イケメンで優しくてスマートで、パッと見は完璧な好青年なのに、実はさりげなく強引だし、時々ずるいし。べたべたに甘えてきたり、私に嫌われたくないと弱気になったり、本当に淳さんはやっかいな人だ。

複雑で、面倒くさくて……全部が愛おしい。

私は彼の腕に抱きついて、キッと睨《にら》んでやった。

「まったく、もう。なにがあったって逃げないよ！　淳さんみたいな曲者《くせもの》は、私くらいしか相手できないからねっ」

淳さんはすごくびっくりしたように目を見開き、続けて嬉しそうに笑う。私が笑い返したところで、空中庭園へ続く扉が開けられた。

わっと上がる歓声《かんせい》と、舞い散る花びら。みんなの温かいまなざしと気持ちに包まれて、私たちは小道を進んでいく。

……十五年前「ずっといっしょにいよう」と誓った私たちは、たった三ヶ月で引き離されてしまった。

幼い自分にはどうしようもないことだったけど、あの時、私はアカネを守りきれなかった。

もしかしたら、この先の人生を歩んでいくなかで、またなにか難しい問題が起きるかもしれない。いつか、繋《つな》いだ手を離したくなる日がこないとも限らない。

でも、そんな時は、もっともっともっときつく手を握り合って、ふたりで戦おう。私が彼を守るのではなく、彼が私を守るのでもなく、いっしょに立ち向かおう。

一度別れてしまったからこそ、もう二度と離れないように、いま、改めて誓う。

あなたと共に生きる勇気と、永遠の愛を――

～大人のための恋愛小説レーベル～

ETERNITY エタニティブックス

王子様と期間限定のラブレッスン⁉

恋のカミサマは恋愛偏差値ゼロ！

佐々千尋

装丁イラスト／芦原モカ

エタニティブックス・赤

体型のコンプレックスゆえに、男性が苦手な小百合《さゆり》。にもかかわらず「社内恋愛の神様」と崇められ、恋愛相談を受けている。そんなある時、ひょんなことからイケメン社員の嘉人《よしと》に、男性が苦手だと話してしまう。「なら、男に慣れるために俺と付き合えばいいよ」って……なんで私と⁉　おねだり上手なイケメン社員とお人よしＯＬのどっきどきラブストーリー！

※エタニティブックスは大人の女性のための恋愛小説レーベルです。ロゴマークの色で性描写の有無を判断することができます（赤・一定以上の性描写あり、ロゼ・性描写あり、白・性描写なし）。

詳しくは公式サイトにてご確認ください。
http://www.eternity-books.com/

携帯サイトはこちらから！

佐々千尋（ささ ちひろ）
宮城県出身。2008 年より Web にて恋愛小説を公開。
とにかくマイペースな典型的 B 型。

「charcoal gray」
http://www7b.biglobe.ne.jp/~charcoal_gray/mist/cg_top.htm

イラスト：黒田うらら

不埒《ふらち》な社長《しゃちょう》のゆゆしき溺愛《できあい》

佐々千尋（ささ ちひろ）

2016年 5月31日初版発行

編集ー斉藤麻貴・宮田可南子
編集長ー塙綾子
発行者ー梶本雄介
発行所ー株式会社アルファポリス
〒150-6005 東京都渋谷区恵比寿4-20-3 恵比寿ｶﾞｰﾃﾞﾝﾌﾟﾚｲｽﾀﾜｰ5F
TEL 03-6277-1601（営業） 03-6277-1602（編集）
URL http://www.alphapolis.co.jp/
発売元ー株式会社星雲社
〒112-0012東京都文京区大塚3-21-10
TEL 03-3947-1021
装丁イラストー黒田うらら
装丁デザインーansyyqdesign
印刷ー大日本印刷株式会社

価格はカバーに表示されてあります。
落丁乱丁の場合はアルファポリスまでご連絡ください。
送料は小社負担でお取り替えします。

ISBN978-4-434-21985-6 C0093